# PETER GERDES
# Kurz und schmerzlos
## STAHNKE ERMITTELT

# INHALT

# 16.50 AB OLDENBURG

Wieder einmal stand er zu früh im Gang. Jedes Mal stand er zu früh im Gang. Kaum hatte der Zugchef via Lautsprecher verkündet, dass man den nächsten Bahnhof »in wenigen Minuten« erreichen werde, stand Stahnke im Gang, die Aktentasche bleibschwer am Schulterriemen und das rollenbewehrte Reiseköfferchen auf den Hacken, und ließ sich durchschütteln, von unerwarteten Kurven abwechselnd gegen Zugfenster und Abteilwand schleudern und von plötzlichen Weichenpassagen fast von den Füßen reißen. Statt bequem im Polstersitz hocken zu bleiben, bis draußen die ersten Ausläufer der Bahnsteige auftauchten, was ja meistens doch etwas länger als nur ein paar Minuten dauerte. Wenn es aber so weit war, blieb eigentlich immer noch genügend Zeit aufzustehen, das Gepäck aufzunehmen und gemessenen Schrittes in Richtung Ausgang zu gehen. Der Zug fuhr schon nicht vorzeitig ab – dafür sorgte die Schlange der anderen, die wieder einmal zu früh im Gang gestanden hatten.

Wieder so eine Weiche. Im letzten Moment konnte er sich mit der linken Hand am Fensterrahmen abstützen, sonst hätte er die vor ihm stehende Frau heftig angerempelt. Das hätte übel ausgehen können, denn die Frau trug ein schlafendes Kind in den Armen und eine ballondicke Strandtasche über der Schulter. Offenbar war sie unterwegs zur Küste, wollte wohl in einen Sielort, vielleicht auch auf eine der Inseln, auf jeden Fall ans Wasser, in die Sonne, in einen gemütlichen Strandkorb. Wie sie sich hier auf den Beinen hielt, ohne sich irgendwo festhalten zu können, war ihm schleierhaft. Offenbar verfügten Mütter über Fähigkeiten, die zu verstehen Männer nicht geschaffen waren.

Sie drehte sich zu ihm um und musterte ihn zunächst misstrauisch, ehe sie ein nachsichtiges Lächeln aufsetzte, als sei er ebenfalls ein Kind, wenn auch ein besonders großes und tapsiges. Peinlich berührt versuchte er ein Antwortlächeln, das die Frau aber nicht mehr erreichte, da sie ihren Blick bereits wieder nach vorne gerichtet hatte.

Endlich kam der Zug zum Stillstand, die Türen wurden aufgestoßen und die Schlange der Passagiere begann sich zu dehnen, wurde zur Raupe, die nun aus eigenen Kräften auf ihren vielen Füßen hin und her schwankte. Kühle Luft drang von Bahnsteig in den stickigen Gang. Ihm war, als sei der Geruch von Rauch und Ruß immer noch wahrzunehmen, obgleich hier doch bestimmt seit Jahrzehnten keine Dampflok mehr gefahren war.

»… Anschluss auf Gleis sieben.« Stahnke bekam nur den Schluss der Durchsage mit, als er die beiden Gitterstufen zum Bahnsteig hinabstieg, seinen Rollkoffer hinter sich her zerrend, aber er kannte seinen Reiseplan ohnehin auswendig. Gleis sieben, das war seine Verbindung, 16.50 Uhr ab Oldenburg, über Bad Zwischenahn, Leer und Emden nach Norddeich. Sieben Minuten Zeit für den Bahnsteigwechsel, kein Problem.

Die Menschenmenge wogte die ausgetretenen Stufen hinab in die Katakomben unter den Gleisen. Unmittelbar vor Stahnke gingen zwei Männer, die ihm bereits im Intercity aufgefallen waren, kaum dass der Hannover verlassen hatte. Der eine trug einen dunkelgrauen Mantel, unter dem scharfe Bügelfalten und polierte Lackschuhe von Akkuratesse zeugten; Aktenkoffer und Laptop wiesen ihn als Geschäftsmann aus. Der andere hatte ausgewaschene Jeans und abgeschabte Camel-Boots an. Dass er um die Körpermitte herum so ausgebeult aussah wie das Michelin-Männchen, lag nur zum Teil an seinem gesteppten Plastikanorak; sein aufgedunsenes Gesicht verriet, was seinen Wanst so hatte anschwellen lassen. Statt einer Reisetasche schwenkte der Mann eine Plastiktüte, als wollte er sich mit aller Macht zum Penner abstempeln.

Zwei grundverschiedene Typen also, die sich denn auch auf dem Hannoveraner Bahnsteig keines Blickes gewürdigt hatten. Stahnke erinnerte sich deutlich daran. Kaum aber war der IC losgefahren, hatten beide zielstrebig den Großraumwaggon in der Zugmitte aufgesucht, sich einander gegenüber niedergelassen und ein ebenso intensives wie leise geführtes, von den üblichen Zuggeräuschen vollkommen überdecktes Gespräch begonnen. Wie es der Zufall wollte, fast unter Stahnkes Augen.

Am Fuß der Treppe strebte die Mehrzahl der Reisenden nach rechts, Richtung Gleis sieben. Auch das ungleiche Paar blieb im Hauptstrom, nach wie vor Seite an Seite. Beide sehen aus wie Mitte dreißig, überlegte der Hauptkommissar; der Suffkopp mag in Wirklichkeit vielleicht ein paar Jahre jünger sein, für einen verlorenen Sohn aber reicht es vom Alter her auf keinen Fall. Brüder? Wenn, dann Stiefbrüder, aber auch danach sah es eher nicht aus. Es musste etwas anderes sein, das diese beiden Männer verband.

Aber was ging ihn das eigentlich an? Er hatte Urlaub, feierte genauer gesagt aufgelaufene Überstunden ab. Der Lehrgang in der Polizeiakademie Hannover – »Möglichkeiten der Rasterfahndung im Computerzeitalter«, du lieber Himmel! – hatte ihn mächtig geschlaucht, da kamen ihm ein paar Tage Erholung gerade recht. Und zwar nicht etwa zu Hause in Leer. Freunde würde er besuchen, welche von früher, die von des Schicksals und des beruflichen Fortkommens Mächten weit in den Süden verschlagen worden und jetzt an die Küste zurückgekehrt waren, genauer gesagt nach Norddeich. Sie hatten ihn eingeladen. Das verhieß gute Gespräche, womöglich im Strandkorb mit Blick aufs Meer, lange Spaziergänge und noch längere Abende bei Skat und Bier oder Billard und Wein. Vielleicht auch Billard und Bier oder … Jedenfalls freute er sich auf eine unbeschwerte Zeit. Und er dachte nicht daran, sich auch nur die Hinfahrt selbst zu vermiesen, indem er seinen beruflichen Reflexen nachgab und in allem und jedem etwas Gesetzwidriges witterte.

Anderseits waren die beiden Typen wirklich auffällig. Geradezu verdächtig.

Jetzt schwenkten sie nach rechts, die Treppe hinauf. Na prima, natürlich ging es hier zum Gleis sieben! Also würde er diese Gestalten auch bis Leer nicht loswerden. Vermutlich sogar bis Norddeich. Wenn er sich jetzt nicht endlich zur Ordnung rief.

Er verlangsamte seinen Schritt, entschlossen, die beiden Männer ganz gezielt aus den Augen zu verlieren.

Etwas stupste ihn weich in die Seite. Erschrocken drehte er sich um: die Frau mit dem Kind und der Strandtasche. Das ballondicke, sperrige Ding hatte ihren Überholversuch vereitelt. Die Frau lächelte entschuldigend. Diesmal bekam er eine angemessene Erwiderung hin, was seine Stimmung sofort wieder hob. Und ein Blick nach vorne stellte seine Urlaubslaune endgültig wieder her.

Das ungleiche Paar nämlich war in der Menge verschwunden.

Der Bahnsteig war gepackt voll, und als der Zug

einrollte, setzte ein Unheil verheißendes Gedränge und Geschiebe ein. Wohl dem, der eine Platzkarte hat, dachte Stahnke. Er hatte keine. Dafür hatte er Glück, denn als der Zug zum Stehen kam, befand sich eine der Waggontüren direkt vor seiner Nase. Ungeduldig verfolgte er den Tröpfelstrom der Aussteigenden, die augenscheinlich froh waren, endlich aus dem Gang herauszukommen, in dem sie vermutlich unnötig lange gestanden hatten. Dann reckte er seine breiten Schultern, sperrte den Einstieg einen Augenblick lang frei und gab der Frau mit dem Kind einen Wink. Diesmal schenkte sie ihm ein warmes Lächeln voller Dankbarkeit, als sie in seinem Schutz samt ihrer schlummernden Last freihändig die Stufen erklomm.

Drinnen begann der Kampf um die freien Plätze. Der erste Großraumwagen, durch den sich schob, war komplett ausgebucht. Erst im nächsten hatte er Glück: drei freie Plätze an einem Tisch. Zwar saß er nicht gerne so beengt, da aber bereits die ersten Platzsuchenden aus der Gegenrichtung eintrafen, überlegte er nicht lange und klemmte seine knapp zwei Zentner hinter die Tischkante.

Die Frau mit dem Kind nahm ihm gegenüber Platz.

Er musterte sie verstohlen, während sie das Kind vorsichtig auf den Fensterplatz gleiten ließ und in ein Reiseplaid wickelte, das sie aus ihrer Ballontasche gezerrt hatte. Die Frau war klein, blond, schlank und zierlich. Ausgesprochen hübsch fand er sie mit ihren verspielten Ohrringen, die an kleine Mobiles erinnerten, und dem kaum geschminkten Gesicht. Auch das Kind war niedlich, pausbackig und stupsnasig; aus seiner Kapuze quollen braune Locken hervor. Durch das hektische Gewirr ringsum ließ es sich in seinem Schlaf kein bisschen stören. Beneidenswert, fand Stahnke.

Er räusperte sich. »Fahren Sie auch nach Norddeich?«
In einem Zug wohl die denkbar unverfänglichste Gesprächseröffnung.

Sie schrak zusammen, als hätte er sie angebrüllt, und zeigte wieder die ängstliche, misstrauische Miene von vorhin. Dann aber entspannte sie sich ein wenig und antwortete: »Nein. Wir steigen schon in Emden aus.«

Er nickte, als habe er keine andere Auskunft erwartet, und bemühte sich um einen möglichst freundlichen und begütigenden Gesichtsausdruck. Offenbar reiste die Frau nicht sehr oft, vielleicht auch einfach nicht oft allein, und war durch die Verantwortung für sich und vor allem ihr Kind verunsichert. Na ja, dachte er, jetzt bin ich ja hier. Vielleicht kann ich sie ein wenig unterstützen.

»Wie alt ist denn der Kleine?«, fragte er. Je normaler, desto weniger beunruhigend die Frage.

»Drei Jahre und vier Monate.« Sie hatte ihre Fassung zurückgewonnen und schien einer harmlosen Unterhaltung nicht gänzlich abgeneigt. »Er hat Probleme mit den Bronchien, wissen Sie, und kann deshalb nachts oft nicht schlafen. Daher bin ich froh über jede Stunde, die er tagsüber schläft.«

Darüber dachten die meisten Eltern anders, erinnerte sich Stahnke; Kinder, die nachts wach lagen und weinten, hinderte man am Tage zumeist am Schlafen, da sie sonst in der folgenden Nacht erst recht nicht in den Schlaf zu bekommen waren. Aber für chronisch kranke Kinder galten gewiss andere Regeln. Er nickte verständnisvoll.

Die Frau hatte eine Zeitung aus ihrer Tasche gekramt und aufgeschlagen. Allzu groß schien ihre Lust auf eine Unterhaltung also doch nicht zu sein. Na denn, wie auch immer. In Norddeich würde es mehr als genügend Gelegenheit zu interessanten Gesprächen geben.

Aber doch merkwürdig. Die Frau wollte gar nicht ans Meer; warum dann diese Strandtasche? Besaß sie denn kein anderes, geeigneteres Behältnis? Na, wie auch immer. Wenigstens besser als eine Plastiktüte.

Der Zug ruckte an und begann zu rollen. Am anderen Ende des Großraumwaggons richteten sich gerade die letzten Passagiere, die noch reguläre Sitzplätze hatten ergattern können, häuslich ein, während zwei Nachzügler die Notsitze zwischen den Gangfenstern herunterklappten. Stahnke warf einen mitfühlenden Blick zu ihnen hinüber – und traute seinen Augen nicht: Da war es wieder, das ungleich Paar! Aktenkoffer, Laptop und Plastiktüte wurden unter die Sitze geschoben, Lackschuhe und Camel-Boots nebeneinander gestellt, und schon steckten die Köpfe wieder zusammen. Zusammengezogene Augenbrauen ließen eine ernste Thematik erahnen. Verhandlungen vielleicht? Ging es womöglich um ein Geschäft? Aber was für Geschäfte konnten zwei so ungleiche Typen hier im fahrenden Zug miteinander tätigen?

Eine Frage, auf die es viele mögliche Antworten gab. Darunter so ziemlich alle illegalen Möglichkeiten, die sich denken ließen.

Offenbar hatte er die beiden eine Kleinigkeit zu lange angestarrt, denn plötzlich blickte er genau in die Augen des Gutgekleideten. Dunkle Augen, ein sehr intensiver Blick. Geradezu unheimlich. Auch der schludrige Dicke begann sich ihm zuzuwenden. Schnell senkte Stahnke die Lider, drehte den Kopf und konzentrierte sich wieder auf das Kind.

Als hätte er das gespürt, begann sich der kleine Junge zu regen. Er räkelte sich, reckte pummelige Fäustchen aus den Ärmeln seiner Jacke und produzierte dazu speichelgetränkte Brabbellaute, ohne die Augen zu öffnen. Ein putziges Bild, anrührend und abschreckend zugleich; Stahnke fühlte sich kleinen Kindern gegenüber stets verunsichert und vollkommen hilflos, denn er verstand sie noch weniger als ihre Mütter. Die Kinder wiederum, das wusste er aus unangenehmer Erfahrung, quittierten solches Unverständnis zumeist mit lautstarker Ablehnung. Also beschränkte er sich aufs distanzierte Süßfinden.

Die Mutter des Kleinen reagierte dafür umso schneller. Sie legte ihre Zeitung beiseite und zauberte aus den Tiefen ihrer Ballontasche ein Teefläschchen hervor, entfernte die Schutzkappe und schob dem Kind den Gummisauger zwischen die speichelfeuchten Lippen. Der Junge griff mit beiden Händen nach der Flasche und begann gierig schmatzend zu trinken. Nach wenigen Schlucken fiel er mit einem schnaufenden Seufzer in seinen Schlummer zurück.

Stahnke riskierte einen erneuten, diesmal sorgsam getarnten Seitenblick zum ungleichen Paar. Immer noch das gleiche Bild: intensive Verhandlungen bei vorgeneigten Oberkörpern, zusammengesteckten Köpfen und sparsamen Gesten. Noch war man sich anscheinend nicht einig.

Ein silbriges Glänzen auf dem Gangboden fing Stahnkes Blick ein. Was war das? Gerade eben hatte dort noch nichts gelegen, da war er sich sicher, da konnte er sich auf sein in jahrzehntelanger beruflicher Routine geschultes Auge verlassen. Das Silbrige musste eben erst dorthin gelangt sein. Vermutlich war es einem der beiden verdächtigen Männer aus der Tasche gefallen. Beziehungsweise aus dem Koffer oder der Plastiktüte. Was mochte es sein? Er traute sich nicht, den Gegenstand offen zu fixieren, um nicht schon wieder die Aufmerksamkeit der beiden zu erregen.

»Meine Damen und Herren, in wenigen Minuten erreichen wir Bad Zwischenahn«, verkündete der Bordlautsprecher. Einige Reisende erhoben sich und stellten sich in den Gang. Natürlich viel zu früh.

Auch draußen vor den Fenstern der Notsitzseite bewegte sich etwas. Eine graubraune Silhouette näherte sich langsam, nahm an Größe und Masse zu. Ein Güterzug war es, der vom Gleis einer Nachbarstrecke im Bogen herangeführt wurde. Die beiden Züge fuhren mit annähernd gleicher Geschwindigkeit, was zu einem faszinierenden, aber auch etwas beängstigenden Effekt führte. Wie ein großes Tankschiff, das sich viel zu schnell einer Kaimauer näherte und daran zu zerschellen drohte, schwamm ein mächtiger, elefantengrauer Kesselwagen schwungvoll heran, wölbte sich ihnen entgegen und schien jeden Augenblick die Fenster sprengen zu wollen, bis die Gleisführung endlich die Parallele erreicht hatte und die Annäherung beendet war. Langsam, Meter für Meter, fiel der Güterzug zurück. Der große Kesselwagen entschwand den Blicken, die er sekundenlang gefesselt hatte.

Auch die beiden Männer auf den Notsitzen hatten wie gebannt auf den Nachbarzug gestarrt. Eine Chance, die sich Stahnke nicht hatte entgehen lassen. Behutsam zog er den Fuß, unter dessen Sohle das Silbrige knisterte, zu sich heran und halb unter seinen Sitz. Jetzt noch ein kurzes Räkeln, ganz wie vorhin der kleine Junge schräg gegenüber, ein Veränderung der Position, wie sie jeder Reisende während der langen Stunden auf dem Polstersitz Dutzende Male vornimmt, und er hielt den Gegenstand in seiner Hand.

Bremsen quietschten. Das Ein- und Aussteigen ging schnell, sehr groß war der Andrang nicht. Ein schriller Pfiff schickte den Zug wieder auf die Strecke.

Im Sichtschutz seiner übereinandergeschlagenen Beine öffnete Stahnke vorsichtig die Faust und nahm das silbrige Ding in Augenschein. Im ersten Augenblick war er enttäuscht. Rauschgift hatte er erwartet, verpackt in Stanniol oder Haushaltsfolie; stattdessen war es nur ein Streifen aus einer Tablettenpackung. Ein leerer obendrein. Dann aber las er die Aufschrift und war wieder wie elektrisiert.

»Rohypnol« stand dort. Diesen Namen kannte er, auch wenn er im Moment nicht sagen konnte, wofür er stand. Aber er wusste, dass er diesen Namen bereits im Zusammenhang mit einem Verbrechen gehört hatte. Also handelte es sich vermutlich um eine illegale Droge.

Jetzt wusste er endlich, worüber diese beiden Galgenvögel dort drüben verhandelten. Rauschgifthändler waren das also. Ein Großhändler vermutlich, natürlich der mit den Lackschuhen, einer, der die internationalen Vertriebswege kontrollierte. Und einer, der für die Verteilung in der Region zuständig war; das war natürlich der Plastiktütentyp. Vermutlich hing er selber an der Nadel oder war tablettensüchtig. Rohypnol – der Name hatte etwas Hypnotisches. Wie mochte es wohl wirken, dieses Zeug? Er hatte das Gefühl, dass er das schon einmal gewusst haben musste und dass es ihm irgendwann wieder einfallen würde. Hoffentlich bald.

Draußen vor den Fenstern nahm die Anzahl der Parallelgleise zu. Ihr Zug wurde langsamer. Leer lag bereits hinter ihnen, Emden konnte nicht mehr weit sein. Die Frau sammelte schon ihre Siebensachen ein. Vorsichtig entwand sie dem immer noch tief schlafenden Kind das Teefläschchen, setzte die Schutzkappe drauf und versenkte es in ihrer ballonförmigen Reisetasche. Die Zeitung ließ sie liegen; anscheinend legte sie keinen Wert mehr darauf.

Entsetzt stellte Stahnke fest, dass auch die beiden ungleichen Männer ihre ebenso ungleichen Gepäckstücke unter ihren Sitzen hervorholten. Also wollten sie ebenfalls in Emden raus. Jetzt war guter Rat teuer. Sollte er auch aussteigen und die beiden weiter im Auge behalten? Dann würde der Zug ohne ihn weiter nach Norddeich fahren, das war klar, und seine Freunde würden vergeblich am Bahnhof auf ihn warten. Ein Handy hätte seine Lage erheblich verbessert, aber das lag natürlich wohlverwahrt in seiner Schreibtischschublade im Büro. Mist, verfluchter.

Aber was war das? Offenbar waren sich die beiden Männer doch noch handelseinig geworden. Der Elegante klappte gerade seinen Aktenkoffer auf, der Schlampige wühlte in seiner Plastiktüte. Also sollte die Übergabe gleich hier im Zug vollzogen werden! Großartig, was für ein Dusel, besser ging es doch gar nicht! Da konnte er ja zuschlagen und die beiden einsacken, ohne deswegen seinen Zug zu verpassen.

Ausgezeichnet war auch, dass er seine Handschellen nicht ebenso wie das Handy in die Schublade gepackt hatte. Von denen trennte er sich nun einmal nicht so leicht wie von diesem neumodischen Nervtöter. Er war eben Traditionalist, das gab er zu. Jetzt würde ihm das zugutekommen.

Beide Männer hatten offenbar gefunden, was sie in ihren jeweiligen Behältnissen gesucht hatten, und holten es hervor. Stahnke zückte seine Handschellen und erhob sich. Breitbeinig baute er sich vor den beiden Ganoven auf.

Fassungslos starrten die beiden ihn an, die Münder weit offen, die Augen beinahe aus den Höhlen quellend. Das, was sie in ihren Händen hielten, pressten sie unwillkürlich an sich, als könnten sie es jetzt noch vor dem Zugriff des Gesetzes schützen.

Was aber war es? Silbrig wie Tablettenstreifen sah es nicht aus, auch nicht bunt wie Euroscheine. Es waren – Bücher!?

»Gesangbücher«, sagte Stahnke, der nun seinerseits zu spüren glaubte, wie sich seine Augäpfel mehr und mehr aus ihren Höhlen hervordrängten. »Sie tauschen evangelische Gesangbücher aus?«

»Ja, allerdings«, sagte der Schlampige, der sich bereits wieder gefasst hatte, während der Elegante immer noch wie erstarrt auf seinem Notsitz hockte. »Mein Reformierter Kollege und ich haben festgestellt, dass wir beide gerade vom Evangelischen Kirchentag in Hannover kommen. Ich bin Lutheraner, daher kannten wir uns bisher nicht. Wir hatten eine sehr aufschlussreiche Unterhaltung und wollten nun – aber was geht Sie das überhaupt an? Und was bezwecken Sie mit diesem lächerlichen Auftritt?«

Irgendjemand musste in Stahnkes Oberstübchen einen Dampfstrahler angestellt haben; anders jedenfalls waren dieses Zischen, das plötzlich durch seinen Schädel schallte, und dieser enorme Schweißausbruch nicht zu erklären. Ich habe es wieder getan, dachte er. Ja, verdammt, *I did it again*, und da hilft jetzt auch kein *Ooops* mehr. Diese Blamage werde ich bis zur Neige auskosten müssen, jedenfalls bis nach Emden, und den Rest der Fahrt muss ich wohl stehend verbringen, denn in diesem Waggon kann ich mich auf keinen Fall mehr blicken lassen. Verdammt, verdammt, du blöder Kasperkommissar, hast du denn noch immer nichts gelernt aus dem, was deine Phantasieermittlungen dir schon alles eingebrockt haben?

»Mein Kollege hat Sie etwas gefragt«, ließ sich der Elegante vernehmen. Jetzt wurde sogar der mutig. Hilfe suchend blickte Stahnke sich um. Es war aber keinerlei

Hilfe in Sicht, nur jede Menge gaffender Augenpaare.

»Meine Damen und Herren«, ergriff der Bordlautsprecher das Wort, »in wenigen Minuten erreichen wir Emden. Sie haben Anschluss …«

Die Frau auf der anderen Tischseite erhob sich, stellte ihre Ballontasche zurecht und griff nach dem schlafenden Kind. Viel zu früh und viel zu lange würde sie wieder im Gang stehen.

Sein Blick streifte die liegengebliebene Zeitung. Vermischte Meldungen, die Seite mit Klatsch und Tratsch, Mord- und Gerichtsberichten. Eine Schlagzeile sprang ihm ins Auge. Ein schon oft gelesener Name.

Und plötzlich war alles klar.

Sein massiger Körper beschrieb eine Vierteldrehung auf dem rechten Absatz, sein rechter Arm schoss vor, seine Hand vollführte eine hundertfach geübte Bewegung. Seine Handschellen klickten.

Fassungslos starrte die Frau ihn an. »Was?«, stammelte sie. »Warum?«

»Rohypnol«, sagte Stahnke. »Sie hätten das entführte Kind mit einem anderen Medikament betäuben sollen, nicht ausgerechnet mit dem Zeug, mit dem auch dieser belgische Kinderschänder Marc Dutroux und seine Frau ihre Opfer ruhiggestellt haben. Es ist zwar wirkungsvoll, aber zu bekannt.«

Das Gesicht der Frau begann sich zu einer Maske aus Wut und Qual zu verzerren. Eruptive Schluchzer zerfetzten die Worte, die sie hervorstieß, bis zur Unkenntlichkeit. Ihr schmaler Körper krümmte sich zitternd. Stahnke, der sich die andere Handschelle um das eigene Handgelenk gelegt hatte, spürte, wie sich das Zittern auf ihn übertrug. Aber nur äußerlich. Es ließ ihn kalt.

Er wandte sich wieder den beiden Geistlichen zu.

»Bitte entschuldigen Sie mein kleines Ablenkungsma-
növer«, sagte er lächelnd. »Ich hoffe, ich habe Sie nicht
zu sehr erschreckt.«

Wieder blickten ihn die beiden Kirchenmänner mit
runden Augen an. Diesmal aber nicht entsetzt, sondern
bewundernd.

Kirche, dachte er. Dabei fällt mir etwas ein. Richtig,
die Heilige Elisabeth von Ungarn. Die wollte den Armen etwas zu essen bringen, obwohl ihr hartherziger
Ehemann es ihr streng und bei Strafe verboten hatte.
Prompt überraschte er sie eines Tages, als sie mit einer
Schürze voller Brot das Haus verließ. »Was hast du da
in der Schürze?«, fragte er. »Rosen«, log sie. »Dann
zeig mir die Rosen«, sagte ihr Mann. Sie öffnete die
Schürze – es waren Rosen darin.

Na, Rosen würde er nicht bekommen. Aber eine Täte-
rin und ein befreites Kind statt einer saftigen Blamage,
das war ja weiß Gott besser als Blumen.

Wie ein Heiliger fühlte er sich trotzdem nicht.

# OSTFRIESISCHER VOLKSSPORT

»Siehst du«, sagte Stahnke in belehrendem Ton, »das ist der wahre ostfriesische Volkssport! Schultern vor, Knie beugt, das Sportgerät fest im Griff, Ziel anvisieren, und dann immer kräftig. Vor allem schön im Rhythmus. Was ist dagegen schon Boßeln!«

»Aaah ja.« Kramer verzog keine Miene. »Und wie nennt sich dieser, äh, Volkssport?«

»Na wie wohl.« Stahnke zuckte die Schultern. »Pflastern natürlich.«

Kramer nickte, was aber vor allem am Zustand der Straße lag, über den ihr betagter Dienstwagen schaukelte. Der Logaer Weg glich einer Berg-und-Tal-Bahn, bestens geeignet als Teststrecke für Offroad-Fahrzeuge und deren Bereifung, schon wegen seiner Patchwork-Oberfläche. Da war wirklich alles dabei, sogar Kopfsteinpflaster.

Hauptkommissar Stahnke bedachte seinen Kollegen mit einem verkniffenen Seitenblick. Hin und wieder könnte er wirklich über einen meiner Witze lachen, dachte er, schließlich bin ich sein Vorgesetzter. Oder er könnte wenigstens so tun. Aber nein, nichts da. Guckt teilnahmslos aus der Wäsche wie ein Stein. Wie ein Pflasterstein, ha!

Stahnke gluckste. Kramer schüttelte den Kopf. Lag wohl immer noch an der schlechten Straße.

Auf den Grundstücken linker Hand wurde eifrig gepflastert. Runde Rücken in kariertem Flanell krümmten sich unter heißer Sommersonne, kräftige Arme holten rhythmisch aus, dumpfe Schläge gummiarmierter Hämmer hallten von Häuserwänden und den Bäumen des gegenüberliegenden Parks wider. Jede zweite oder dritte Auffahrt schien fällig zu sein. Wahrlich, dachte Stahnke, wenn Pflastern der wahre ostfriesische Volkssport ist, dann ist das hier das Trainingslager.

»Bist du sicher, dass er zu Hause ist?«, fragte Kramer. »Ans Telefon gegangen ist er ja nicht.«

»Ich bin sicher«, erwiderte Stahnke. »Hab' mich bei den Nachbarn erkundigt. Er ist da, auf seinem Grundstück.«

»Und was treibt er da?«

»Rate mal.«

Das Haus von Ortwin Globisch lag im Nordosten von Leer, fast auf der Grenze zwischen Heisfelde und Loga, da, wo die Wohnbebauung sachte ins Landwirtschaftliche überging. Die Grundstücke waren groß dort, sehr groß. Manchem, der kein leidenschaftlicher Gärtner war, waren sie allzu groß. So hatte man im Laufe der Jahre viele Parzellen aufgeteilt, hatte Häuser in zweiter Reihe gebaut. Platz war ja reichlich vorhanden, und alle waren zufrieden.

Fast alle. Ortwin Globisch gehörte nicht dazu.

Stahnke lenkte den Dienstwagen durch beschauliche Nebenstraßen. Das Schaukeln hatte aufgehört und damit auch Kramers Kopfbewegungen. »Warum müssen wir das eigentlich machen?«, fragte der Oberkommissar. »Die Frau ist doch nur als vermisst gemeldet.«

Stahnke schwieg. Unter den verschiedenen Fachkommissariaten half man sich gegenseitig aus, das wusste Kramer ebenso gut wie er. Außerdem hatte er so ein Gefühl. Mehr als das. Aber er behielt es lieber für sich.

Da war die richtige Straße. Stahnke spähte nach den Hausnummern. Viele waren überwuchert, ausgeblichen, abgeblättert oder schlicht nicht vorhanden. Dies hier war eben kein Neubauviertel. Jedenfalls nicht in der ersten Reihe. Aha, dort war die 23. Jetzt einfach abzählen: 25, 27, 29. Der Hauptkommissar stoppte den Wagen am Bordstein. »Wir sind da.«

»Hausnummer 29 a«, sagte Kramer. »Also zweite Reihe, oder?«

»In der Tat.« Stahnke nickte bedeutungsvoll. Kramer runzelte die Stirn.

Die Auffahrt von Nummer 29 war schmal, und die Backsteine, mit denen sie befestigt war, wiesen tiefen Spurrinnen und breite Ritzen auf, aus denen das Unkraut hervorquoll. Müsste auch mal in Ordnung gebracht werden, dachte Stahnke im Vorübergehen. Am besten gleich neu gepflastert. Ha!

Ein älterer Mann werkelte im Garten, schob eine Karre mit Grünabfällen nach hinten und beäugte die Besucher kritisch, ohne sie anzusprechen. An der hinteren Grundstücksgrenze war die Auffahrt mit Flechtzaunelementen versperrt; nur ein schmaler Durchlass bestand noch, durch den man einen Blick auf das Haus Nummer 29 a erhaschen konnte, das deutlich jüngeren Datums war als das vorne gelegene.

»Was ist das denn für ein Blödsinn?«, fragte Kramer. »Die Bewohner des Hintergrundstücks benötigen doch diese Durchfahrt! Wie sollen die denn jetzt mit dem Auto zu ihrem Haus kommen?«

»Da sagst du was Wahres.« Stahnke schmunzelte. »Aber mit Vernunft hat das hier auch wenig zu tun. Eher mit einem weiteren ostfriesischen Volkssport.«

»Und welcher soll das nun wieder sein? Nachbarn ärgern?«

»Genau«, sagte Stahnke. »Ärgern und verklagen.«

Die beiden Kriminalbeamten zwängten sich durch die Zaunlücke. Rhythmische, dumpfe Schläge tönten ihnen entgegen. Ortwin Globisch war tatsächlich zu Hause.

Er kniete auf seiner Auffahrt, den Rücken krumm, den armierten Hammer fest umfasst, den nächsten Betonstein in seinem planierten Sandbett fest im Blick. Tuck, tuck, tuck. Und ein Griff nach links, neuer Stein, knirschend eingepasst. Tuck, tuck, tuck. Globisch arbeitete konzentriert und flott. Allerdings tat er dies an seiner rückwärtigen Grundstücksgrenze, dort, wo bis vor Kurzem offensichtlich noch ein Blumenbeet gewesen war.

»Warum tun die Leute das?«, fragte Kramer.

»Was? Nachbarn ärgern und verklagen?«

»Quatsch, nee. Pflastern!«

»Tja«, erwiderte Stahnke nachdenklich, »da gibt es eine Menge praktischer Gründe. Der viele Regen, der den Boden aufweicht, der ganze Schmutz, klar. Aber mit festen, sauberen Wegen allein ist es natürlich nicht getan. Der echte Ostfriese hört dann noch lange nicht auf zu pflastern, im Gegenteil, dann fängt er erst richtig an. Autostellplatz, noch einer für den Zweitwagen und einer für Gäste, dann die Terrassen, eine pro Himmelsrichtung außer nach Norden, außerdem Grillplatz, Kaminholzplatz, feste Gründung für den Werkzeugschuppen, den Geräteschuppen, den Fahrradschuppen. Und natürlich die Wege dazwischen, man will ja überall hinkommen können, ohne unversiegelten Erdboden zu betreten, wie die kleinen Kinder bei Himmel und Hölle. Das hat schon was von Besessenheit, nicht wahr? Als ob die Leute hier sich immer noch vor der Natur fürchten und sie daher möglichst wenig sehen wollen. Oder als ob sie sonst etwas zu verbergen hätten.«

»Danke«, sagte Kramer, »ich ziehe die Frage zurück.«

Globisch bemerkte die beiden Kripobeamten erst, als ihre Schatten auf seine Arbeit fielen. Er guckte hoch, blinzelte, nickte grüßend. »Schon was Neues?«, fragte er.

Stahnke schüttelte den Kopf. »Nein«, sagte er. »Nach wie vor keine Hinweise auf den Aufenthaltsort Ihrer Mutter.«

Globisch nickte, grunzte, wandte sich wieder seinen Pflastersteinen zu. Tuck, tuck, tuck.

Kramer stemmte die Fäuste in die Hüften und starrte seinen Vorgesetzten mit erhobenen Augenbrauen an. Für ihn kam das einem Gefühlsausbruch gleich, ausgelöst durch den absoluten Mangel an Gefühlen, die dieser Globisch angesichts des Verschwindens seiner eigenen Mutter zeigte. Stahnke aber ignorierte Kramers Gebaren, woraufhin dieser schnell in seine gewohnt stoische Haltung zurückfiel.

»Neue Auffahrt?«, fragte der Hauptkommissar stattdessen Globisch. »Jetzt also doch? Aber in dieser Richtung ist doch der Graben.«

»Plattenbrücke«, stieß Globisch hervor, ohne von seinem Tun abzulassen oder sich gar umzudrehen. »Betonguss. Ist schon in Auftrag gegeben. Nach vorne hin mach' ich dicht. Sehen Sie ja.«

»Aber warum?«, fragte Stahnke. »Vor Gericht haben Sie doch gewonnen.«

Der Kniende schnaubte zur Bestätigung. »Schon. Aber diese Bedingungen! Nur ein Auto, Schritttempo, Gäste nur nach Anmeldung – nee, nee. Jetzt mach' ich das lieber richtig. Hinten verläuft ja der Bauernweg, für Anlieger frei. Da baue ich mir eine eigene Zufahrt, gegen die dann keiner etwas sagen kann.«

Stahnke drehte sich um. In der Zaunlücke waren der eisengraue Haarschopf und das gebräunte Gesicht des älteren Mannes vom Vordergrundstück zu sehen, mit halboffenem Mund und zusammengekniffenen Augen. Eilig entfernte sich der Mann, eine Karre voll Kompost vor sich her schiebend.

Tuck, tuck, tuck machte Globischs Gummihammer.

Der Hauptkommissar nahm Kramer bei der Schulter und zog ihn ein paar Schritte beiseite, außerhalb der Hörweite des Hausherrn, obgleich der sie gar nicht weiter beachtete. »Globisch hat dieses Grundstück geerbt, samt Haus«, erläuterte er. »Von seiner Großmutter, der alten Frau Janssen. Seine Mutter bekam Haus und Grundstück an der Straße. Beide sind jeweils Einzelkinder und damit die einzigen Erben.«

»Da hat unser fleißiger Freund hier aber das bessere Schnäppchen gemacht«, kommentierte Kramer. »Der Schuppen da vorne ist doch uralt. Das Dach hängt durch, keine Iso-Fenster, und wer weiß, wie es da drinnen aussieht.«

Stahnke nickte. »Frau Janssen war von ihrem Erbanteil auch sehr enttäuscht.« Auf Kramers fragenden Blick hin erläuterte er: »Verwitwete Globisch. Nach dem Tod ihres Mannes hat sie ihren Mädchennamen wieder angenommen. Ihr Sohn, so heißt es, soll ihr das sehr übel genommen haben.«

Kramer nickte langsam. Hinter seiner Stirn arbeitete es sichtlich.

»Eigentlich hatte Frau Janssen sowieso damit gerechnet, den gesamten Immobilienbesitz ihrer Mutter überschrieben zu bekommen. Auf jeden Fall aber fand sie, ihr stehe das bessere Haus zu. Das Testament war jedoch eindeutig und nicht anfechtbar, eine Klage sinnlos. Also hat sie ihrem Ärger auf andere Art Luft gemacht, nämlich mit Schikane.«

Stahnke machte eine Pause, lauschte auf das Tuck, tuck, tuck von Globischs Hammer und dem Quietschen der Schubkarre vom Vordergrundstück. Als Kramer ihm nicht den Gefallen tat nachzufragen, seufzte der Hauptkommissar und fuhr ohne dies fort.

»Sie fand nämlich heraus, dass die Teilung der ursprünglichen Parzelle niemals ins Grundbuch eingetragen worden war. Erschien ja auch unnötig, da beide Grundstücke der alten Frau Janssen gehörten. Eine Eintragung hätte nur unnötige Kosten verursacht, glaubte man. Erst, nachdem die Grundstücke vererbt worden waren, wurde das zum Problem. Beziehungsweise zur Chance, Ärger zu machen.«

Kramers Gesicht blieb steinern, trotzdem hatte Stahnke das deutliche Gefühl, dass sein gewöhnlich so scharfsinniger Kollege nicht darauf kam, wo der Hase im Pfeffer lag. Das freute ihn diebisch. Einige Sekunden lang weidete er sich daran, dann stampfte er mit dem Fuß auf. »Hier liegt das Problem. Wir stehen drauf! Es ist diese Auffahrt hier.«

»Klar«, sagte Kramer. »Das Überwegungsrecht. Wird ein Grundstück geteilt und der hintere Teil bebaut, muss das Überwegungsrecht von der Straße nach hinten ins Grundbuch eingetragen werden. Geschieht dies nicht, hängt es vom Besitzer oder Mieter des vorderen Teils ab, ob er dem sogenannten Hintersassen eine Überquerung gestattet. Oder eben nicht.«

Die Miene des Oberkommissars blieb unbewegt, trotzdem fühlte sich Stahnke seines kleinen Triumphs beraubt. Seine breiten Schultern sanken ein wenig herab. »Richtig«, bestätigte er. »Beide Häuser waren zum Zeitpunkt des Erbfalles vermietet, aber Mutter Janssen kannte den Mieter des Hauses, das sie erbte, recht gut. Der Typ ist Tiefbauarbeiter, im Kopf eher schlicht, aber dafür streitsüchtig. War wohl nicht weiter schwer, den so weit aufzustacheln, dass er anfing, seinen Nachbarn vom Hintergrundstück, mit dem er bis dahin recht gut ausgekommen war, zu schikanieren und ihm das Leben schwer zu machen.«

»Ostfriesischer Volkssport«, repetierte Kramer. »Nachbarn ärgern.«

»Ärgern und verklagen«, korrigierte Stahnke. »Der Hintersasse spielte das Spiel nämlich mit und übernahm den Klagepart. Sein frischgebackener Vermieter, der Herr Globisch, sprang ihm bei, weil er sich von seiner Mutter nicht alles bieten lassen wollte, beide erwirkten zusammen eine Einstweilige Verfügung auf freie Überfahrt, und so konnte Frau Janssen nicht anders, als Gegenklage zu erheben. So standen sich denn Mutter und Sohn vor Gericht gegenüber.«

»Klassisch«, sagte Kramer.

»Ein gefundenes Fressen für die ganze Siedlung«, bestätigte Stahnke. »Um es mal abzukürzen, Globisch gewann, bekam das Überwegungsrecht für den jeweiligen Hausbewohner zuerkannt, wenn auch unter Auflagen, wie eben gehört. Mutter Janssen schäumte und versprach noch im Gerichtsgebäude, dass das nicht das letzte Wort gewesen sei. Sie werde sich schon noch etwas einfallen lassen.«

»Und dann?«, fragte Kramer.

»Dann«, antwortete Stahnke mit funkelnden Augen, »dann war die alte Ziege weg.«

»Äh … wieso?« Der Oberkommissar schaute jetzt doch verwirrt. »Gehörte etwa auch eine, äh, alte Ziege zum Erbe?« Noch während er sprach, schien er endlich zu begreifen.

Stahnke bot alle Selbstbeherrschung auf, die ihm zu Gebote stand, um nicht loszubrüllen vor Lachen. »Du fluchst nicht oft, nicht wahr?«, fragte er scheinheilig. »Man merkt's.«

»Stimmt«, antwortete Kramer mit drohendem Unterton. »Aber ich weiß durchaus, wie das geht. Also bitte.«

»Alte Ziege ist eine sehr verbreitete Bezeichung für

Frau Janssen«, fuhr Stahnke eilig fort. Er war froh, den stets bestens informierten Kramer endlich einmal vorgeführt zu haben, wollte es aber nicht ernstlich mit ihm verderben. »Hier in der Siedlung, meine ich, wo man sie kennt. Die Kollegen haben mal rumgefragt und wenig Schmeichelhaftes zu hören bekommen. Die Dame scheint sich mit fast jedem angelegt zu haben, immer wegen Kleinigkeiten, und pflegte sich dabei schnell im Ton zu vergreifen. Freunde hat sie sich auf diese Art kaum gemacht. Halbwegs ausgekommen ist sie nur mit Becker, ihrem Mieter. Der soll ihr charakterlich recht ähnlich sein.«

»Becker. Ist das der Mann, der da vorne im Garten arbeitet?«

»Das ist sein Vater. Becker junior ist bei der Arbeit, außerdem hat er mit Gartenarbeit nichts im Sinn, spielt lieber Fußball und Skat. Der Senior war früher Steuerberater, ist jedoch frühpensioniert und kümmert sich seitdem hier um den Garten und alles andere.«

»Das kann man wohl sagen«, bestätigte Kramer, den Blick auf die Zaunlücke gerichtet. Als Stahnke sich umwandte, war bereits nur noch das sich entfernende Quietschen der Schubkarre zu hören.

Tuck, tuck, tuck ertönte es von der anderen Seite. Das Geräusch schien von den Häuserwänden widerzuhallen. Vielleicht aber waren das auch nur andere Nachbarn, die ebenfalls pflasterten.

»Frau Janssen ist also als vermisst gemeldet«, nahm Kramer den Faden wieder auf. »Wie lange noch gleich?«

»Seit über einer Woche«, sagte Stahnke. »Auto, Pass, Handy, Koffer, Kleidung – alles noch da, in ihrer Wohnung. Sehr unwahrscheinlich, dass sie einfach nur verreist ist.«

»Du meinst, jemand hat sie verschwinden lassen?«

»Das meine nicht nur ich«, antwortete Stahnke.

»Und der Hauptverdächtige ist der mit dem stärksten Motiv.« Kramer machte eine Kopfbewegung über die Schulter, dorthin, wo es weiterhin tuck, tuck, tuck machte. »Also der Sohn, Ortwin Globisch.« Er fixierte seinen Vorgesetzten. »Meinst du, dass er sie hier …?« Vorsicht tippte er mit der Fußspitze auf das frisch verlegte Pflaster, dessen Fugen noch nicht einmal verschlämmt waren. »Hier? Auf seinem eigenen Grund und Boden?«

Stahnke zuckte die Achseln. »Warum nicht? Wenn er doch sowieso gerade pflastert … Was könnte unauffälliger sein?«

»Aber dann hätte er das Grab seiner Mutter doch stets und ständig vor Augen!« Kramer breitete seine Arme aus: »Er würde sogar förmlich … darauf herumtrampeln!«

Stahnke schmunzelte. »So, wie ich Globisch und sein Verhältnis zu seiner Mutter einschätze, würde ihn das nicht weiter stören.«

Kramer schüttelte nur den Kopf.

Endlich einmal entgleisen ihm seine Gesichtszüge, freute sich Stahnke innerlich. Endlich einmal kann man von seiner Miene etwas ablesen. Und wenn es auch nur Verständnislosigkeit ist.

»Sagtest du nicht, Globisch hätte sein geerbtes Haus vermietet?«, fragte Kramer nach einer Pause.

Stahnke nickte. »Er hatte. Aber sein Mieter hat inzwischen gekündigt. Kann man ja auch verstehen nach dem ganzen Ärger. Zwar haben Globisch und er vor Gericht gesiegt, aber das Verhältnis zu seinem direkten Nachbarn war danach natürlich zerstört. Wer will schon neben solch einem Streithammel wohnen?«

Kramer blickte sich demonstrativ um. »Tja, ganz schön ländlich, die Gegend. Ziegen gibt es hier. Und jetzt auch noch Hammel!« Der Oberkommissar fixierte seinen Vorgesetzten: »Fehlt nur noch ein Hund.«

Jetzt war es an Stahnke, ratlos zu gucken: »Hä?«

Kramer lächelte zufrieden. »Ein Leichenspürhund natürlich, was sonst? Anscheinend bis du dir deiner Sache ja schon sicher und hast mich nur mit hierher geschleift, um Globisch nach vollendeter Überführung einzusacken. Also, was ist, wo bleibt der Leichenhund?«

Stahnke seufzte ergeben. Hatte er wirklich gedacht, Kramer länger als ein paar Sekunden hinters Licht führen zu können? Er schaute auf seine Armbanduhr. »Hundeführer und Hund sind bestellt«, sagte der Hauptkommissar. »Es kann sich nur noch um Minuten handeln, bis sie eintreffen.«

»So.« Kramer verschränkte seine Hände hinter dem Rücken und wippte auf seinen Fußballen auf und ab. »Der Sohn also. Erbt er?«

»Natürlich nicht«, erwiderte Stahnke. »Globisch und seine Mutter haben sich doch gehasst und zuletzt bis aufs Messer bekämpft. Klar, dass sie ihn enterbt hat. Bis auf den Pflichtteil.«

»Aha.« Kramer wippte weiter. »Als Motiv bliebe also Hass, nicht aber Gewinnsucht. Ein starkes Motiv, aber nicht so stark wie beides zusammen. Du sagtest, Frau Janssen sei verwitwet gewesen?«

»Ja, in der Tat. Aber …«

»Lebte sie allein?«

»Keine Ahnung.« Stahnke brauste auf: »Sag mal, wird das hier ein Verhör?«

Kramer ging nicht darauf ein. »Ich habe das Foto gesehen, das die Vermisstenstelle von ihr hat. Nicht mehr die Jüngste, aber doch ansehnlich restauriert. Die lebte bestimmt nicht allein, habe ich mir gedacht. Wozu sonst dieser Aufwand?«

Stahnke zuckte stumm die Achseln. Kramers Auftritt verschlug ihm die Sprache.

»Und tatsächlich hatte sie einen neuen Lebenspartner. Ein Anruf hat genügt, um das herauszufinden. Vorhin, als du mich losgeschickt hast, einen Wagen holen. Per Handy.« Er schnippte mit den Fingern. »Mal eben so.«

Jetzt sackte dem Hauptkommissar auch noch der Unterkiefer weg.

»Bei Frau Janssen ging die Liebe nicht durch den Magen, sondern durchs Portemonnaie«, fuhr Kramer fort. »Sie war schon seit ihrer ersten Ehe nicht arm, aber als durch den Tod ihrer Mutter noch ein weiteres Haus samt Grundstück und Mieteinnahmen dazu kam, suchte sie sich professionelle Hilfe. Denn nichts war ihr verhasster, als Steuern zu zahlen. Zum Glück fand sich schnell jemand, der ebenso wenig Skrupel hatte wie sie und sie davor bewahrte. Ebenfalls schon angegraut, aber noch gut erhalten. Zum Dank ließ sie ihn nicht nur an ihr Geld, sondern auch in ihr Bett.« Einmal noch wippte Kramer, und seine Augenbrauen schienen dabei oben zu bleiben. »Der Mann ließ sich nicht lange bitten und griff zu. Allerdings etwas gründlicher, als Frau Janssen erwartet hatte, denn er war ebenso habgierig wie sie.«

Stahnke klappte den Mund wieder zu. Er ahnte, wen Kramer angerufen hatte.

»Er nahm sie regelrecht aus, brachte Teile ihres Besitzes in die eigene Hand und hatte das wohl mit dem Rest noch vor. Frau Janssen aber kam dahinter«, fuhr der Oberkommissar fort. »Es gab eine Auseinandersetzung, eine lautstarke, wie mein Telefonpartner berichtete. Seitdem ist Frau Janssen verschwunden.«

Über die Auffahrt des vorderen Grundstücks näherten sich Schritte. Ein uniformierter Polizeibeamter erschien in der Zaunlücke, einen erwartungsvoll hechelnden

Schäferhund an der Leine, und grüßte. »Wo fangen wir an? Das neue Pflaster hier?«, fragte er.

Kramer öffnete den Mund, aber Stahnke schnitt ihm das Wort ab. »Nein«, sagte er. »Eher doch nicht. Sondern im Garten des vorderen Hauses. Am besten beim Komposthaufen.«

Ein quietschendes Geräusch näherte sich. Stahnke drängte sich am Hundeführer vorbei. »Herr Becker, bleiben Sie doch einmal stehen.«

Der Mann mit dem eisengrauen Haarschopf riss erschrocken die Augen auf, ließ die Karrengriffe los und begann zu laufen. Ehe Stahnke reagiert hatte, war Kramer schon an ihm vorbei gesprintet. Becker senior schaffte es nicht einmal vom Grundstück herunter. So sehr er sich auch sträubte, gegen Kramers routinierten Griff hatte er keine Chance.

»Platz«, sagte der Hundeführer, nachdem sein Leichenhund neben dem frisch aufgehäuften Kompost angeschlagen hatte, und: »Brav.« Zur Belohnung ließ er das Tier an einem bunten Knotentau zerren. »Klarer Fall, die Leiche ist da drin.« Zu Stahnke gewandt, fügte er hinzu: »Aber das wusstet ihr natürlich schon wieder mal vorher, was?«

Der Hauptkommissar nickte versonnen. »Tja. Älterer, gieriger Liebhaber nimmt reiche Witwe aus, packt seinem eigenen Sohn die Leiche in den Garten, während der Verdacht auf den Sohn der Ermordeten fällt. Clever. Aber nicht clever genug.«

Kramer näherte sich, am Arm den inzwischen gefesselten Becker.

Stahnke beugte sich vor und raunte dem Hundeführer zu: »Jedenfalls für einige von uns.« Er grinste.

Kramer Miene blieb unbewegt wie ein Pflasterstein.

# ESSENER DAUERLIEGER

»Ich traue dir nicht«, sagte Sina.

Stahnke mimte den Empörten. »Waas? Na hör mal, ich bin Beamter!«

»Sei froh. Als Schauspieler bist du nämlich echt schlecht.« Das letzte Wort sprach sie mit einem genüsslich in die Länge gezogenen »ä«, während sie sich über den kleinen Tisch beugte, die Ellbogen aufstützte und ihr Gegenüber kritisch fixierte. Ihr leichtes Sommertop war tief ausgeschnitten, und Stahnke gönnte sich einen ebenso tiefen Blick.

»Hallo, mein Gesicht ist hier oben!«

»Ich weiß. Aber die Konkurrenz ist zu zweit. Au!« Etwas zu spät zog Stahnke seine Füße zurück.

»Lustmolch, vertrauensunwürdiger. Sowas gehört getreten.« Sina spitzte die Lippen, schnappte freihändig nach ihrem Strohhalm und nuckelte an ihrer Cola.

Stahnkes Lächeln zog sich in die Breite, bis der Hauptkommissar tatsächlich fast wie ein Molch aussah. Nach mehrjähriger Pause war er erst seit ein paar Wochen wieder mit Sina Gersema zusammen, sein Glück war noch ganz frisch und prickelnd und schäumte bei jeder Gelegenheit auf und über. Da reichte schon die bloße Erwähnung des Wortes ›Lust‹, egal in welcher Kombination.

»Warum beschimpfst du mich eigentlich so wüst?«, fragte er, während er nach seinem Bierglas griff. Es war leer. Keine Bedienung weit und breit. An diesem herrlichen Samstag war die *MS Heisingen* rappelvoll. An die dreihundert Passagiere drängten sich um die Tische an Oberdeck und in den Salons, um den Baldeneysee in der Frühsommersonne zu genießen, da hatte das Servicepersonal alle Hände voll zu tun.

Sina legte ihr Kinn auf die verschränkten Finger und senkte ihre langen Wimpern. »Weil ich dich kenne«, antwortete sie leise. »Von wegen, keine Hintergedanken! Eine Einladung zum gemütlichen Wochenendausflug, zusammen essen, Schiffchen fahren, ein bisschen sonnen ... und das alles ohne dienstlichen Hintergrund? Nee, mein Lieber, das kauf ich dir nicht ab. Das passt nicht zu dir.«

»Aber wieso denn?« Stahnke breitete die Hände aus. »Genau das machen wir doch gerade! Ich meine, Ausflug und, äh, Schiffchen. Und was Essen betrifft – guck dich doch um! Ist das da am Ufer etwa nicht Essen?«

»Als Witzbold taugst du auch nichts«, erwiderte Sina. »Aber jetzt sag schon. Wen musst du hier verhören? Was wirst du durchsuchen? Oder geht es um eine Verhaftung?«

Stahnke seufzte. »Man hätte euch Frauen das Psychologiestudium besser doch nicht erlauben sollen.« Diesmal bekam er seine Füße rechtzeitig hoch, um Sinas Tritt auszuweichen.

Er lehnte sich zurück, schaute über die Reling hinaus auf den See, der geradezu kitschig blau, vom leichten Wind sanft gekräuselt und mit weißen Segeln verschiedenster Größen gesprenkelt war. Ein Anblick, der sämtlichen Vorurteilen über das Ruhrgebiet spottete. Selbst ein seelandschaftsverwöhnter Küstenbewohner konnte ihn genießen.

Genau das hatte Professor Groenewold auch gesagt.

Stahnke drehte sich zurück; Sinas goldbraune Augen erwarteten ihn schon. »Ja, du hast recht«, sagte er. »Tut mir leid. Ich hätte es dir gleich sagen sollen. Es ist aber wirklich nur eine Kleinigkeit, dauert nur ein paar Minuten. Keine Befragung oder Verhaftung oder so.« Er zuckte die Achseln. »Eigentlich der Fall sowieso schon abgeschlossen.«

»Solche Kleinigkeiten haben dich ja noch nie an irgendwas gehindert.« Sina grinste spöttisch. »Nun erzähl schon.«

Der Hauptkommissar rieb sich die weißblonden Haarstoppeln. Sie fühlten sich feucht an. Obwohl er in den letzten Monaten tüchtig abgespeckt hatte, schwitzte er immer noch schnell. Sina dagegen wirkte wie aus dem Ei gepellt. Bestimmt hielten die anderen Fahrgäste sie für seine Tochter. Das war ihm früher schon passiert, und es störte ihn jedes Mal.

»Unser Mann heißt Groenewold«, begann er. »Professor Dr. Ulfert Groenewold. Bis vor Kurzem Dozent an der Uni Oldenburg. Spezialist für Sprache und Literatur der Niederlande. Irgendwie naheliegend für einen gebürtigen Ostfriesen. Allerdings fristet die Niederlandistik in Oldenburg ein Schattendasein, und Groenewold ist ehrgeizig. Aus seiner Unzufriedenheit mit seiner untergeordneten Position im Fachbereich und seiner hohen Lehrverpflichtung hat er nie ein Geheimnis gemacht. Er wollte vor allem forschen, wollte einen eigenen Lehrstuhl mit Sekretariat und mit Assistenten, die in seinem Namen die lästigen Seminare und vielen Korrekturen erledigten. Und er wollte auch mehr Geld. Also musste er aus Oldenburg weg.«

»Völlig normal im Universitätsbetrieb. Man publiziert so viel wie möglich, das steigert den eigenen Marktwert, man bewirbt sich auf jede passende Stelle, wird zu Gastvorträgen eingeladen, und irgendwann klappt es dann.« Sina zuckte die Achseln. »Natürlich schafft es nicht jeder. Die Stellenpyramide verjüngt sich nach oben hin, und die Konkurrenz wird immer härter. Man muss sich halt durchsetzen können.« Ein Gedanke, der ihr mehr zu schaffen machte, als sie zugeben wollte. Sie stand kurz vor ihrem Abschluss in Psychologie, und wenn sie weiterhin an der Oldenburger Uni bleiben wollte, würde sie sich wohl auch in dieses Haifischbecken stürzen müssen.

»Groenewold hat sich hier in Essen beworben«, fuhr Stahnke fort. »Vielmehr an der Universität Duisburg-Essen, Standort Essen, Fachbereich drei. Niederlandistik gehört hier zur Germanistik. Ausgeschrieben war eine C4-Professur, gut dotiert und ausgestattet mit allem Drum und Dran. Entsprechend groß war der Bewerberandrang. Schon, dass Groenewold von der Berufungskommission eingeladen wurde, war ein großer Erfolg. Und man war auch ganz angetan von ihm. Unser Mann durfte sich Hoffnungen machen.«

Sina schnippte mit den Fingern. »Sag mal, Groenewold – ziemlich groß, schlank, kurzer Vollbart, schmale Brille, heller Anzug mit bunter Fliege? Noch keine vierzig Jahre? Den kenne ich. Ich meine, vom Sehen, aus der Mensa und so. Hat dort einen Stammplatz. Hält regelrecht Hof. Klar, als Prüfer hat er eine Machtposition, aber – glaub mir, Studenten können echt peinlich sein.«

»Er hat eine gewinnende Art«, sagte Stahnke. »Nicht zuletzt diese Tatsache brachte ihn oben auf die Berufungsliste. Allerdings nicht ganz nach oben, sondern auf Platz zwei. Manchmal reicht das schon, denn oft haben die qualifiziertesten Kandidaten mehrere Eisen im Feuer und verzichten im letzten Moment, weil es anderswo eine noch lukrativere Stelle gibt. Also kann man auch als Zweiter durchaus der Sieger sein. Allerdings nicht in diesem Fall.«

»Und wer hat die Stelle bekommen?«

»Ein gewisser Dr. habil. Friedemann Salewski. Mitte vierzig. War bis dahin Wissenschaftlicher Rat an der Uni Bielefeld. Karrieretechnisch eine ziemliche Sackgasse, habe ich mir sagen lassen. Salewski wollte unbedingt da weg – und er wollte unbedingt hierher. Genauer: hierher zurück. Er ist nämlich gebürtiger Essener, stammt aus Heisingen. War als Jugendlicher begeisterter Jollensegler beim Heisinger SC. Hat sein Elternhaus am Fährenkotten, das er schon als Student erbte, nicht verkauft, sondern vermietet, mit Eigenbedarfs-Vorbehalt, weil er eines Tages wieder darin wohnen wollte. Und er hat, seit er als Wissenschaftlicher Assistent regelmäßig verdiente, eine eigene Segelyacht auf dem Baldeneysee. Viel mehr Heimatverbundenheit geht nicht.«

»Kaum.« Sina nickte. »Jede Menge Motivation, vor allem, weil solche Stellen ja nicht alle Jahre ausgeschrieben werden. Dieser Salewski muss um die C4-Stelle gekämpft haben wie eine Kanalratte. Na ja, als Essener Jung hatte er bestimmt noch alte Kontakte. Sowas hilft ja auch.«

Stahnke hatte endlich eine der überforderten Bedienungen erwischt und war seine Bestellung losgeworden. »Klar hat er gekämpft«, sagte er dann. »Beide haben sie das. Scheint aber alles relativ fair zugegangen zu sein. Schließlich waren die beiden befreundet.«

»Ach. Das macht die Konkurrenzsituation ja besonders pikant. Wie kam es denn dazu?«

»Die Niederlandistik ist hierzulande ein überschaubares Fachgebiet«, sagte Stahnke. »Die Spezialisten treffen sich fast zwangsläufig andauernd, bei Kongressen, Fachtagungen und so weiter. Dazu kommt, dass auch Groenewold Segler ist; für einen Ostfriesen aus Leer, der Ems und Nordsee praktisch vor der Haustür hat, ein naheliegendes Hobby. So kamen sie ins Gespräch.

Und weil beide zudem Junggesellen sind, fanden sich schnell Termine für gemeinsame Segeltouren.«

»Ach, höre ich da etwa Neid heraus? So schnell schon wieder Sehnsucht nach der Ungebundenheit? Tja, wenn das so ist …«

Stahnke beschränkte sich darauf, ihr die Zunge herauszustrecken, und fuhr fort: »Die Stelle in Essen war nicht die erste, bei der sie gegeneinander antraten. Sie konnten also mit der Situation umgehen. Klar, dass diesmal beide besonders scharf auf den Jackpot waren. Beide wegen des Karrieresprungs und des Geldes, Salewski zudem noch aus Heimatverbundenheit. Sowohl er als auch Groenewold gelten in Fachkreisen als hochkompetent und sind formal für die Stelle hinreichend qualifiziert. Beeindruckende Publikationslisten, Bücher und Artikel in erstrangigen Verlagen und Zeitschriften. Auch vor der Berufungskommission haben beide geglänzt, jeder auf seine Weise. Groenewold souverän und eloquent, Salewski faktensicher und detailversessen. Die Entscheidung fiel letztlich nur zwischen diesen beiden. Allerdings war sie eindeutig. Salewski sollte es sein.«

Bier und Cola kamen schneller als erwartet. Stahnke zahlte und gab, durstig wie er war, ein großzügiges Trinkgeld. Er prostete Sina zu.

»Salewski erhielt also den Ruf, wie es so schön heißt«, fuhr er dann fort. »Er sagte zu, unterschrieb auch den Vertrag, kündigte den Mietern seines Heisinger Hauses fristgerecht, begann damit, seinen Bielefelder Haushalt aufzulösen. Gleich zu Semesterbeginn sollte er seine Antrittsvorlesung in Essen halten, eine Traditionsveranstaltung, zu der neben etlichen Studenten auch Salewskis neue Kollegen erschienen. Der größte Hörsaal des Fachbereichs war proppevoll, und man wartete geduldig. Jedenfalls bis Viertel nach acht. Danach wartete man schon deutlich ungeduldiger. Und vergeblich. Professor Salewski erschien nicht. Zu seiner eigenen Show.«

»Und warum nicht? Wie hat er das denn begründet?«

»Gar nicht«, sagte Stahnke. »Es hat ihn nämlich niemand mehr zu Gesicht bekommen. Friedemann Salewski ist seither verschwunden.«

Sina hob die Augenbrauen. »Ach, daher weht der Wind! Groenewold ist wohl ein schlechter Verlierer. Gratuliert dem Sieger mit zusammengebissenen Zähnen, lädt ihn scheinheilig zum Cocktail auf seine Yacht ein, macht ihn besoffen und schlenzt ihn bei Tonne 13 über Bord. Weil er ja weiß, dass die Nummer zwei automatisch nachrückt, wenn die Nummer eins die Stelle nicht antritt. So in etwa?«

Stahnke schmunzelte. »Wenn du mich fragst, ja. Mit ein paar signifikanten Abweichungen allerdings. Die Einladung zur Feier kam nämlich von Salewski, die Tour fand auf dem Baldeneysee statt, und Groenewold brachte Rotwein mit. Das Ganze an einem sonnigen Sonntag. Ablegen, ein paar Schläge segeln, paar Gläschen zechen, Zwischenstation machen, ein feines Mahl im Restaurant *Hügoloss*, wieder Rotwein und zwei Ouzo pro Nase, anschließend unter Motor zurück zum Hafen des Essener Yachtclubs, wo Salewski Dauerlieger ist. Letzteres eindeutig eine Straftat, von wegen Alkohol am Ruder. Das war's dann aber auch schon an Eindeutigkeit. Keine signifikante Spuren, weder in Salewskis Haus noch in dem von Groenewold in Leer, auch nicht auf der Yacht. Keinerlei bezeugte Beobachtungen eines möglichen Tathergangs. Keine Waffen oder waffenähnlichen Gegenstände. Kein Blut. Und vor allem gibt es keine Leiche.«

»Und das, was du mir eben erzählt hast ...«

»... entstammt der Aussage von Professor Groenewold, genau. Er war sehr kooperativ, und soweit sich seine Angaben überprüfen lassen, stimmen sie genau. Der Wirt vom *Hügoloss* zum Beispiel, ein gewisser Christos Kokkinidis, erinnerte sich genau. Und der Hafenmeister vom Yachtclub hat die beiden auslaufen sehen. Einlaufen allerdings nicht, es gab da irgendwelche Bauarbeiten, um die er sich kümmern musste, viel Dreck und Lärm, das hat ihn ganz in Anspruch genommen. Schade.«

Das Dröhnen der Schiffmaschine, das die Heisingen bisher in beruhigend gleichmäßige Vibrationen versetzt hatte, änderte seinen Rhythmus, wurde langsamer und tiefer. Das weiße Fahrgastschiff näherte sich wieder einmal einem seiner Anleger, die rund um den langgestreckten, halbmondförmigen Baldeneysee, der nichts anderes war als eine aufgestaute Mäanderschleife der Ruhr, angeordnet waren. Leinen wurden bereit gemacht, um routiniert über abgewetzte Poller geworfen zu werden, die Maschine brüllte noch einmal auf und ließ das ganze Schiff erzittern, um es mit rückwärts laufender Schraube zum Halten zu bringen. Bergehölzer knarrten, Tampen ächzten, dann lag die Heisingen fest am Steg.

»Komm«, sagte Stahnke und stürzte seinen Rest Bier hinunter. »Hier müssen wir raus.«

»Wie, hier in Scheppen? Aber Heisingen liegt doch auf der anderen Seite des Sees.«

»Stimmt. Aber der Essener Yachtclub hat seinen Hafen gleich hier.«

Seite an Seite spazierten sie unter der heißen Mittagssonne. Stahnke schlenderte so langsam, dass Sina ihren leichteren Schritt kaum anpassen konnte. Offenbar hatten sie noch Zeit. Was wiederum hieß, es gab einen Termin.

»Was ist dieser Salewski eigentlich für ein Typ?«, fragte Sina. »Oder soll ich sagen: war?«

»Ich kenne ihn nur von Fotos«, antwortete Stahnke. »Klein, hager, unscheinbar. Vorstehende Zähne, fliehendes Kinn. Keine imposante Erscheinung wie Groenewold. Als Sprachwissenschaftler aber wohl eine echte Kapazität.«

»Wundert mich nicht«, sagte Sina. »So, wie du ihn beschreibst, hatte er bestimmt wenig Ablenkung. Jede Menge Zeit, sich auch durch das härteste linguistische Problem durchzunagen.« Sie kicherte.

»Chauvi, weiblicher.«

Der Yachthafen des EYC lag in einer großen Bucht des Baldeneysees, die sich der Club mit den Fahrgastschiffen der »Weißen Flotte« teilte. Zwei molenartige Landzungen umschlossen das Becken wie mit schützenden Armen. Zahlreiche Jollen, aber auch Kielboote und seetüchtig wirkende Yachten dümpelten an den Stegen. Große Lücken im Mastenwald bezeugten, dass viele Yachteigner das herrliche Wetter nutzten, um ein paar Schläge zu segeln.

Stahnke ignorierte das einladende Yachthafenrestaurant und marschierte am Ufer entlang, jetzt schneller und zielstrebiger als zuvor. Dort, wo der Uferbereich betoniert war, wartete ein Kranwagen mit laufendem Motor, alle Stützen ausgefahren, am Ausleger eine viereckige Traverse, an der zwei lange Schlaufen aus ummantelten Stahlseilen hingen. Der Kranmotor brüllte auf, die Traverse senkte sich, die gepolsterten Schlaufen tauchten ins Wasser. Zwei Uniformierte machten sich daran, eine etwa zehn Meter lange, etwas altmodisch wirkende Segelyacht mit liegendem Mast in die Schlaufen zu bugsieren.

Neben dem Kranwagen stand eine Gruppe von

Männern, die das Manöver beobachteten. Eine vierschrötige, Autorität ausstrahlende Gestalt schien die Aktion zu leiten. Der ältere Mann im schmuddeligen Overall, die Hände tief in den Taschen und die Mundwinkel fast ebenso tief herabgezogen, schien der Hafenmeister zu sein. Und der alerte, kerzengerade Gentleman im hellen Anzug mit bunter Fliege war eindeutig Professor Groenewold.

Stahnke lotste Sina auf die Gruppe zu, was sich als ziemlich schwierig erwies, da der Betonboden an mehreren Stellen aufgerissen war. Brocken in allen Größen lagen herum, ebenso allerhand Werkzeuge, sogar ein Zementmischer und ein Presslufthammer samt Kompressor. Kiesaufschüttungen zeigten an, wo der Kranwagen die Baustelle durchquert haben musste. Bei den Bauarbeiten, die der Hafenmeister schon vor Wochen erwähnt hatte, schienen sich Komplikationen ergeben zu haben. Kein Wunder, dass der Mann so missmutig wirkte.

»Stahnke.« Die vierschrötige Autoritätsfigur begrüßte den Ankömmling ohne Begeisterung. »Meine Kollegen«, stellte er die Umstehenden mit einer flüchtigen Handbewegung vor. »Herrn Professor Groenewold kennen Sie ja, ebenso Heinz Bender, den Hafenmeister. Und wen bringen Sie da mit?«

»Sina Gersema, Polizeipsychologin«, log Stahnke, ohne mit der Wimper zu zucken. »Frau Gersema, dies ist Kriminalhauptkommissar Krömke.« Sina, völlig perplex, hielt Krömkes kritischem Blick und seinem schmerzhaften Händedruck tapfer stand.

»So, dann wollen wir mal«, knurrte Krömke. »Freizeitaktivitäten am Wochenende, auf Ihren besonderen Wunsch, Herr Kollege Stahnke.« Er gab dem Kranführer ein Handzeichen. Die Traverse ruckte an, die

Drahtseile kamen steif, und der Bootsrumpf begann sich langsam aus dem Seewasser zu heben.

»Stopp!« Das war Bender. »Das Heck kommt zu schnell. Die vordere Trosse muss zehn Zentimeter nach achtern.« Gehorsam ließ der Kranführer das Boot wieder herab. Auch Krömke und seine Leute fügten sich den Anweisungen.

»Was soll das werden?«, flüsterte Sina Stahnke zu. »Hast du diese Aktion etwa bestellt? Wozu soll das denn gut sein?«

Stahnke schwieg verbissen. Ja, er hatte darauf bestanden, Salewskis Yacht wenigstens einmal aus dem Wasser zu holen, um auch das Unterwasserschiff genau zu untersuchen. Beliebt hatte er sich damit nicht gemacht. Zugestimmt hatten die Kollegen letztlich nur, weil er versprochen hatte, danach endlich Ruhe zu geben. »Wer weiß, vielleicht hatte der Typ nur seine Midlifecrisis und ist in die Karibik abgehauen«, hatte Krömke gesagt. »Manche Fälle sind eben nicht zu lösen, das muss man einfach akzeptieren.«

Stahnke aber dachte überhaupt nicht daran. Schon gar nicht, seit er herausgefunden hatte, seit wann Groenewolds Haus in Leer zum Verkauf stand. Drei Tage nach der gemeinsamen Baldeney-Segeltour der beiden Professoren hatte der Makler es erstmals inseriert. Und das war mehr als eine Woche vor Salewskis geplatzter Antrittsvorlesung gewesen.

»Reiner Zufall«, hatte Groenewold ganz cool behauptet und dabei an seiner affigen Fliege genestelt. »Ich wollte mich sowieso verändern, na und? Jetzt wird eben ein Umzug nach Essen draus. Wollen Sie mir deswegen etwas anhängen?«

Jetzt hing die Yacht richtig, und der Kranführer hob zügig an. Als das Boot tropfend über der Betonplatte hing, sah es viel größer aus als zuvor. Das Unterwasserschiff war schnittig geformt. Wie eine riesige Flosse hing ein mächtiger Ballastkiel am tiefsten Punkt, über zwei Meter lang und anderthalb tief. Der Kranführer ließ das Boot in eine vorbereitete eiserne Stellage sinken.

»Tja, den Film *Nur die Sonne war Zeuge* haben wir wohl alle gesehen«, höhnte Krömke. »Mord auf hoher See, todsichere Sache, aber als die Yacht aufgeslippt wird, hängt die Leiche noch am Kiel. Schade, dass das Leben kein Kinofilm ist, was, Stahnke?« Seine Kollegen lachten schadenfroh.

Stahnke aber starrte unverwandt auf das Unterwasserschiff. Natürlich gab es hier keine Tatspuren zu sehen, geschweige denn zu sichern. Dafür sah der Hauptkommissar etwas anderes.

»Keine Bleibombe?«, fragte er halblaut in Richtung Hafenmeister.

Der schüttelte den Kopf. »Nee. Hohlkiel von der alten Sorte. Betonfüllung als Ballast. Wieso?«

Stahnke antwortete nicht. »Kompressor einschalten«, zischte er stattdessen.

Bender zögerte nur kurz, dann führte er Stahnkes Anweisung aus. Warum wohl, fragte sich Sina, so einer lässt sich doch sonst nichts sagen. Vielleicht aus Neugier? Das könnte ich nachvollziehen.

Stahnke spannte alle Muskeln seines massigen Körpers an, packte den Presslufthammer, richtete den Meißel auf den Kiel und ließ die Maschine losrattern. Zweimal rutschte sie ab, ehe sich die Spitze zwischen die Fasern der Kunststoffhülle zu bohren und sie aufzureißen begann. Danach ging alle ganz schnell.

»Was zum Teufel ...« brüllte Krömke durch den Lärm. Dann verstummte er, denn die Betonfüllung des Ballastkiels begann zu bröckeln und zu bersten, schneller als vermutet, denn sie war nicht so massiv wie angenommen. Ein Hohlraum in ihrem Inneren barg die Leiche eines kleinen, schmächtigen Mannes. Eines Mannes mit vorstehenden Schneidezähnen und, soweit sich das noch erkennen ließ, fliehendem Kinn.

Dauerlieger, schoss es Sina durch den Kopf.

Als Stahnke den Presslufthammer absetzte, rutschte der rechte Arm des Toten aus dem gesprengten Kiel heraus. Die Finger waren zur Faust geballt, und zwischen ihnen steckte etwas Farbiges. Krömke nahm es vorsichtig an sich.

Es war eine bunte Fliege.

Krömke gab seinen Kollegen einen Wink. »Gut, dass Sie kommen konnten«, sagte er zu Groenewold, während die Handschellen klickten.

»Er hat eben den Ruf vernommen«, sagte Sina. Dann küsste sie Stahnke auf die schweißnassen Lippen.

# Süsser Tod in Berlin

Entschuldigung, ist hier noch frei? Ja, Sie haben recht, das kann ich in der Tat selber sehen. Trotzdem danke. Ist ja doch mächtig voll, der Dampfer. Ich musste schon eine ganze Weile stehen.

Bitte? Nein, ich bin nicht von hier, das haben Sie völlig richtig erkannt. Sie denn? Ah ja, dann ist es kein Wunder. Ein Berliner merkt natürlich sofort, ob er einen Landsmann vor sich hat oder nicht. Wie bitte? Stallgeruch? Verstehe. Ist aber irgendwie doch kein passender Vergleich, nicht wahr? Kommt von der Größe her nicht hin. Muss mal nachdenken, da gibt es bestimmt etwas Treffenderes.

Ja, durchaus möglich, dass wir uns schon einmal getroffen haben. Ich habe auch den Eindruck. Heute? Tja, ich war den ganzen Tag in der Stadt unterwegs. Richtig, in »Mitte«, so sagt man wohl. Ach Gott, Brandenburger Tor, Hotel *Adlon*, Museumsinsel – was man sich halt so anschaut als Tourist.

Genau, Bus gefahren bin ich auch. Diese Doppelstockfahrzeuge erinnern ja an London, bis auf die Farbe, tolle Sache das. Welche Linie? Genau. Dann haben wir uns also dort gesehen.

Ach, das haben Sie mitbekommen? Also, ich muss schon sagen, wie der Busfahrer mich angeschnauzt hat … dabei wollte ich doch nur eine Auskunft. Bei uns zu Hause würde sich das keiner erlauben. Dabei gelten wir Ostfriesen ja nicht gerade als besonders umgänglich.

Landei. Ja genau, Landei, das hat er zu mir gesagt. Das haben Sie behalten, was? Den Ton haben Sie übrigens genau getroffen. Und auch sein Lachen klang ganz ähnlich wie Ihres jetzt.

Natürlich hätte ich vorher auf den Streckenplan gucken müssen, da haben Sie völlig recht. Hängt schließlich an jeder Haltestelle. Sonst hält man ja den ganzen Verkehr auf. Zeit ist Geld, selbstverständlich.

Was ist denn da am Ufer los? Blaulichter, genau. Polizei, Krankenwagen – und noch ein Mannschaftsbulli hinterher. Hoffentlich kein schwerer Unfall. Na, die fahren ja in unsere Richtung, vielleicht sehen wir später noch, was es ist.

Und auf der Museumsinsel waren Sie auch? Pergamon-Museum? Das ist ja erstaunlich. Ich meine, Sie als Einheimischer ... Aber nein, auf keinen Fall wollte ich damit sagen, dass die Berliner keine Kultur hätten. Ganz im Gegenteil, welche Stadt besitzt schon dermaßen viele Kulturgüter? Nur eben, dass Sie als Berliner, der das doch sicher alles schon kennt, ausgerechnet heute ...

Soso, ihr Sohn also. Zu Besuch, aha. Klar, da muss man zusammen etwas unternehmen. Und immer nur in den Zoo geht ja auch nicht, das stimmt. Man will dem Kleinen ja etwas bieten, was? Genau. Ist schon ein richtiger Wettbewerb, wenn man getrennt lebt. Auch Liebe gibt es nicht umsonst? Na, wenn Sie das sagen.

Schön, dass Ihr Filius auf seine Kosten gekommen ist. War ja auch 'ne Schau, wie mich der Aufseher von den Stufen des Forums runtergejagt hat! Nein, wirklich, der hat kein Blatt vor den Mund genommen. Klar, Vorschrift ist Vorschrift, und ein Meter neben der Absperrung ist halt ein Meter daneben, da gibt es nichts, nicht wahr? Nicht in Preußen. Und wann kommt so ein Mann schon mal dazu, sich so richtig auszukoddern. Ist ja selber nur ein kleines Licht.

Komisch, dass der mich auch gleich erkannt hat. Als

Nicht-Berliner, meine ich. Als Provinzler. Landei eben. Ja, exakt, der hat das auch zu mir gesagt, Landei, genau wie der Busfahrer.

Erstaunlich, wie gut Sie den Tonfall treffen! Ebenso wie vorhin. Tolle Sache das. Sind Sie Schauspieler? Ah so, Stadtverwaltung. Na, da machen Sie den Leuten ja auch ganz schön etwas vor.

Schauen Sie mal, da sind die Blaulichter wieder. Da, direkt vor dem Museumseingang. Was da wohl passiert ist? Hoffentlich kein Kunstraub, wäre doch schade. Anderseits, wenn man bedenkt, wo der Krempel ursprünglich herkommt – wirklich ungerecht wär's ja nicht.

Stimmt, der Krankenwagen. Also eher etwas mit Personenschaden. Wenn da mal keine Statue umgekippt ist! Wenn so ein Ding auf einen Trupp Japaner fällt – stellen Sie sich bloß mal die diplomatischen Verwicklungen vor!

Ach herrje, sehen Sie mal da. Der dunkle Kombi, erkennen Sie den nicht? Eindeutig ein Leichenwagen. Da hat es einen Toten gegeben. Tote dürfen nämlich nicht in einem Krankwagen transportiert werden, wissen Sie?

Klar wissen Sie das. Erfährt man ja heute in jedem Fernsehkrimi, klar, Sie haben völlig recht. Entschuldigung, ich wollte mich nicht aufspielen.

Aber ob das die Blaulichter waren, die uns vorhin überholt haben? Die waren doch drüben am linken Ufer, da hätten wir sie beim Überqueren der Brücke sehen müssen. Nein, ich glaube, da ist noch etwas anderes im Busch. Na ja, dafür sind wir schließlich in einer Großstadt, nicht? Da ist eben immer was los. Durchgehend geöffnet – das gilt hier auch für das Verbrechen.

Herrlich übrigens, dass man hier so gemütlich mit dem Schiff kreuz und quer durch die Stadt fahren kann. Da ist man mittendrin und doch ganz für sich, nicht

wahr? Ja sicher, abgesehen von den anderen zweihun-
dert Leuten auf dem Dampfer natürlich. Aber jedenfalls
abgeschottet von dem ganzen Rummel da draußen.

Bitte? Ja, ich nehme noch einen Kaffee. Und Sie? Einen Cappuccino für den Herrn. Ich lade Sie ein. Doch,
klare Sache, schließlich sitze ich quasi an Ihrem Tisch,
da will man sich doch erkenntlich zeigen. Na sehen Sie.

Wo? Stimmt, da blitzt es schon wieder blau. Das
könnte die Kolonne von vorhin sein. Erkennen Sie,
was da los ist?

Nein, keine freie Sicht, das ist ärgerlich. Der Bus steht
im Weg. Ganz schön sperrig, diese Doppelstockdinger.
Hoffentlich liegt da keiner drunter.

Wird einem aber ganz schön was geboten fürs Geld,
nicht wahr?

Ah, das ging ja fix. Danke, Fräulein. Ja, zusammen.
Bitte schön, stimmt so. Ihnen auch noch einen schönen
Tag.

Angenehm, wenn das Personal so nett ist, nicht wahr?
Dann bleibt man doch gleich viel gelassener, allem
Trubel zum Trotz.

Bitte? Den Akzent hatte ich gar nicht bemerkt. Dann ist
die nette junge Dame also gar nicht von hier. Verstehe.

Darf ich Ihnen den Zucker reichen? Einmal oder
zwei? Bitte schön. Ja, zum Wohl. Prost Kaffee.

Auf die Landeier? Wie Sie wollen.

Bei mir zu Hause, in Leer, kann man übrigens auch
mit dem Schiff durch die Stadt fahren. Na ja, ist mehr
als Boot als ein Schiff, und man bekommt auch nicht
besonders viel zu sehen, aber immerhin. Hafenprome-
nade, Altstadt, Museumshafen, Yachtanleger – und die
Schrotthalden der Firma Heeren. Na, jedenfalls kann
man sich gemütlich herumschippern lassen.

Apropos …

Wie? Ach, das fiel mir nur so ein, wegen der Blaulichter. Bei uns gab es nämlich letztes Jahr einen Mordfall. Ziemlich mysteriös, zuerst jedenfalls.

Nein, nicht auf dem Schiff. Es gibt da so ein Restaurant, *Schöne Aussichten*, direkt am Hafen, gleich neben dem Gebäude des Rudervereins. Das Rundfahrtboot fährt dicht dran vorbei. Dort ist es passiert.

Eine Serviererin. Sehr auffällige Erscheinung. Groß, gut gebaut, lange dunkle Haare, immer topmodisch gekleidet und super geschminkt. Sagte man jedenfalls. Ich selber bin ja nicht für so viel Fassadenschmuck. Bitte? Klar, die Geschmäcker sind verschieden. Gut möglich, dass Ihnen die Frau gefallen hätte. Thekla hieß sie übrigens. Gab einen ziemlich Wirbel, als sie tot aufgefunden wurde.

Mordmotive fand man jede Menge. Die Frau ist, wie soll ich sagen, recht großzügig in der Vergabe ihrer Gunst gewesen – jedenfalls, solange diese Großzügigkeit auch großzügig vergolten wurde. Die Kerle waren hinter ihr her wie die Fliegen hinterm Kuhfladen, obwohl sie eine richtige Kratzbürste war. Ein Vokabular hatte die – deftiger als jeder Bierkutscher. Und sie machte reichlich davon Gebrauch.

Klar, dass sich jeder ihrer Verehrer für einzigartig gehalten hatte. Thekla aber hielt mehr von hoher Betriebsauslastung und fließenden Übergängen, wenn Sie verstehen, was ich meine. Extensive statt intensive Bewirtschaftung. So wurde denn ihr Mörder zunächst auch unter ihren geprellten Galanen vermutet. Ziemlich pikant, wer so alles dazu gehörte! Letztlich aber konnte doch jeder ein Alibi vorweisen. Also Sackgasse für die Kripo.

Vermutlich wäre der Täter nie ermittelt worden, wenn er nicht freiwillig gestanden hätte.

Nein, verhaftet wurde er nicht. Er war nämlich schon tot.

Nur die Ruhe, ich erkläre es Ihnen ja. Eines schönen Tages also erschien ein Notar bei der Leeraner Kriminalpolizei, fragte sich zum 1. Kommissariat durch und händigte dessen Leiter, einem gewissen Hauptkommissar Stahnke, einen versiegelten Umschlag aus. Auftragsgemäß, wie es sein Klient testamentarisch festgelegt hatte. Darin – ganz genau, darin war das Geständnis.

Und nicht nur eins.

Ja, schockiert waren wir alle. Der Tote – also der Täter, der tote Täter – war so ein harmlos wirkender Mann gewesen. Viele hatten ihn gekannt, aber kaum jemand hatte ihn wirklich beachtet. Und genau das war denn auch ein wesentlicher Teil seines Motivs.

Wie viele? Fünf insgesamt. Zwei dieser Fälle waren bis dahin nicht einmal als Morde erkannt worden, man war von natürlichem Ableben ausgegangen, und zwischen den drei anderen hatte man keinerlei Zusammenhang vermutet. Ein Finanzbeamter, eine Politesse, ein Journalist, ein Rechtsanwalt und, wie schon gesagt, eine Serviererin. Allesamt umgebracht von einem kleinen, zurückhaltenden, unauffälligen pensionierten Angestellten. Sein Name war übrigens Hermann Müller. Unauffälliger geht es kaum noch.

Gestorben ist er an Krebs. Magenkrebs. Schon mehrmals operiert, mehr ging nicht. Sein Arzt hatte ihm noch drei Monate gegeben und ihm geraten, sich für diesen Zeitraum etwas Kreatives vorzunehmen. Seinem Lebensrest noch einen letzten Sinn zu geben, sozusagen. Tja, und das hat er dann ja auch getan.

Der Arzt hatte sich übrigens ein wenig verkalkuliert. Es waren nicht drei Monate, sondern fünf. Stellen Sie sich vor, der Mann hätte noch ein ganzes Jahr gelebt! Nicht auszudenken.

Ach ja, das Motiv. Wie soll ich sagen – Dünnhäutigkeit? Empfindsamkeit? Am ehesten wohl eine ausgeprägte Aversion gegen Unhöflichkeit.

Tja, dieser Stahnke hat es zunächst auch nicht glauben wollen. Aber wenn der Müller es doch selber so aufgeschrieben hat! Jedes seiner fünf Opfer hat ihn einmal heftig beleidigt. Die meisten wahrscheinlich ganz unbewusst, mehr so gewohnheitsmäßig. Weil sie eben so drauf waren. Sie kennen doch sicher auch diese hemdsärmeligen Ellbogentypen, die einen schon so angucken, als würden sie nur nach der schwachen Stelle suchen, in die sie dann reinpieken können? Nein? Merkwürdig. Berlin ist doch voll davon.

Hermann Müller war einer von denen, die sich niemals wehren. Alles runterschlucken, in sich hineinfressen. Wer weiß, vielleicht hatte sein Magenkrebs ja auch damit zu tun.

Nach jenem Gespräch mit seinem Arzt jedenfalls hat sich Müller hingesetzt und eine Liste gemacht. Wer ihn wann, wo und wie beleidigt hatte. Eine lange Liste, das kann ich Ihnen sagen! Unglaublich, wer da alles draufstand. Die meisten davon können froh sein, dass sich Müllers Arzt nicht noch mehr verkalkuliert hat.

Hoffentlich ist meiner etwas präziser in seinen Prognosen.

Wie? Nein, Sie haben sich nicht verhört. Mag ja sein, dass ich noch recht rosig und gesund aussehe, aber das täuscht leider. Deshalb bin ich ja hier in Berlin, hier gibt es erstklassige Spezialisten. Wunderheiler sind das aber auch nicht. Auf sechs Monate soll ich mich einstellen, heißt es. Tja, nicht zu ändern.

Aber ich werde etwas machen aus der Zeit, das habe

ich mir fest vorgenommen. So wie Müller. Aber mit etwas mehr Power. Von wegen einer pro Monat! Hier in Berlin sind doch ganz andere Quoten möglich. Und hier gibt es auch keinen Hauptkommissar Stahnke. Der ist ja nun vorgewarnt und würde mir vielleicht draufkommen. Aber er ist ja zum Glück für Berlin nicht zuständig.

Sie entschuldigen, wenn ich Sie jetzt allein lasse? Es gibt Momente, da sollte man ganz für sich sein. Reden können Sie ja ohnehin nicht mehr, wie ich feststelle. Aber keine Sorge, ein Weilchen dauert es schon noch. Sie sollen ja etwas davon haben.

Na dann: Auf die Landeier! Und jetzt weiß ich auch, was mir vorhin nicht einfallen wollte: Auf die Landeier in der Legebatterie.

Verstehen Sie nicht? Dachte ich mir. Ist aber auch egal. Bald.

Ach, der Zuckerstreuer. Den nehme ich mit. Das ist nämlich meiner.

Den werde ich noch brauchen.

# DAS NAGELN DER DACHDECKER

Stahnke wartete das Ende der Salve ab, dann duckte er sich und hastete durch den Flur, seinen Unterarm vorm Gesicht, um sich vor umherfliegenden Splittern zu schützen, schlüpfte in die Küche und schlug die Tür hinter sich zu. Tief durchatmend wappnete er sich für die nächste Serie ohrenbetäubender Knalle, die auch nicht lang auf sich warten ließ.

Bang! Bang! Bang!

Der Lärm durchdrang die Zimmerdecke problemlos, und die Geschosse würden es auch tun, wenn die Holzbalken sie nicht aufhielten, da war sich der Hauptkommissar sicher. Todsicher.

Wieder eine Salve. Verdammt, wer sollte das nur aushalten! Was er jetzt brauchte, war eine Pause. Eine Feuerpause. Und er wusste auch, wie er die erreichen konnte.

Vorsichtig öffnete er die Tür zum Flur wieder. Sofort nahmen die Schießgeräusche an Intensität zu. Stahnke legte den Kopf in den Nacken und hielt beide Hände trichterförmig an die Wangen, holte tief Luft und begann aus Leibeskräften zu schreien.

»Frühstückspause! Tee ist fertig!«

Schlagartig war Ruhe.

Während die Dachdecker frühstückten, flüchtete sich Stahnke in den Garten, um die vorübergehende Ruhe auszukosten. Gelingen wollte es ihm nicht, denn das, was sich da vor seiner Nase ausbreitete, sah nicht wie eine Baustelle aus, sondern wie ein Trümmergrundstück. Dort, wo die Balken des alten Daches im Mauerwerk gesteckt hatten, waren die Klinkerwände unregelmäßig ausgezackt wie jahrhundertealte, verwitterte Burgmauern. Der Schuttcontainer quoll über, und längst nicht jeder Stein und jede Pfanne hatten ihr Ziel auch getroffen. Die ausrangierten Dachbalken bildeten dort, wo einmal Rasen gewesen war, einen wirren Haufen, der einen Panzer hätte aufhalten können, und im Vorgarten türmten sich die Reste von Leichtbauwänden und Deckenvertäfelungen. Alles war mit einer dicken, knirschenden Schicht Mörtelstaub überzuckert. Drinnen wie draußen, denn auf die Idee, den Durchbruch der Flurtreppe zum Dachgeschoss abzudecken, waren die Handwerker erst mit einiger Verspätung gekommen.

Stahnke seufzte. Warum nur hatte er sich für die Zeit des Umbaus Urlaub genommen, statt in aller Ruhe Verbrecher zu jagen? Um genau dieses Szenario im Auge behalten zu können, klar. Aber was er sich damit angetan hatte, wurde ihm erst nach und nach klar.

Immerhin ging es nach endlos scheinenden Tagen gefühlter Untätigkeit inzwischen wenigstens voran. Kaum nämlich war das alte Dach abgerissen gewesen, hatten sich die Handwerker immer wieder verflüchtigt wie Morgennebel in der Sommersonne. Regelmäßig hatten sie zwar morgens im halb sieben auf seiner Auffahrt gestanden, lauthals schwadronierend, mit Werkzeugen scheppernd und Hoffnung auf schnelle Baufortschritte weckend – um dann jedoch schleunigst zu anderen Baustellen zu verschwinden, auf denen die Firma Biernoth & Harms andere, offenbar noch ungeduldigere Bauherren bei Laune halten musste. Der Hochsommer war schließlich die Hochsaison im Dachdeckergewerbe, und wenn sich ein deutscher Handwerker auch nicht teilen und auf mehreren Baustellen gleichzeitig präsent sein konnte, so konnte er doch immerhin versuchen, genau diesen Eindruck zu erwecken.

Das Ausmaß dieser Präsenz hing dabei offenbar davon ab, wie überzeugend der jeweilige Bauherr seiner wachsenden Ungeduld Ausdruck verlieh. Als Stahnke das erst kapiert hatte, hatte er sich Biernoth zur Brust genommen. Seitdem ging es richtig voran.

Biernoth selber gehörte zwar nicht zu der vierköpfigen Crew, die sich seither jeden Vormittag zwischen neun und halb zehn in Stahnkes Küche versammelte, um den dort bereitstehenden Tee zu trinken, die mitgebrachten Stullen zu verzehren und dabei die Weltlage zu diskutieren. Dafür aber der dicke Harms, Biernoths Kompagnon, außerdem Marco, der stets lächelnde Tausendsassa, der jedes technische Problem lösen konnte, ohne viel Aufhebens davon zu machen, sowie der schöne Kevin, der zu Latzhose und blonder Lockenmähne immer tief ausgeschnittene Trägerhemdchen trug, und die sommersprossige Annika, Auszubildende im dritten Lehrjahr.

Alles in allem eine schlagkräftige Mannschaft, die in den letzten Tagen dafür gesorgt hatte, dass sich auf Stahnkes Haus, das nach dem Dachabriss wie ein zertretener Schuhkarton ausgesehen hatte, inzwischen schon das helle Balkengerippe des neuen Daches erhob wie ein halb eingelöstes Versprechen. Zwei der vier Handwerker, der dicke Harms und der freundliche Marco, waren schon dabei, Dachlatten anzunageln und alles für das Einpassen der Isoliermatten vorzubereiten, während Kevin und Annika Leichtbauwände für den Innenausbau hochzogen. Alle vier benutzten dabei Nagelgeräte, sogenannte Druckluftnagler, pistolenähnliche Dinger, mit denen sie einfach per Fingerdruck eiserne Stifte in rasender Geschwindigkeit beliebig tief in jede Art von Holz treiben konnten. Und das taten sie ausgiebig. So ausgiebig, dass Stahnke, der sich eingebildet hatte, von Berufs wegen schussfest zu sein, kurz davor war, den Verstand zu verlieren. Denn jeder Nagelvorgang war mit einer heftigen Detonation verbunden.

Er blickte zur Uhr. Schon kurz vor halb zehn, gleich würde die Ballerei wieder losgehen. Vielleicht sollte er einen Spaziergang einlegen. Oder eine Radtour. Irgendwas, bloß eine Weile weg von dieser Knallerei.

Auf der Einfahrt quietschte ein Fahrrad. Etwa schon die Post? Ach nein, Gaby. Stahnke konnte ihre schwarze Mähne gerade noch hinter der Hecke verschwinden sehen. Wie jeden Tag hatte sie Kevin das Frühstück gebracht. Gegen halb zwölf würde sie noch einmal auftauschen, das hatte Stahnke schon spitzgekriegt, und ihrem Kevin den *Ostfriesischen Kurier* bringen, die Lokalzeitung aus Norden, die sie sich extra mit der Post schicken ließ, denn Kevin war gebürtiger Norder und hing an seiner Heimatstadt. Die *Ostfriesen-Zeitung*, die man in Leer las, war für ihn kein Ersatz.

Wirklich praktisch, wenn das eigene Haus samt Ehefrau nur zwei Straßen weit weg vom aktuellen Arbeitsplatz lag und man sich dermaßen bedienen lassen konnte. Obwohl – was waren das für Kerle, die nicht einmal in der Lage waren, sich die eigenen Stullen zu schmieren?

Als der Hauptkommissar seine Küche betrat, lief er direkt in ein Sperrfeuer stummer Blicke aus vier Augenpaaren hinein. Bleiernes Schweigen lag über einem Stillleben, das komponiert war aus fleckigen Bechern, Teerändern und Krümeln auf der hölzernen Tischplatte, leeren Tupperdosen, zerknüllten Butterbrotpapieren und vier Menschen mit geröteten Wangen. Stahnke räusperte sich. Das hier sah nach mühsam unterdrücktem Krach aus. Etwas, das er auf seiner Baustelle überhaupt nicht gebrauchen konnte.

Der schöne Kevin begann zu pfeifen. Es klang wie *Paint it black*, eine alte Stones-Nummer, die gerade durch einen Werbespot mal wieder populär geworden war. Mit provozierend gespitztem Mund verschränkte Kevin die Arme. Die Gesichter der beiden anderen Männer verfinsterten sich noch weiter. Annika schlug die Augen nieder.

Stahnke klatschte in die Hände und blickte betont frohgemut in die Runde. »Na, alles klar? Darf ich den Herren noch etwas bringen? Oder der Dame?«

Die vier Dachdecker erhoben sich wortlos.

Die Sache mit der Fahrradtour war wohl doch keine schlechte Idee, fand Stahnke.

Als er gegen Mittag zurückkehrte, sonnendurchglüht und ausgepumpt, standen nicht nur der Biernoth-Bulli und die Wagen der Bauarbeiter vor seinem Grundstück, sondern auch ein Streifenwagen der Polizei. Außerdem ein unauffälliges Zivilauto, das ihm wohlbekannt war, und ein Leichenwagen. Vor der Panzersperre im Garten stand sein Kollege Kramer, flankiert von zwei Uniformierten. Oben auf dem Balkenhaufen lag der schöne Kevin. Die Reihe kleiner roter Flecken, die über die gesamte Breite seiner Stirn verlief, nahm sich aus wie eine exotische, wenn auch etwas einfallslose Tätowierung. Seinem guten Aussehen tat sie kaum Abbruch. Das tat schon eher die Tatsache, dass der schöne Kevin tot war.

»Etwa zwanzig Stahlstifte hat er im Hirn«, sagte Kramer, nachdem der Tote abtransportiert worden war und sich die beiden Kriminalbeamten auf der Terrasse niedergelassen hatten. »Welcher davon der tödliche war, wird die Obduktion erweisen.«

Wieder einmal musste Stahnke das Gefühl unterdrücken, veräppelt zu werden. Kramer hatte nicht etwa einen schlechten Witz gemacht, Kramer war eben so. Unglaublich effizient und mörderisch humorlos.

»Die Stahlstifte entstammen einem Druckluftnagler«, fuhr Kramer fort. »Vermutlich einem Gerät der Marke *Haubold*, denn alle Arbeiter hier auf der Baustelle tragen baugleiche Geräte dieses Typs, auch der Tote.« Bei der Nennung des Fabrikats verzog Kramer keine Miene.

»Fundort gleich Tatort?«

Kramer nickte: »Davon ist auszugehen, sagen die Kollegen von der Spurensicherung. Keinerlei Hinweis auf einen Transport.«

»Kann man feststellen, aus welchem, äh, Nagler genau die Projektile stammen?«, fragte Stahnke weiter. Geschosse aus Gewehren oder Pistolen waren ziemlich genau zu identifizieren, weil die Läufe der Waffen sogenannte Züge aufwiesen, die den Kugeln den nötigen Drall verliehen und ihnen dabei zugleich eine Markierung verpassten, die so individuell war wie ein Fingerabdruck.

Kramer schüttelte den Kopf. »Keine Chance. Jedenfalls hat noch keiner ein entsprechendes Verfahren für diese Nagler entwickelt. Es gibt zwar unterschiedliche Nagelgrößen, aber ansonsten keine speziellen Kennzeichen. Einer ist wie der andere.«

»Einer wie der andere«, sinnierte Stahnke, »und das zwanzigmal. Einer neben dem anderen. Wie lange dauert das eigentlich, einem zwanzig Nägel durch die Stirn ins Hirn zu knallen?«

»Kommt drauf an«, sagte Kramer, der natürlich wieder

umfassend informiert war. »Man kann diese Dinger auf Dauerfeuer stellen, wie Sturmgewehre oder Maschinenpistolen. Dann hauen die zwanzig Schuss in einer Sekunde raus. Und so, wie die Treffer sitzen, sieht mir das ganz danach aus. Die Durchschlagskraft war vermutlich auf Maximum eingestellt. Eine kurze Bewegung aus dem Handgelenk, und schon ist das Lochmuster gestanzt.«

»Maximale Durchschlagskraft.« Stahnke schauderte. »Braucht man für derart gefährliche Werkzeuge eigentlich eine Sondergenehmigung?«

Kramer schüttelte den Kopf. »Nein, braucht man nicht. Ebenso wenig wie für Hammer, Kreissäge, Axt und Schlagbohrer. Die können auch allesamt tödlich sein.«

»Na schön, so viel zum mutmaßlichen Tathergang«, sagte Stahnke. »Wer aber war nun der Täter?«

Der dicke Harms, der freundliche Marco und die sommersprossige Annika saßen um den immer noch teefleckigen und vollgekrümelten Küchentisch herum, als hätten sie ihre Frühstückspause niemals unterbrochen. Nur dass der Stuhl zwischen Marco und Annika jetzt leer war. Dafür stand Polizeihauptmeister Rieken mit verschränkten Armen und ausdruckslosem Gesicht neben der Spüle.

Kramer bat die Handwerker einen nach dem anderen heraus auf die Terrasse.

Gefunden hätten sie den Toten quasi gemeinsam, sagten alle drei übereinstimmend aus, nachdem Harms mehrmals vergeblich nach Kevin gerufen und dann alle nachschauen geschickt hatte. Beobachtet haben wollte keiner die Tat. Begangen natürlich erst recht nicht.

So weit die Gemeinsamkeiten in den Aussagen. Interessanter aber waren die abweichenden Informationen.

»Marco war neidisch auf Kevin«, sagte Annika. »Biernoth wollte Kevin zum Kolonnenführer machen. Auf diesen Posten hat Marco seit Jahren hingearbeitet. Klar, dass er blind vor Hass war, als heute früh die Nachricht kam.«

»Harms hatte Stress mit Kevin«, sagte Marco. »Kevin hat ihm heute Morgen unterstellt, er würde Baumaterial unterschlagen und verschieben. Wollte angeblich Biernoth umgehend davon berichten. Harms ist nur Juniorpartner, der wäre ruckzuck draußen gewesen aus der Firma.«

»Kevin hat Annika bedrängt«, sagte Harms. »Wollte dauernd was von ihr, dabei ist er verheiratet, und Annika hat einen festen Freund, der allerdings nur am Wochenende hier ist. Annika hat ihn gewarnt, aber Kevin ist so ein Typ, der kein Nein akzeptiert, jedenfalls nicht von einer Frau.«

»Na super«, schnaubte Stahnke, als er wieder mit Kramer alleine war. »Drei Motive, eins schöner als das andere. Warum gibt es denn nicht mal ein Motiv, so ein richtig fettes, ein sonnenklares, allein auf weiter Flur? Aber nein, es müssen ja gleich drei sein.«

Kramer zuckte die Achseln. Harte Fakten wurden davon, dass man sie beklagte, auch nicht weicher.

»Drei Motive«, murmelte Stahnke.

Welches wog am schwersten?

*

Vom Treppenabsatz her wirkte Stahnkes neues Dach wie die Innenansicht eines Wal-Skeletts. Teilweise jedenfalls. Konnte man an vielen Stellen zwischen den rippenartigen Balken hindurch noch den blauen Himmel sehen, so verstellten anderswo bereits senkrechte Streben, Türrahmen und Wände den Blick. Das Obergeschoss war im Werden begriffen, Gott sei Dank. Lange genug hatte es ja schon gedauert.

Und wie lange es jetzt noch dauern würde, stand in den Sternen. Nicht zuletzt hing es vom Resultat der laufenden Mordermittlung ab.

Überall lagen Holzabschnitte und Sägemehl, Nägel und Schrauben, nach denen sich heutzutage offenbar keiner mehr bückte, Werkzeuge und Kabel herum. Dort stand eine ganze Batterie von Ladegeräten für die Akku-Schrauber, etwas weiter hinten surrte der Kompressor, mit dem die Druckluftnagler ausgeladen wurden. Auch da gab es einen Mehrfachstecker und ein Kabel, das um die nächstgelegene Leichtbauwand herum führte. Stahnke folgte dem schwarzen Geringel.

Das Zimmer, das hier entstand, hatte sogar schon eine Decke. Es ging nach Westen hinaus, würde einmal schönes Abendlicht haben, und im Sommer würde man von hier aus die Sonne untergehen sehen, falls der Grundstück schräg gegenüber nicht eines Tages doch noch bebaut wurde. Hier würde er später einmal sitzen, hinter einem hohen zweiflügeligen Fenster, das sich im Sommer wie eine Terrassentür öffnen ließ, hier würde er gute Bücher lesen und dazu Musik hören, wann immer ihm der Job Zeit dazu ließ. Ach ja, Zukunftsmusik.

Oder vielleicht doch nicht, korrigierte er sich, als sein Blick auf den staubigen CD-Player fiel. Anscheinend fanden auch die Dachdecker, dass sich dieser Platz hervorragend als Musikzimmer eignete. Nun ja, warum auch nicht. Gegen Musik bei der Arbeit war ja nichts einzuwenden.

Neben dem CD-Player, in der Zimmerecke, die der Fensteröffnung gegenüber lag, leuchtete gelbe Mineral-wolle, hochwertiges, dickes Isoliermaterial, Symbol für die nächste Ausbaustufe. Nur lag es da nicht in Rollen, so wie es geliefert worden war, sondern flach, in drei Schichten übereinander. Darüber ein Stück Plastikplane. Und oben drauf eine Wolldecke.

Stahnke pfiff leise durch die Zähne. Von »Musik bei der Arbeit« konnte hier wohl nicht die Rede sein. Das hier sah stark nach einem Liebesnest aus. Eins, in dem auf seine Kosten ...

Der Hauptkommissar grinste wider Willen. Auch, weil ihm plötzlich die Doppeldeutigkeit der Begriffe »Nageln« und »Decken« in den Sinn kam. Vor allem aber, weil er sich an seine eigene Schul- und Ausbildungszeit erinnerte. Ein richtiger Casanova war er zwar nie gewesen, aber wenn sich mal die Gelegenheit bot ... zum Beispiel in dem Lager des Möbelhauses, für das er einige Zeit lang als Auslieferungsfahrer gejobbt hatte. Da gab es eine Verkäuferin, Monika hieß sie wohl, handfest und sommersprossig, ja, dieser Annika gar nicht einmal so unähnlich. Zwei, drei Jahre älter und erfahrener als er. Die hatte genau gewusst, was sie wollte, hatte ihn gelegentlich abgepasst, wenn er eine Lieferung abzuholen hatte, und dann war immer alles vorbereitet gewesen. Matratze, Wolldecke, ja, auch der Kassettenrekorder zum Übertönen verräterischer Geräusche stand bereit. Immer mit derselben Musik drin. Abba, ach herrje, was waren das für Zeiten! Nachher war er immer froh gewesen, dass er im Führerhaus seines Siebeneinhalbtonners alleine war und niemand seine geröteten Wangen sehen konnte. Und immer hatte er *Super Trooper* vor sich hin gepfiffen, den Song, der genau an der Stelle der Kassette kam, wenn sie beide ...

Er bückte sich. Der CD-Player stand auf Pause. Stahnke drückte auf Start.

*Paint it black*, röhrte Mick Jagger.

Der Hauptkommissar trat in die Fensteröffnung,

die bis zum Zimmerboden reichte. Keinerlei Geländer oder Absperrung, und genau darunter auf dem Rasen befand sich der Balkenhaufen, auf dem die Leiche des schönen Kevin gelegen hatte. Hier oben also war der Mord geschehen, nicht dort unten. Hier, wo der schöne Kevin den Song als Begleitmusik gehört hatte, den er anschließend unwillkürlich vor sich hin pfiff. Verräterisch für jeden, der den Zusammenhang kannte.

Warum aber wurde Kevin getötet? Hatte Annika sich gewehrt, als er sie mit Gewalt auf die gelben Matten zerren wollte? Oder war sie zwar zunächst seinem Charme erlegen, hatte dann aber genug von ihm gehabt? Wollte er sie erpressen, hatte er gedroht, sie bei ihrem Freund anzuschwärzen? Gründe genug, und der Drucklufnagler war immer zur Hand.

Vielleicht aber war auch der freundliche Marco heimlich in Annika verliebt gewesen. Zu schüchtern, um etwas zu sagen, hatte er sich aufs Gucken beschränkt, hatte die beiden überrascht und war ausgerastet. Zack, zwanzig Nägel.

Oder gar der fette Harms. Ja was denn, auch dicke Dachdecker waren zu Seitensprüngen fähig. Oder mochten sich zumindest welche wünschen. Und jähzornig sein konnten sie bestimmt auch.

Verdammt, alles war möglich. Nach wie vor kam jeder der drei überlebenden Handwerker als Täter in Frage.

»Alle drei«, grummelte Stahnke vor sich hin. »Mist. Warum denn nicht mal einfach nur einer?«

Er drehte sich langsam um, schlurfte weg von der Fensteröffnung, zurück zum Treppendurchbruch, zurück zu Kramer und dem ungelösten Fall, die dort unten auf ihn warteten.

Sein Fuß stieß gegen etwas, das zwischen all dem

herumliegenden Dreck kaum zu identifizieren war. Erneut bückte er sich.

Eine Streifbandzeitung. Ganz neu, von heute, unge-öffnet. Der *Ostfriesische Kurier*. Name und Anschrift des Abonnenten waren aufgedruckt.

Er kniff die Augen zusammen und korrigierte sich: Name und Anschrift der Abonnentin.

»Sie ist noch ein zweites Mal gekommen, wie jeden Tag«, erklärte Stahnke, als alles bereits erledigt war. »Eher als sonst, denn die Post war ungewöhnlich früh dran, und sie ist sofort los, weil sie noch einkaufen wollte. Und weil sie Kevin am Morgen pfeifen gehört hatte. Schließlich kannte sie ihn ja gut genug – ihn und den Song. Männer wechseln selten ihre Vorlieben. Wie auch immer. Harms und Marco waren oben auf den Balken, Dachlatten annageln. Kevin war in seinem Liebesnest, den Werkzeuggürtel noch nicht wieder angelegt. Vögelchen Annika war vermutlich schon wie-der ausgeflogen, aber der CD-Player lief noch. *Paint it black*, der Song, den Kevin immer vor sich hin gepfiffen hat. Für Gaby war die Situation eindeutig. Tja.« Er nickte versonnen. »Bei all der Ballerei ringsumher fiel ihre Extra-Nagelsalve nicht weiter auf.«

»Woher wusste sie denn, wie so ein Druckluftnagler zu bedienen ist?«, fragte Kramer, als gäbe es noch etwas zu klären.

Stahnke machte eine wegwerfende Bewegung: »Handwerkerfrauen wissen so etwas. Außerdem hat sie gestanden, also, was willst du?«

»Die anderen drei sind also unschuldig. Da hast du ihnen ja ganz schön unrecht getan.«

»Beinahe unrecht, bitteschön. Beinahe. Das ist ein Unterschied.« Im Wohlgefühl seines Triumphs nahm

Stahnke die Stichelei seines Kollegen gelassen hin. »Obwohl, wäre ja ganz schön gewesen, wenn der dicke Harms der Mörder wäre. Der ist mir irgendwie unsympathisch. Außerdem – vielleicht unterschlägt der ja wirklich Baumaterial. Mein Baumaterial!«

Kramer zuckte die Schultern: »Ach was. Der dicke Dachdecker deckt dir doch dein Dach. Drum dank doch dem dicken Dachdecker, dass der dicke Dachdecker dir dein Dach deckt.« Sprach's, wandte sich um und schlenderte davon.

Stirnrunzelnd blickte Stahnke ihm nach. Auch als Kramer längst außer Sicht war, wollte das Gefühl, gründlich veräppelt worden zu sein, einfach nicht abklingen.

# ABGESANG IN EMMERICH

»Vergiss es.«

Der Holländer sprach ganz ruhig, geschäftsmäßig, emotionslos. So, wie man in einem Laden »Nein danke« sagt, wenn einem das Angebot nicht gefällt. Nichts gegen den Händler, keineswegs. Aber eben: nein.

Für Johann Hox klang es wie ein Todesurteil.

»Warum?«, fragte er. Sein Stimme drohte zu versagen.

»Beschluss«, sagte der Holländer. »Diese Route ist nicht mehr sicher. Du bist nicht mehr sicher. Zu viel Gerede. Wir haben einen neuen Kontakt. Du bist raus.«

Hox spürte, wie ihm das Blut aus dem Kopf wich; er fröstelte, zum ersten Mal in diesem glutheißen Sommer. »Aber ich habe das Geld«, sagte er und hob den kleinen Alukoffer, den er in seiner rechten Hand hielt. »Und wir haben eine Vereinbarung. Also gib mir die Ware.«

»Du verstehst nichts, was?« Jetzt klang der Holländer spöttisch, fast verächtlich. Er war knapp mittelgroß und schmächtig; Hox überragte ihn fast um Haupteslänge. Trotzdem war klar, wer hier die stärkere Position innehatte.

»Es gibt kein Geschäft mehr, also auch keine Vereinbarung. Und keine Ware. Nie mehr.« Der Holländer grinste, grüßte nachlässig und drehte sich um. Aus, Ende.

Der Anblick des schmalen, in feines helles Tuch gekleideten Rückens trieb Hox das Blut zurück in den Kopf, heißer Hass jagte ihm den Schweiß aus den Poren. Er setzte dem Holländer nach, hob die rechte Hand und schlug zu. Der Alukoffer traf den Mann oberhalb des Kragens. Lautlos sackte er zusammen.

Hox keuchte; Schweiß tropfte auf die Innenseiten seiner Brillengläser. Er ging in der Knie, stellte den Koffer ab und tastete nach der Halsschlagader des Liegenden. Nichts. Keine Frage, der Mann war tot.

Mühsam unterdrückte Hox einen Fluchtimpuls, schaute sich um. Wie immer hatten sie sich hinter dem Foyer des Plakatmuseums getroffen; da gab es gute Deckung. Außerdem war hier nachts um halb drei selten jemand unterwegs. Auch jetzt war niemand zu sehen.

So weit, so gut.

Er klopfte die Taschen des Toten ab, um sich zu vergewissern, ob der Holländer irgendetwas bei sich trug, das auf ihre Geschäftsverbindung hindeutete. Er fand eine Brieftasche mit Ausweis und Visitenkarten: *Remmert Ritsema, Agent für Yachtversicherungen, Nijmegen.* Keine schlechte Tarnung.

Taschentuch, Schlüsselbund, ein paar lose Geldscheine und Münzen. Keine Waffe. Und auch kein Stoff, nicht einmal eine Probe.

Hox drehte die Leiche auf den Rücken, schob seine Arme unter Rücken und Kniekehlen und hob an. Das fiel ihm nicht besonders schwer; er war kräftig gebaut, und aus seiner Zeit als Rheinschiffer gab es unter dem Speckmantel seines massigen Körpers noch reichlich Muskeln. Vorsichtig nach allen Seiten sichernd, trug er den Holländer um das Foyer herum zum Bürgersteig der Agnetenstraße.

Eine Reihe untertassengroßer gläserner Reflektoren, unterbrochen von abgeschrägten, kantigen Betonsteinen, war entlang der Museumsfassade ins Pflaster eingelassen. Bei Regen war Hox schon einmal auf einem dieser glatten Dinger ausgerutscht und hätte sich um ein Haar den Schädel an einem der Steine eingedellt. Früher oder später musste das einfach jemandem passieren. Und jetzt war dieser Jemand eben Mijnheer Ritsema aus Nijmegen.

Vorsichtig legte er die Leiche ab, das Genick auf einem der Steine, die glattsohligen Lackschuhe in der Nähe eines Reflektors. Ein letzter Stups – das sah doch überzeugend aus.

Hatte da nicht eben etwas geklappert?

Hox fuhr herum: nichts. Wohl die Nerven. Kein Wunder, obwohl ihn der Gedanke, soeben einen Menschen getötet zu haben, erstaunlich wenig berührte. Langsam richtete er sich auf, holte sich den Alukoffer und ging davon, so ruhig und gemessen wie nur möglich, vermied den logischen Weg durch die Ölstraße, sondern bog nach links in die Wallstraße ein, passierte Post, Rathaus und Stadtbücherei. Noch einmal rechts und einmal links, und er war auf der Rheinpromenade. Zusammen mit dem Hausschlüssel kramte er sein Taschentuch hervor, tupfte sich die Stirn ab, schloss auf und betrat das herrlich kühle Treppenhaus. So leise wie möglich stieg er die Treppen zum zweiten Stock empor. Schon sah er seine Wohnungstür schimmern. Endlich, endlich in Sicherheit.

»Na, Elten John.«

Eine schattenhafte Gestalt hatte sich zwischen Hox und die Tür geschoben. Keine Frage, wem diese Stimme gehörte. »Hubert!«, stieß er hervor, »was soll das denn?«

»Willst du einen guten alten Freund nicht hereinbitten?«, fragte Hubert Janssen zuckersüß.

Hox schwante Böses. Janssen war alles andere als ein guter alter Freund, und wenn er ihm so kam, dann war etwas im Busch. Er schloss auf und ließ die Tür nach innen schwingen.

»Danke, Elten John«, säuselte Janssen und trat über die Schwelle.

70

»Nenn mich nicht so«, fauchte Hox. »Und wie kommst du hier überhaupt rein?«

»Wegerecht«, sagte Janssen grinsend, während er Hox ins Wohnzimmer folgte. »Andere Leute dürfen nur bei Hochwasser von der Steinstraße aus durch die Keller zu den Wohnungen an der Promenade, ich darf das immer.« In seiner Hosentasche rasselte ein Schlüsselbund.

»Andere Leute wollen ja auch nur trockenen Fußes zu ihren Fernsehsesseln, wenn die Rheinpromenade mal wieder unter Wasser steht«, knurrte Hox und stellte den Alukoffer auf den Couchtisch. »Aber du willst ja gleich die Fernseher.«

»Man tut, was man kann.« Janssen ließ sich nicht aus der Ruhe bringen. »Du musst nicht extra betonen, dass ich nur ein kleiner Fisch bin. Im Gegensatz zu dir. Darum fährst du ja auch den Benz und ich armes Fischlein nur ein klappriges Fahrrad.«

Oh verdammt. Janssen fuhr wirklich ein altes Rad, dessen Schutzbleche bei jeder Erschütterung schepperten. Also hatte er sich doch nicht getäuscht, vorhin in der Agnetenstraße. Janssen war dort gewesen. Er hatte alles gesehen.

»Setz dich«, sagte Hox. Seine Stimme klang rau.

»Na also, Elten John, alter Holländer«, sagte Janssen und nahm Platz.

Wie er ihn hasste, diesen dämlichen Spitznamen! Aber er stammte nun einmal aus dem Ortsteil Elten, der nach dem Krieg vierzehn Jahre lang niederländisch gewesen war – und eine gewisse Ähnlichkeit mit Popstar Elton John, von der Frisur über die Brille bis hin zur Körperfülle, war ebenfalls nicht abzustreiten.

»Und? Was führt dich her?«, fragte Hox.

Janssen grinste immer noch. »Wie, gar nichts zu trinken?«

Jetzt platzte Hox doch der Kragen. »Mach's Maul auf, du Eimer!«, brüllte er. »Sag schon, was du willst, oder du fliegst, und zwar nicht durch die Tür!«

»Schon gut.« Beschwichtigend hob Janssen beide Hände, blieb aber völlig ruhig. Kein gutes Zeichen. Also war er wirklich dort gewesen, hatte etwas gesehen. Wie viel? Und was wollte er dafür?

»Damit wir uns nicht falsch verstehen«, sagte Janssen, »ich will dir nicht an den Koffer. Ich will meinen eigenen haben.«

Hox verstand kein Wort, und das sah man ihm an.

»Keine Erpressung, Alter«, fuhr Janssen fort. »Ich hab gesehen, wie du deine Geschäfte regelst, und das imponiert mir. Hab keinen Bock, mich mit dir anzulegen, klar? Einen wie dich muss man nicht zum Feind haben, sondern zum Partner.«

Johann Hox legte seine Stirn in Falten und horchte in sich hinein, gab aber die Hoffnung, sich verhört zu haben, schnell wieder auf. Von wegen »keine Erpressung«! Der Kerl wollte nicht sein Geld, er wollte ihn gleich ganz. Partner! Das konnte dieser Ratte so passen. Aber nicht mit ihm.

Früher, ja, da hatte er sich mit Typen wie Eimer Janssen abgegeben. Erst hatten sie sich geprügelt, wie sich das gehörte, wenn Jungs aus Elten und anderen Emmericher Stadtteilen aufeinander trafen, dann waren sie gemeinsam auf Raubzug gegangen. Zigaretten, Schnaps, was sich so fand. Einmal war Janssen sogar ins Info-Center eingestiegen, hatte aber außer ein paar Münzen nur einen Karton Anstecknadeln mit dem Stadtwappen erbeutet. Seit damals hatte er den Spitznamen »Eimer« weg.

Dann aber hatten sich ihre Wege getrennt. Während Hubert Janssen auf der Hauptschule seine Ehrenrunden drehte und anschließend als Packer bei Katjes jobbte, hatte Johann Hox den Realschulabschluss gemacht, war bei Probat in die Lehre gegangen und hatte seine Prüfung als Feinmechaniker mit Auszeichnung bestanden. Man wollte ihn sogar in Festanstellung übernehmen; eine echte Lebensperspektive, denn Jobs beim traditionsreichsten Hersteller für Kaffeerösttechnik galten als krisenfest. Hox jedoch hatte abgelehnt und statt dessen auf einem Binnenschiff angeheuert. Das hatte alle überrascht.

Aber Hox hatte sich diesen Schritt genau überlegt. Was konnte es nützen, sich mit der Produktion von Waren abzugeben, wenn Produktionsorte immer austauschbarer wurden? Grundsolide Firmen wurden aufgekauft, erst in nationale, dann in multinationale Konzerne eingegliedert und bei der nächsten Rationalisierung einfach geschlossen, ratzfatz, weil fast überall auf dem Globus billiger produziert wurde als in Deutschland. Für Hox war die Standortfrage längst abgehakt. Etwas anderes rückte in den Vordergrund: Transport.

Früher waren es die Rohstoffe, die aus aller Welt in die Industriestaaten transportiert wurden; heute, da diese Stoffe gleich dort, wo sie gefördert wurden, billig verarbeitet wurden, galt es, die Waren in alle Welt zu verteilen. Das geschah nach wie vor mit Schiffen. Und das Schlüsselwort hieß Container. Der Rhein selbst gab die Antwort. 500 Meter breit war er bei Emmerich, über 500 Schiffe zogen hier jeden Tag vorbei, stromauf und stromab. Und da war noch Platz, viel Platz für noch viel mehr Schiffe. Mochte es auch sinnlos erscheinen, zwölf Meter lange Blechbüchsen mit Christbaumschmuck aus China heranzuschaffen oder Schiffsladungen von Altpapier nach Malaysia zu transportieren – Tatsache war, dass es geschah und dass Geld damit verdient wurde. Viel Geld.

Deshalb stieg er in die Binnenschifffahrt ein. Na ja, nicht allein deshalb – auch, weil er wusste, dass sein Onkel ein leidlich modernes Binnenschiff sein eigen nannte, nicht jedoch Weib und Kinder. Alles fügte sich prächtig. Onkel Johann tröstete sich mit reichlich Genever über die abendliche Einsamkeit hinweg; eines Nachts verfehlte er die Gangway der *Drusus* und ward nicht mehr gesehen, denn der Rhein fließt schnell bei Emmerich. So wurde Hox Schiffseigner.

Heute nannte er fünf Binnenschiffe sein eigen, alle mit dem alten Emmericher Stadtwappen, dem hölzernen, reifenbeschlagenen Eimer, am Bug. Dieses Wappen schmückte auch das flaggenförmige Reedereiabzeichen, das Hox stets stolz am Jackett oder am Hemd trug, je nach Witterung. Längst ging er selbst kaum noch auf Fahrt, nur noch gelegentlich und vertretungsweise, sondern kümmerte sich an Land um das Gedeihen seiner Reederei. Und um seine anderen Geschäfte.

Seine Schiffe befuhren den Rhein von den Niederlanden bis hinauf nach Basel; eine klassische Schmugglerroute. Und als gebürtiger Eltener hatte Hox ein gewachsenes Verhältnis zum Schmuggel. Jene Butternacht von 1963, als Elten nach seinen 14 niederländischen Jahren wieder zu Deutschland gekommen und in der Nacht auf den 1. August mit zollpflichtigen Waren aller Art buchstäblich vollgestellt worden war, die Schlag Mitternacht zusammen mit dem Ort plötzlich und zollfrei quasi importiert wurden, war Legende. Nur leider konnte man inzwischen mit dem Schmuggel von Butter, Kaffee, Schnaps oder Zigaretten nichts mehr verdienen. Profit war nur noch mit Drogen zu machen.

Skrupel hatte Hox nie gehabt. Die nötigen Kontakte

knüpfte er früh. Sein Job, sein Schiff und seine Routen machten ihn als Zwischenhändler interessant. Und er war clever. Niemals fiel auch nur der Schatten eines Verdachts auf ihn, bei keiner Routinekontrolle wurde auch nur ein Krümelchen Stoff entdeckt.

Aber Johann Hox wollte nicht nur Geld, er wollte auch Anerkennung. Noch galt er als Emporkömmling, wurde von der Elite geschnitten, war geduldet, aber nicht wirklich akzeptiert. Das passte ihm nicht. Also half er wiederum nach. Zuerst eine Spende für das Rheinmuseum zur Anschaffung neuer Schiffsmodelle, dann ein kräftiger Zuschuss zur Restaurierung des uralten Drusus-Brunnens in Elten – das kam an. Man sprach über ihn, und zwar in den gewünschten Tönen. Sogar als Kandidat für den Fährmann wurde er genannt, jene Auszeichnung für Emmericher Bürger, die sich um ihre Stadt verdient gemacht hatten. Der Durchbruch schien nahe.

Allerdings wurden auch Fragen gestellt. Wie denn der Reeder Johann Hox so spendabel sein könne, wo doch aus der Branche nur Klagen zu hören seien. Und wie denn dieser Aufsteiger in so kurzer Zeit derart habe investieren und expandieren können. Lästige Fragen. Fragen, die Aufmerksamkeit hervorriefen und ihn somit seine lukrative Geschäftspartnerschaft kosteten. Fragen, die ihn letztlich zum Mörder gemacht hatten.

Und hatte er jetzt auch noch Hubert Janssen am Hals.

»Drück dich klarer aus«, herrschte er seinen ungebetenen Gast an. »Was genau willst du? Einen Job auf einem meiner Schiffe?«

»Quatsch.« Janssen winkte ab; Arbeit war eine Zumutung für ihn. »Aber an deine Branche hatte ich schon gedacht. Weniger an die Schiffe als an die Büchsen, verstehste?«

»Nein«, sagte Hox. Aber das war gelogen.

»Na hör mal«, sagte Janssen, »ist doch ganz einfach. Guck dir nur den Containerhafen an. Kaum gesichert, nur Schranken, keine Tore – und die Blechbüchsen mach ich dir mit 'nem Bolzenschneider auf. Es gibt dabei nur ein Problem.« Erwartungsvoll schaute er Hox an.

Recht hat er, dachte Hox. Das einzige Problem für einen Dieb ist, dass er nicht weiß, in welchem Container die CD-Player sind und in welchem die Christbaumkugeln. Und ob die Büchsen mit der hochwertigen, leicht verkäuflichen Ware am Rand stehen oder mittendrin, wo ohne Verladebrücke niemand herankommt. Der Rest ist einfach. Genau das Richtige für einen kleinen Fisch wie Hubert Janssen.

»Tipps willst du also«, stellte Hox fest.

»Ja, genau.« Janssen strahlte selbstzufrieden. »Ist doch 'n guter Deal für dich, oder? Versicherung zahlt. Kommste billig bei weg.«

Ein bisschen zu billig, dachte Hox, wenn man einen wie mich wegen Mordes bei den Eiern hat. Das sieht mir eher nach einem Versuchsballon aus. Wenn ich darauf eingehe, wird er mit Sicherheit schnell mutiger.

»Na gut«, sagte er. »In Ordnung. Wenn du dicht-hältst.«

»Ehrensache«, sagte Janssen. Er entspannte sich sicht-lich.

»Und wann?«, fragte Hox.

Janssen breitete die Arme aus: »Je eher, desto besser. Geld kann man immer gebrauchen, nicht wahr? Mög-lichst irgendwas Elektronisches, das geht am besten.«

»Wie wär's mit gleich?«

»Wie jetzt.« Janssen wirkte überrumpelt. »Du meinst heute Nacht noch?«

»Klar.« Hox griff nach einem Aktenordner, der auf dem Couchtisch lag, öffnete ihn aber nicht. »Jetzt, in diesem Moment, stehen unten im Containerhafen vier Büchsen, randvoll mit DVD-Playern. Gute Marken, bestens zugänglich. Die gehen am Vormittag noch raus. Wer weiß, wann sich wieder solch eine gute Chance ergibt. Wie sieht's aus? Noch ist es dunkel, aber nicht mehr lange. Greif zu oder lass es.« Er klatschte den Ordner auf den Tisch, um seinen Worten Nachdruck zu verleihen; dass er lediglich Bunkerbelege enthielt, wusste Janssen ja nicht.

»Du gehst ja ran.« Janssen war verunsichert. Er hatte Hox drängen wollen, jetzt war er plötzlich der Gedrängte.

Hox zuckte die Achseln: »Wir können's natürlich auch verschieben. Kein Problem.« Der leicht abfällige Unterton gelang ihm ausgezeichnet.

»Nein.« Janssen hatte sich entschieden: »Wir machen es. Heute Nacht. Aber du kommst mit.«

»Wenn du meinst.« Hox verbiss sich ein zufriedenes Grinsen. »Von mir aus. Wie lange brauchst du für den Wagen?«

»Keine dreißig Sekunden. Auf dem Parkplatz Kasstraße steht einer, den nehmen wir im Vorbeigehen mit.«

Schweigend verließen sie die Wohnung, stiegen die Kellertreppe hinab und durchquerten den Kellergang Richtung Steinstraße, so, wie Janssen gekommen war. Hox' Gedanken rotierten rasend. Der Holländer, das war ja eine Art Unfall gewesen, Totschlag im Affekt. Was er aber jetzt vorhatte, war Mord. Kaltblütig geplanter Mord wurde so etwas wohl genannt – dabei fühlte er sich alles andere als kaltblütig, und mit der Planung war es auch nicht weit her. Nicht einmal bewaffnet hatte er sich. Janssen war zwar kleiner als er, aber er konnte kämpfen wie eine Kanalratte.

Janssen knackte den Kastenwagen im Handumdrehen; das Auto gehörte einem Installateur und enthielt, wie vermutet, in seinem Werkzeugbestand auch einen Bolzenschneider. Wenige Minuten später stoppten sie in der Industriestraße. Beim Aussteigen wischte Hox wie unabsichtlich mit dem Ärmel über die Türgriffe.

»Und wo?«

»Linke Seite, hinterm Verwaltungsgebäude.«

»So weit hinten?« Janssens Stimme signalisierte Zweifel. »Wenn's heute noch raus soll?«

»Was weiß ich denn? Ist halt so.«

Eine feste Behauptung konnte eine Menge Argumente ersetzen. Das klappte auch bei Janssen. Er folgte schweigend, den Bolzenschneider in der Hand.

Haushoch türmten sich die Container, formten die gezackte Silhouette einer fenster- und lichtlosen Totenstadt. Eine hochbeinige Verladebrücke wachte darüber wie ein stählerner Drache. Radlader standen aufgereiht wie Truppen, die auf ihren Einsatzbefehl warteten. Im Hintergrund schimmerte das breite Silberband des Rheins.

»Da sind sie.« Hox deutete auf eine Gruppe von vier mattroten Containern, die etwas abseits standen.

»Na dann.« Janssen schwang den Bolzenschneider – und stutzte. »Der ist ja gar nicht verplombt«, sagte er überrascht.

»Merkwürdig«, sagte Hox. »Mach mal auf, vielleicht war einer vor uns hier.«

Janssen entriegelte die Riesenbüchse; die Flügeltür, die die gesamte Rückwand einnahm, teilte sich in der Mitte, eine Hälfte schwang auf. Der Geruch von Kartonagen drang heraus. Janssen steckte in den Kopf durch die Öffnung. »Halb leer.« Seine Stimme klang dumpf. »Aber das ist ja …«

Mit seinem ganzen Gewicht warf sich Hox gegen die Containertür. Die Riegelstangen schepperten, als der schwingende Stahl von Janssen Kopf jäh gebremst wurde. Hox packte die Türkante, stieß nach, holte aus, stieß noch einmal. Bei jedem Ausholen sackte Janssens Körper ein Stückchen in sich zusammen. Und bei jedem Zustoßen ließ sich die Stahltür ein bisschen weiter schließen.

»Altpapier, genau«, keuchte Hox, als Janssen leblos am Boden lag. »Die Büchse wird heute noch fertig beladen. Geht ab nach Indonesien.« Er packte den Toten an Hemd und Gürtel und schleifte ihn in den Container. Zwischen den gepressten Pappeballen und der stählernen Decke war gerade genug Platz. Hox mobilisierte alle Kräfte, stemmte den leblosen Körper hoch und schob ihn in den Spalt. Mit dem Bolzenschneider stocherte er nach, bis von unten nichts mehr zu sehen war.

Nachdem er wieder zu Atem gekommen war, inspizierte er die Containertür, ehe er sie schloss; nichts war zu sehen außer Schmutz, die rote Rostschutzfarbe erwies sich als günstig. Seine Kleidung allerdings hatte gelitten. Er klopfte sich ab, beschloss dann aber doch, sich schnellstens umzuziehen.

Es dämmerte bereits, als Johann Hox gemessenen Schrittes das Hafengelände verließ. Den gestohlenen Kleintransporter würdigte er keines Blickes, sondern ging zu Fuß am Rheinpark vorbei Richtung Promenade. Gerade schälte sich die Emmericher Rheinbrücke, die ihn entfernt an die Golden-Gate-Bridge erinnerte, aus dem Frühdunst. Strahlend weiß lag die *Rheinkönigin*, das schnittigste und modernste Rundfahrtschiff im Revier, an ihrem Steiger. Bestimmt würde es wieder ein heißer Sonnentag werden, und wieder würden sich die Touristen auf den Decks der *Rheinkönigin* drängen. Eine schwimmende Goldgrube musste das sein. Vielleicht sollte er seine Fühler einmal in diese Richtung ausstrecken.

Dass er, der erfolgreiche Aufsteiger, der aussichtsreiche Anwärter auf den Fährmann, in den zurückliegenden Stunden seine ergiebigste Geldquelle verloren hatte und zum Totschläger und Mörder geworden war, wusste er wohl. Aber irgendwie schaffte er es, die Gedanken daran hinter Gittern zu halten wie Raubtiere im Zoo. Er konnte sie sehen, musste sich aber nicht vor ihnen fürchten.

Der Rheinpegel zeigte immer noch einsdreißig. Verdammt wenig, einige seiner Schiffe konnten nur mit halber Ladung fahren. Bisher war ihm das egal gewesen, bald aber würde er so etwas zu spüren bekommen, in der Geldbörse, wie andere Rheinschiffer auch.

Vorausgesetzt, er konnte einfach so weitermachen.

Konnte er?

Er passierte die große Christophorus-Figur. Ja, das war ein Kerl, den konnte nichts umhauen, der wurde mit jeder Last fertig. Der trug die ganze Welt auf seinen Schultern und das Jesuskind dazu.

Andererseits wusste der ja nicht, was er da trug. Und die Weltkugel war geborsten, jedenfalls hatte der Bildhauer sie so dargestellt.

Alles kaputt? Jede Mühe umsonst?

Hox ließ sich auf eine Bank fallen, den Blick auf den stetig dahinfließenden Strom gerichtet. Ausruhen, einen Augenblick lang sammeln. Das Summen in seinem Schädel abklingen lassen.

Hinter ihm erklang eine Sirene, kurz darauf eine zweite. Aha, der Holländer. Erst die Polizei, dann der

Notarzt, schließlich der Leichenwagen, ohne Sirene und ohne Hast. Tote haben keine Eile mehr. Diagnose Unfalltod, ganz bestimmt. Ja, diese glatten Reflektoren, diese kantigen Steine im Gehwegpflaster. Kein Wunder, musste ja so kommen.

Schiff um Schiff zog vorbei. Hox rührte sich nicht, sorgte sich nicht. Das hier war der Rhein, sein Revier, was sollte ihm hier passieren?

Längst war die Sonne draußen, strahlte bereits kraftvoll. Erste Spaziergänger passierten seine Bank, stoppten am Steiger der *Rheinkönigin*, deren Besatzung gerade die Vorräte ergänzte. Heute sollte es nach Antwerpen gehen, Abfahrt neun Uhr, Hox kannte den Fahrplan auswendig.

Wieder Sirenen, diesmal von links. Vom Containerhafen her. Das Geräusch traf ihn wie ein kalter Wasserguss, der ihn herausspülte aus seinem traumweichen Sicherheitskokon. Wie das – hatten sie Janssens Leiche doch gefunden? Damit hatte er nicht gerechnet. Wer durchsuchte denn einen Altpapiercontainer, ehe er ihn vollständig belud und auf die Reise schickte? Aber egal, sollten sie Janssen doch finden, solange es nichts gab, was auf ihn hinwies.

Zufrieden strich er sich mit beiden Händen über die Brust. Und erstarrte. Da fehlte etwas, da links an seiner Hemdtasche, die halb abgerissen herunterhing. Seine Anstecknadel. Sein Reedereiabzeichen. Verdammt, wann und wo …

Aber das war ihm längst klar. Als er sich gegen die Stahltür geworfen hatte, um Janssen zum Schweigen zu bringen, musste er an einer Riegelstange hängen geblieben sein. Ein Fetzchen Hemdstoff fehlte auch. Verflucht.

Hox sprang auf die Füße. Die Gitter in seinem Kopf

waren aufgesprungen, die Weltkugel war geborsten. Aus war's, aus und vorbei. Vielleicht hatte er noch zwei, drei Stunden, dann würden sie an seine Tür klopfen.

Falls er dann zu Hause war.

Seine Wohnung. Da stand noch der Alukoffer. Eine Viertelmillion Euro in bar – das war doch etwas. Genug, um ein Weilchen über die Runden zu kommen. Vielleicht sogar wieder in Fahrt. Anderswo, weit weg.

Aber noch stand er hier, am Emmericher Rheinufer, in Hörweite der Sirenen und in Reichweite der Polizei. Erst einmal weg hier, Distanz schaffen, Land gewinnen.

Land?

Sein Blick fiel auf die *Rheinkönigin*. Auf der Landungsbrücke drängten sich die Menschen. Nach Antwerpen, richtig. Gab es dort einen internationalen Flughafen? Bestimmt. Klar, mit dem Auto war er viel schneller dort, sein Auto aber würden sie zur Fahndung ausschreiben, das ging blitzschnell. Viel zu riskant. Auch die Züge würden sie kontrollieren. An das Schiff aber würden sie sicher nicht denken. Dabei war er rheinabwärts schon nach wenigen Kilometern im Ausland.

Hox ging los, zwang sich, keine zu hastigen Schritte zu machen. Da war sein Haus, die Außentreppe, die hochwassersichere Tür. Mit fliegenden Fingern schloss er auf.

Der Koffer. Mit einem Alukoffer in der Hand konnte er natürlich nicht an Bord gehen. Er sah sich um, öffnete einen Schrank, zerrte einen kleinen Rucksack heraus, schüttete das Geld hinein. Was noch? Brieftasche. Papiere. Er würde sich andere besorgen müssen, aber trotzdem. Und sonst noch? Nichts. Das war eine Tagestour, nur nicht auffallen durch zu viel Gepäck. Schnell noch die Kleidung wechseln? Nein, keine Zeit mehr. Nichts wie weg.

Wegen des Niedrigwassers war der Steiger stark geneigt. Unten saß der blonde Hans am Kassentisch, grinste sein St-Pauli-Lächeln und zählte ihm das Wechselgeld hin: »Na, bereitest du dich auf den Ruhestand vor?« Man kannte sich eben, hier auf dem Fluss. Zum Glück aber kannten sie nur den Hox von gestern.

An Oberdeck war nichts mehr frei. Er setzte sich an einen der Salontische, beobachtete das Ablegemanöver, kämpfte seine Ungeduld nieder. Aus den Lautsprechern tropfte süßliche Popmusik. Elton John, ausgerechnet. *Candle in the Wind*, was für ein Abgesang. Langsam dreht die *Rheinkönigin* in den Strom, nahm Fahrt auf, flussabwärts, Richtung Grenze. Das Grummeln der Maschine wurde lauter. Geschäftig eilten die Kellner vorbei. Normal, alles normal. Hox versuchte sich zu entspannen.

Draußen rauschte ein Polizeiboot heran.

Jetzt schon! Das war zu schnell. Wie waren sie so bald auf ihn gekommen, woher wussten sie, dass er hier an Bord war?

Ein Wasserpolizist im kurzärmeligen weißen Uniformhemd stand auf dem Gangbord des kleinen Polizeikreuzers und winkte herüber. Die *Rheinkönigin* wurde wieder langsamer. Was blieb ihm jetzt noch?

Schräg gegenüber an seinem Tisch saß ein Mann, ähnlich groß und breit wie er, aber mit blonder Stoppelfrisur, und starrte fasziniert aus dem Fenster. Neben seiner Kaffeetasse lag eine Art Hotelzimmerschlüssel. Richtig, auf diesem Schiff gab es ja auch Passagierkabinen. Die hatte er sogar schon einmal besichtigt, vor ein paar Jahren, als das elegante Schiff in Dienst gestellt worden war. Man hatte ihn zur Feier eingeladen, unter Kollegen. Der Niedergang war achtern, dort, wo gerade niemand hinschaute, da alle Augen auf das Manöver das Polizeibootes gerichtet waren.

Kurz entschlossen griff er zu, schnappte sich den Schlüssel und erhob sich.

»He!«

Mist, der dicke Stoppelkopf war aufmerksamer als erwartet. Hox sprintete los, erreichte die Tür zum Niedergang, riss sie auf, sprang hindurch.

Irgend etwas riss ihm die Füße unter dem Körper weg, Treppenstufen kamen auf ihn zu, es knallte, zweimal, dreimal, und dann tat es weh.

»Was ist denn mit Ihnen passiert?« Die Stimme einer jungen Frau. »Sie sind wohl über den Staubsauger gestolpert, der da oben auf dem Treppenabsatz steht. Haben Sie sich verletzt?«

Hox lag auf dem Bauch, die Brille hinter dem einen Ohr, den Rucksack hinter dem anderen, und es war ihm egal.

Schwere Schritte polterten die Treppe herunter: »Der hat unseren Kabinenschlüssel geklaut. Guck, er hat ihn noch in der Hand.«

»Wozu? Da gibt's doch nichts zu klauen.«

»Keine Ahnung. Ist auch egal. Der Wasserschutz ist sowieso gerade längsseits. Wollen den Kapitän warnen, weil heute Nacht irgendwo rheinabwärts eine Untiefentonne vertrieben ist. Die sollen sich mit dem Burschen befassen.«

»Sein Rucksack ist kaputt gegangen«, sagte die junge Frau. »Schau doch mal, was da rausquillt.«

Der dicke Mann pfiff durch die Zähne. »Die Bündel hätte er mal besser wegpacken sollen«, sagte er. »In etwas Stabileres. Einen Alukoffer vielleicht.«

Ach was, dachte Hox. Quatsch. Das ergibt keinen Sinn. Ich träume. Ja, das muss ein Traum sein.

Leider er wusste es besser.

# Zahl verliert

»Das war's also.« Fritz Konermann zerrte sich den schwarzen Schlips vom Hals und stopfte ihn in die Jackentasche seines guten dunklen Anzugs. »Ich frage mich, wozu wir eigentlich einen Notar gebraucht haben. War doch alles schon vorher klar.«

»Ist halt so.« Auch Walter Konermann löste seinen seidenen Binder, rollte ihn vorsichtig auf und verstaute ihn sorgsam. »Auch in Erbschaftsangelegenheiten gibt es Vorschriften, die beachtet werden wollen.« Freundlich lächelte er der Bedienung zu, die an ihren Tisch getreten war: »Ein Schneewittchen, bitte.«

»Was soll das denn sein?«, polterte Fritz.

»So heißt ein Alster auf Niederländisch«, sagte Walter. »Die Wirtsleute hier sind nämlich Niederländer. Stimmt's?«

Die Serviererin nickte zustimmend: »Und was möchten Sie?«

»Ich bekomme ein richtiges Pils«, sagte Fritz.

Aus alter Gewohnheit waren die Brüder Konermann nach der Testamentseröffnung ins Emmericher Yachthafenrestaurant gegangen. Hier hatten sie sich häufig mit ihrem Vater getroffen, der sich als Rentner in der kleinen Stadt am Niederrhein niedergelassen hatte. Als Binnenschiffer waren Fritz und Walter fast ständig auf dem Rhein unterwegs, da ergab es sich immer mal wieder, dass sie in Nijmegen, in Duisburg oder auch direkt im Emmericher Containerhafen festmachten. Mit dem kleinen Opel, den die *Zwei Gebrüder* achtern auf dem Aufbau mitführte und der per Kran flott an Land gesetzt war, waren sie stets mobil, wenn sich mal eine Liegezeit ergab. Was freilich immer seltener der Fall war, denn die Frachtraten in der Binnenschifffahrt waren knapp kalkuliert, Geschwindigkeit war alles, und jede Stunde, die das Schiff nicht in Bewegung war, kostete Geld.

Formal hatte die *Zwei Gebrüder* immer noch dem alten Konermann gehört, auch wenn der das Geschäft längst seinen Söhnen übergeben hatte. Beide besaßen sie das Kapitänspatent – eine wichtige Voraussetzung, um das Schiff jeden Tag vierzehn Stunden und mehr in Fahrt halten zu dürfen. Das Sagen an Bord aber hatte Fritz, der um zwei Jahre Ältere. In geschäftlichen Dingen stimmten sich die beiden zwar regelmäßig ab, aber auch hier gab Fritz den Ton an. Einmal Käpt'n, immer Käpt'n, so war das eben.

Jetzt war der alte Konermann gestorben, erst sechsundsechzigjährig, aber nach dem frühen Krebstod seiner Frau nicht völlig unerwartet. Auch sein Testament hatte keine Überraschungen enthalten. Das Schiff ging an seine beiden Söhne, jeweils zur ideellen Hälfte; auch die restliche Hinterlassenschaft – Möbel, Erinnerungsstücke, ein paar Tausend Euro auf der Sparkasse – ging genau durch zwei. Der alte Konermann war stets ein gerechter Vater gewesen. Kein liebevoller, das nicht, aber das brachte das harte Leben an Bord wohl mit sich. So war das eben.

Sie schwiegen, während sie auf ihre Getränke warteten, widmeten sich dem vertrauten Ausblick über die Terrasse des schwimmenden Restaurants hinweg auf das weite, gut geschützte Becken des Yachthafens, die langen Schwimmstege und die zahlreichen daran vertäuten Boote. Der Rhein war von hier aus nicht sichtbar, lag verborgen hinter der gewundenen Einfahrt. Vielleicht machte genau das den Reiz dieses Lokals für die Rheinschiffer aus: Man befand sich in vertrauter Umgebung, ohne aber ständig an die Arbeit erinnert zu werden.

Nachdem die Getränke serviert worden waren, prosteten sie sich stumm zu, nahmen jeder einen kleinen Schluck, wie um noch einmal des verstorbenen Vaters zu gedenken. Während Walter sein Glas danach abstellte, setzte Fritz seins noch einmal an und trank es in einem Zug leer, wie um zu zeigen, dass für ihn nunmehr der Alltag wieder begonnen habe.

»Na denn«, sagte er. »Dann wird ja wohl in Zukunft alles so bleiben wie bisher.« Auffordernd blickte er seinen Bruder an.

»Nein«, sagte Walter. »Wird es nicht.«

Fritz schob seinen Kopf nach vorne, neigte ihn zur Seite, als glaubte er, sich verhört zu haben. »Nicht?«, fragte er dann mit jenem bedrohlichen Unterton, den er immer dann anschlug, wenn er eine Kontroverse witterte. »Was soll sich denn ändern? Willst du jetzt Kapitän werden, oder was?«

»Will ich nicht«, sagte Walter leise. »Ich will das Geld.«

»Was für Geld?«, fragte Fritz verständnislos. »Du weißt doch, dass Vater kaum Bargeld hinterlassen hat. Und glaub bloß nicht, dass wir für die Wohnungseinrichtung mehr als ein paar Kröten bekommen. Möbel sind doch schon nichts mehr wert, kaum dass du sie aus dem Laden getragen hast.«

»Ich habe ein halbes Schiff geerbt«, sagte Walter. »Das ist eine Menge Geld wert. Das will ich haben.«

»Ja, aber dann … das geht doch nicht.« Fritz stemmte seine Pranken auf den Tisch; seine kräftigen Armmuskeln sprengten fast den Anzug. »Wie denkst du dir das? Dann müssten wir ja das Schiff … das Schiff …«

»Verkaufen, ja«, sagte Walter. Auch er beugte sich

jetzt vor. Der jüngere Bruder war nicht weniger groß und kräftig als der ältere, trotzdem war er Auseinandersetzungen bisher zumeist ausgewichen, hatte bei Meinungsverschiedenheiten gewöhnlich zurückgesteckt. Diesmal aber sah es anders aus. Fritz war überrascht.

Sekundenlang saßen sie angespannt und fast Stirn an Stirn da, starrten sich gegenseitig in die Augen, dann lehnte sich Fritz langsam zurück, ohne seinen Blick abzuwenden. Walter tat es ihm gleich, ebenso langsam. Wenn es möglich gewesen wäre, hätten sie einander wie zwei Tiger umkreist, aber das war in Restaurants wie diesem nicht üblich, und die Brüder Konermann wussten sich zu benehmen.

»Gesetzt den Fall«, sagte Fritz nach einer Weile, leise und ganz ruhig, »wir verkaufen das Schiff. Nur mal angenommen. Was machen wir dann? Was machst du dann?«

»Aktien«, sagte Walter. »Ich will ins Aktiengeschäft einsteigen. Technologiewerte und so. Da ist wirklich was zu holen. Hier kommen wir ja doch auf keinen grünen Zweig.«

Fritz schnaubte verächtlich. »Aktien! Na hör mal. Da muss man sich auskennen, da muss man wissen, was läuft. Informationen haben. Wie willst du denn …«

»Ja, ich!«, zischte Walter. »Was glaubst du, was ich die letzten Monate gemacht habe, während du Ruderwache hattest oder abends die Buddel am Hals? Hast wohl nie gesehen, was da alles an Zeitschriften und Fernkursen für mich in der Post war? Aber so was interessiert dich ja nicht. Und dein kleiner Bruder interessiert dich ja sowieso nicht.« Er redete sich in Rage: »Ich habe mich informiert, habe mich weitergebildet. Weil ich keine Lust habe, mein ganzes Leben in einer Blechbüchse auf irgendwelchen Flüssen und Kanälen zu verbringen. Weil ich noch etwas erreichen will. Hier wird das ja doch nie was, mir dir Sturkopp ewig vor der Nase. Und jeder verdiente Euro geht durch zwei! Nee, mein Lieber. Ich habe andere Pläne. Alles, was mir noch fehlte, war das nötige Kapital.« Er grinste: »Und das habe ich ja jetzt.«

»Und was habe ich dann?«, fragte Fritz.

»Na was wohl. Die andere Hälfte.«

»Aber kein Schiff mehr.«

Walter zuckte die Achseln. »Wenn du das Schiff unbedingt behalten willst, dann zahl mich doch aus.«

»Als ob das so einfach wäre! Das geht doch nur über Darlehen. Die Zinsen würden mich auffressen, da bliebe nichts mehr übrig. Das geben die Frachtraten einfach nicht her. Da könnte ich doch gleich …«

»Genau«, sagte Walter. »Verkaufen.«

Inzwischen hatte Fritz registriert, wie ernst es seinem Bruder war, und schlug andere Töne an. »Aber Walter, es kann doch nicht sein, dass dir die Schifffahrt überhaupt nichts bedeutet. Überleg doch mal, das waren doch schöne Jahre, erst mit Vater zusammen, dann wir beide!«

Walter schnaubte verächtlich. »Komm mir doch bloß nicht auf die Tour! Ich war dem Alten doch gerade gut genug für jede Drecksarbeit. Wenn ich dran denke, was der unter Ausbildung verstand, dann tut mir heute noch der Buckel weh.«

»Bist aber doch ein ganz schön kräftiges Bürschchen geworden dabei«, sagte Fritz. »Und dein Patent hast du auch gemacht.«

»Ja, trotzdem. Nicht wegen Vater. Und du hast dann ja ganz in seinem Stil weitergemacht.«

»Nun komm, du kannst aber auch nicht alles madig machen«, beharrte Fritz. »Es gab doch auch schöne

Zeiten. Denk mal dran, wie wir abends zusammengesessen und gespielt haben. Mensch, das war doch was!«

Jetzt wurde auch Walters verbissene Miene weicher, und ein Lächeln stahl sich in seine Mundwinkel. »Tja, da sagst du was. Pokern um Streichhölzer, Skat um ein Zehntel – das hat schon Spaß gemacht. War aber auch das Einzige! Wir sind schon eine richtige Zocker-Familie.« Er verschränkte die Arme: »Und genau darum, weil uns das Zocken im Blut liegt, gehe ich jetzt an die Börse. Mit meinem Erbe als Startkapital.«

Fritz schwieg ein paar Sekunden lang, hielt den Blick gesenkt, hob ihn dann plötzlich und fragte: »Mit wie viel rechnest du denn?«

»Wenn wir Glück haben, bringt das Schiff 1,2 Millionen, wenn wir Pech haben, immerhin achthunderttausend«, sagte Walter. »Ich gehe mal von einer halben Million Euro für mich aus. Damit kann man schon einiges machen.«

»Nicht so viel wie mit einer ganzen Million«, sagte Fritz.

Walter zog die Brauen zusammen: »Wieso? Willst du jetzt etwa plötzlich mitmachen?«

»Ich denke nicht dran«, sagte Fritz. »Aber ich weiß, dass ich mit einem halben Schiff nicht fahren kann. Mit einem ganzen dagegen schon. Und du hättest gegen eine ganze Million doch auch nichts einzuwenden. Also – hopp oder topp. Sind wir nun Zocker oder nicht?«

»Du willst um die Erbschaft spielen? Alles oder nichts?« Walter lachte nicht. Er klang auch nicht abweisend. Walter war eben ein echter Konermann. Seine Augen glitzerten. »Wie stellst du dir das vor? Karten?«

Fritz lachte. »Ach was, Karten! Auch keine Würfel und kein Roulette. Ich finde, wenn es um alles oder nichts geht, müssen wir beide ein bisschen mehr Einsatz bringen. Persönlichen Einsatz.« Er langte über den Tisch und packte Walters Oberarm, fühlte eisenharte Muskeln. »Jeder von uns muss zeigen, was er draufhat. Und der Bessere gewinnt alles.«

»Lass hören«, sagte Walter. Er konnte es kaum erwarten. Das Wettfieber hatte ihn gepackt.

*

»Und dann?«, fragte Stahnke.

»Wir haben uns den Küstenkanal ausgeguckt«, sagte Fritz Konermann. »Der führt von Oldenburg nach Dörpen, zum Dortmund-Ems-Kanal. Da gibt es eine Menge Straßenbrücken, alle mit der gleichen Durchfahrtshöhe, und gleichbleibenden Wasserstand. Zwei Lagen Container hatten wir geladen, mehr geht da sowieso nicht. Auf dem vordersten Container haben wir ein kleines Podest aufgebaut, genau abgemessen, so dass es gerade noch unter die Brücken passte, und unser höhenverstellbares Steuerhaus haben wir ebenfalls exakt ausgerichtet. Nachmittags um vier sind wir in Oldenburg losgefahren. An der ersten Brücke haben wir alles noch mal überprüft. Tja, und dann ging's los.«

»Eine Wette also.« Der Hauptkommissar lehnte sich zurück, bis sein betagter Drehstuhl bedenklich knackte. »Wer denkt sich denn so etwas Irrsinniges bloß aus?«

»Walter und ich«, sagte Fritz Konermann leise. »Beide zusammen. Wir waren absolut einig, dass wir es so machen und nicht anders. Wissen Sie, wir sind eben so.« Er korrigierte sich: »Oder vielmehr, wir waren so. Muss man jetzt ja wohl sagen.«

»Ja, das muss man wohl«, sagte Stahnke. »Bei der Wette ging es also darum, vom Podest aus auf die jeweilige Straßenbrücke zu kommen, die Brücke zu überqueren und die andere Seite zu erreichen, ehe das

Schiff die Brücke passiert hatte, und auf das Steuerhausdach hinunterzuspringen«, fasste der Hauptkommissar zusammen. »Richtig?«

»Ja, richtig.«

»Und das immer abwechselnd, so oft, bis es einer von beiden nicht schafft?«

»Genau.«

»Aber diese Brücken sind doch meterdick«, sagte Stahnke. »Wie soll man denn da hochkommen? Und das alles bei voller Fahrt!«

»Was heißt volle Fahrt«, sagte Fritz Konermann, »im Kanal sind doch nur zehn Stundenkilometer erlaubt. Die haben wir genau eingehalten. Und unter diesen Brücken gibt es dicke Leitungen, Rohre und Kabel, da kann man sich schon hochziehen, wenn man ein bisschen was im Ärmel hat.« Er ließ die Muskeln spielen: »Außerdem habe ich ja bewiesen, dass es geht.«

»Ja«, sagte der Hauptkommissar. »Sie haben das Kunststück als Erster geschafft. Das haben Sie jedenfalls ausgesagt. Ihr Bruder Walter kann das ja nun leider nicht mehr bestätigen.«

»Was wollen Sie damit sagen?«, fragte Fritz Konermann leise.

»Gar nichts will ich sagen. Hören will ich, und zwar, wie das genau passiert ist mit Ihrem Bruder.«

»Er hatte Schwierigkeiten«, sagte Fritz Konermann. »Ist fast abgerutscht. Als er endlich oben war, rauschte das Steuerhaus bereits unter die Brücke. Ich hab' mich natürlich gefreut. Die Wette gewinnst du, habe ich gedacht.«

»Gewonnen hatten Sie in dem Moment, als Ihr Bruder das Schiff auf der anderen Seite nicht mehr rechtzeitig erreichte?«

»So ist es. Bedingung war ein Sprung aufs Steuerhausdach.« Fritz Konermann atmete tief ein: »Walter hat ja noch alles versucht.«

»Und dabei die Straße überquert, ohne auf den Autoverkehr zu achten«, ergänzte Stahnke. »Er wurde angefahren und gegen das eiserne Brückengeländer geschleudert, der Unfallgegner beging Fahrerflucht.«

»Ja«, sagte Fritz Konermann.

»Womit das Schiff *Zwei Gebrüder* jetzt Ihnen allein gehört.«

»Ja.«

Stahnke erhob sich, ging zum Fenster, wandte Fritz Konermann den Rücken zu. Der hochgewachsene Binnenschiffer löste sich aus seiner verkrampften Sitzposition, streckte die Beine aus. Sein Stuhl knarrte in seinen Verbänden.

»Sind Sie eigentlich stärker als Ihr Bruder?«, fragte Stahnke. »Ich meine, als er gewesen ist?«

Fritz Konermann zuckte mit den Schultern: »Kann man nicht sagen. Wir waren wohl ziemlich gleich, so körperlich. Mancher hat uns für Zwillinge gehalten.«

»Dann hatten Sie also keinen Vorteil bei dieser Wette?«

»Was heißt Vorteil? Jeder von uns beiden hatte eine faire Chance.« Konermann breitete die Arme aus: »Wenn Sie so wollen – ich bin vielleicht mehr der zupackende Typ.«

»Und warum sind Sie als Erster an den Start gegangen? Weil Sie der Ältere sind?«

»Nein, das hat sich so ergeben. Das haben wir ausgelost. Mit einer Münze. Ich hatte Zahl. Zahl verliert.«

»Zeugen?«

»Natürlich nicht«, sagte Fritz Konermann. »Das ging ja nur uns beide etwas an.«

»Jetzt nicht mehr«, sagte Stahnke. Er wandte sich

vom Fenster ab, setzte sich wieder an seinen Schreibtisch, stemmte die Ellbogen auf die Tischplatte und fixierte sein Gegenüber. »Herr Konermann, Sie sind ein Lügner.«

»He!« Der Binnenschiffer fuhr hoch, aber seine Empörung war gespielt, das konnte man sehen.

»Lassen Sie's gut sein«, sagte Stahnke. »Nicht jeder Zocker ist auch gleich ein Schauspieler. Sie haben Ihren Bruder umgebracht, um das gemeinsame Erbe alleine zu kassieren. Vielmehr, Sie haben seinen Tod geplant. Kommt vor Gericht aber wohl aufs Gleiche raus.«

»Behauptungen!« Fritz Konermann spuckte das Wort förmlich aus. »Ohne Beweise ist das einen Dreck wert, was Sie da sagen.«

Stahnke legte die Handflächen zusammen und lächelte. Hätte Fritz Konermann den Hauptkommissar näher gekannt, dann hätte er jetzt gefröstelt. »Sagen Sie«, fragte Stahnke, »was wissen Sie eigentlich von Polizeiarbeit? Worauf es dabei ankommt?«

Fritz Konermann zuckte die Achseln: »Also, aus dem Fernsehen – keine Ahnung.«

»Drei Dinge sind es«, zählte Stahnke auf: »Kombinationsvermögen. Dann natürlich Gründlichkeit. Und ein bisschen Glück.«

»Ja und?«

»Nicht so ungeduldig, ich erklär's Ihnen ja.« Stahnke schob seinen massigen Körper in einer bequemere Sitzhaltung. »Also erstens, Kombination. Der Küstenkanal verläuft in Ost-West-Richtung; wer von Oldenburg kommt, fährt Richtung Westen. Am späten Nachmittag hat man also die tiefstehende Sonne gegen sich. Und die schien gestern sehr stark; es war kein Wölkchen am Himmel. Ich weiß, wie das blendet, ich bin auf dem Küstenkanal schon selber gefahren, mit meinem Boot.

Da werden die Schatten tiefschwarz, und man kann nichts erkennen, was darin liegt. Ein kontrollierter Absprung ist kaum möglich. Jedenfalls nicht für Sie, Herr Konermann. Sie sind also gar nicht gesprungen, Ihr Bruder hat den Anfang gemacht.«

»Wer lügt hier?« Wieder wollte Fritz Konermann aufbrausen, aber Stahnke brachte ihn mit einer Handbewegung zum Schweigen.

»Sie leiden unter einer Lichtüberempfindlichkeit«, sagte Stahnke. »Selbst mit Sonnenbrille konnten Sie den Sprung nicht schaffen.«

»Woher …« Konermann brach ab.

»Gründliches Arbeiten«, sagte Stahnke. »Den Namen Ihres Augenarztes haben wir aus Ihrem Rechnungsordner.« Dass er diesen Arzt vom Tourenskippertreffen her kannte und der es daher mit der Schweigepflicht nicht so genau genommen hatte, verschwieg er. »Und Gründlichkeit hat uns auch auf etwas anderes gebracht«, fuhr er statt dessen fort. »Kennen Sie Albert Pohl?«

Fritz Konermann zögerte einen Moment zu lange. »Nein.«

»Aber sicher doch«, korrigierte Stahnke in väterlichem Tonfall. »Albert Pohl hat gestern einen Motorradfahrer angefahren. In Surwold, das liegt im Emsland, nicht weit vom Küstenkanal. Er fuhr einen Mietwagen. Soweit nichts Besonderes.« Der Hauptkommissar machte eine kleine Pause und genoss Konermanns ratloses Schweigen. »Aber jetzt kommt die Gründlichkeit ins Spiel. Die Kollegen von der Verkehrspolizei waren so gründlich, zu notieren, dass Pohls Mietwagen auch vorne an der Motorhaube eine Beule aufwies, obwohl der Motorradfahrer, dem er die Vorfahrt genommen hatte, ihm doch in den rechten Kotflügel gefahren war. Und wir waren so gründlich, mal zu kontrollieren, was gestern außer dem Unfalltod Ihres Bruders in der Region noch so alles passiert ist.«

»Und?« Konermann zeigte Wirkung, schaltete aber auf bockig. »Was soll das jetzt?«

»Zeigen Sie mir doch mal bitte Ihr Handy«, bat Stahnke höflich.

»Warum denn?« Konermann tastete seine Taschen ab: »Außerdem habe ich es gar nicht bei mir.«

»Natürlich nicht«, sagte Stahnke, »das habe ich. Sie sollten das Ding nicht einfach so rumliegen lassen. Sonst kann jeder nachgucken, was für Nummern sie darauf gespeichert haben. Zum Beispiel die von Albert Pohl.«

Konermann schnappte nach Luft.

»Nicht, dass wir die Nummer nicht auch selber gehabt hätten«, fuhr Stahnke fort. »Pohl ist für uns ja kein Unbekannter. Obwohl er mit Mord bisher nichts am Hut hatte. Aber er ist schwach geworden bei der Summe, die Sie ihm geboten haben.« Der Hauptkommissar griente wie Columbo: »Ach ja, Sie merken schon, Pohl hat inzwischen gesungen.«

Stahnke zog seine Schreibtischschublade auf und kramte darin herum. »So viel zu Kombination und Gründlichkeit. Diesmal hätten wir's vielleicht auch ohne Glück geschafft. Aber einen glücklichen Zufall gab es doch, der mir die Sicherheit gab, auf dem richtigen Weg zu sein.« Jetzt schien er gefunden zu haben, was er suchte, behielt seine Hand aber noch in der Lade. »Dass die Konermanns samt und sonders begeisterte Zocker sind, ist unter Binnenschiffern allgemein bekannt. Ein Besuch bei den Kollegen hier im Hafen hat gereicht, um das herauszufinden. Diese Kollegen wissen auch noch mehr. Zum Beispiel, was ihr so spielt und mit welchen Einsätzen. Und auch, dass Ihr Bruder zum Losen immer eine ganz bestimmte Münze benutzt hat. Einen amerikanischen Vierteldollar. Niemals eine andere, da war er eigen, wie Zocker so sind. Und sehen Sie, wie der Zufall so spielt ...«

Er zog seine Hand aus der Schublade. Eine amerikanische Vierteldollarmünze lag darin, die Seite mit dem Adler nach oben. Stahnke drehte die Münze um: Washingtons Kopf. »Adler oder Kopf«, sagte der Hauptkommissar. »Keine Zahl. Der Münzwert steht nämlich nur in Buchstaben drauf.«

Fritz Konermann nickte. Leise murmelte er: »Zahl verliert.«

»Stimmt«, sagte Stahnke.

# DER STILLE
# HERR KAPPELHOFF

Es kam nicht oft vor, dass Stahnke sich mit einem Bank-
überfall befassen musste. Mord war sein alltägliches
Geschäft, damit kannte er sich aus. Aber die Sommer-
urlaubszeit brachte es zuweilen mit sich, dass er auch in
anderen Ressorts aushelfen musste. Und so stand der
Hauptkommissar denn in der Schalterhalle der Emder
Sparkasse am Ratsdelft, die Hände vor lauter Unsicher-
heit noch tiefer in die Trenchcoattaschen gerammt als
sonst, und vertraute auf die Flexibilität seines Kollegen
Kramer.

Nicht nur die so ungewohnte Fallsituation bereitete
ihm Unbehagen, sondern auch die Umgebung. Glas,
Chrom, Marmor, Edelholz. Wer vertraute sein sauer
verdientes Geld eigentlich Leuten an, die es derart
verschwendeten und daraus nicht einmal einen Hehl
machten? Tja, wer wohl. Er selbst zum Beispiel. Stahnke
nämlich war ebenfalls Sparkassenkunde, und zwar seit
Jahrzehnten. Nur hatte er die Schalterhalle seit vielen
Jahren nicht mehr betreten. Schließlich signalisierten
Geld- und Kontoauszugsautomat im kartenschlossge-
sicherten Vorraum deutlich genug, dass dieses Institut
die meisten seiner Kunden eigentlich gar nicht zu sehen
wünschte. Das Finanzfußvolk sollte seine bescheidenen
Wünsche bitteschön selbst befriedigen, nur das sol-
ventere Publikum durfte mit den Damen und Herren
Beratern aufs Zimmer.

Der Räuber allerdings hatte diese Signale ignoriert

und die gewünschte Selbstbedienung direkt am Kassenschalter vorgenommen. Ein Wunder, dass es den überhaupt noch gab im Zeitalter von Onlinebanking und Plastikgeld. Aber ganz ohne Bargeldbestand ging es wohl immer noch nicht. Und den hatte sich der Räuber geschnappt.

»Haben wir eine Täterbeschreibung?«, fragte Stahnke, als Kramer sich näherte, einen Schreibblock in der Hand und Furchen auf der Stirn.

»Ja und nein«, sagte der Oberkommissar ungewohnt vage. »Mittelgroß, mittelschlank, Alter unbestimmt – vermutlich ebenfalls mittel. Blaue Pudelmütze überm Gesicht, hellgrauer Pullover, graue Hose, schmuddelige weiße Turnschuhe. Außerdem hat er Handschuhe getragen, diese dünnen Anti-Aids-Dinger. Also keine Fingerabdrücke. Und das Geld hat ihm die Kassiererin in eine Alditüte gestopft.«

Stahnke nickte: »Gute Beschreibung, aber völlig nutzlos. Solch ein Typ schiebt im Hinausgehen die Pudelmütze hoch und ist spurlos verschwunden.«

»Seine Waffe dürfte er vorher noch in die Tüte gesteckt haben«, ergänzte Kramer. »Eine Pistole, ziemlich klobig. Der Beschreibung nach vielleicht eine Luger. Vielleicht auch irgendetwas Russisches.«

Typisches Wessi-Vorurteil, dachte Stahnke, bei »klobig« immer gleich an Russland zu denken. Warum nicht Pakistan? Was dort in zahllosen Kleinstmanufakturen produziert wurde, war wirklich klobig, aber es funktionierte todsicher. Überwiegend handelte es sich dabei um Nachbauten russischer Produkte ... Stahnke seufzte.

»Hinweise auf Mittäter oder ein Fluchtfahrzeug?«, fragte er.

Kramer schüttelte den Kopf. »Ganz offensichtlich ein Einzeltäter, der sich zu Fuß davongemacht hat.

Keine Ambitionen auf den Tresorinhalt, kein Versuch einer Geiselnahme. Wollte nur das Bare aus der Kasse. Möglichst geringes Risiko durch schnelles Zuschlagen und Abtauchen. Marke Tankstellenräuber.«

Stahnke schnippte mit den Fingern. »Sie meinen ...«

»Ja«, sagte Kramer. »Die Araltankstelle vorige Woche. Auch am Wasser, aber drüben auf der anderen Seite, am Falderndelft. Gut, das war nachts, aber ansonsten ...«

»Gleiche Täterbeschreibung?«

Kramer nickte. »Ich habe mir das Überwachungsvideo angesehen. Der Täter könnte durchaus mit dem von heute identisch sein. Aber das kann ich ja gleich mal feststellen.«

Natürlich hatte auch die Sparkasse eine Videokamera; sie funktionierte tadellos, und es hatte auch niemand vergessen, ein Band einzulegen. Im Büro des Filialleiters gab es einen Videorekorder. Der grau gekleidete Mann mit der blauen Pudelmütze war deutlich zu erkennen, wie er sich ohne Hast dem Kassenschalter näherte, seine klobige Pistole durch den Spalt zwischen den Sicherheitsglasscheiben schob und der Kassiererin eine zusammengeknüllte Plastiktüte reichte.

»Durchaus«, sagte Kramer, »das könnte derselbe Mann sein.« Aus dem Mund des gewissenhaften Oberkommissars hieß das schon etwas.

»Und seine Stimme?«, fragte Stahnke. »Oder hat er nichts gesagt?«

»Doch, hat er«, erwiderte Kramer. »Jeweils nur wenige Worte. ›Das Geld hier hinein, bitte‹, so in etwa, da stimmen die Zeugenaussagen nahezu überein.«

»Bitte?« Stahnke runzelte die Stirn. »Er hat wirklich ›bitte‹ gesagt?«

»Allerdings.« Kramer schaltete den Videorekorder aus. »Hochdeutsch hat er gesprochen, auch darin sind sich der Tankstellenpächter und die Bankkassiererin einige. Fast akzentfrei.«

»Wieso fast? Also doch mit Akzent?«

Kramer zuckte die Achseln. »Beide Zeugen haben von einem ›Klang‹ gesprochen. Die Stimme habe ›so einen Klang‹ gehabt. Aber näher beschreiben, was sie meinen, konnten beide nicht.«

Stahnke rieb sich das rundliche Kinn; es raschelte vertraut. »Ist die Fahndung schon raus?«, fragte er.

Kramer nickte.

»Mehr können wir erst einmal nicht tun«, stellte Stahnke fest. Er klang abwesend. Irgendetwas hallte da nach in seinem Kopf. Irgendein Klang, den er nicht einordnen konnte.

Die Frühlingssonne ließ ihn blinzeln, als er die Sparkasse verließ. Richtig warm war es schon, obwohl es doch erst Mitte April war, und im Ratsdelft hatten sich bereits eine ganze Menge Yachten eingefunden. Sehnsüchtig dachte der Hauptkommissar an sein eigenes Segelboot, das noch im Winterlager stand, in eine schwere Plane gehüllt und mit erst zur Hälfte abgeschabtem Boden. Bootsbesitzer, die sich keinen Hallenplatz leisten konnten, verbrachten regelmäßig die ersten schönen Wochen der Saison unter statt auf ihrem Boot. Schmutzarbeit statt Erholung – jedes Jahr aufs Neue stellte sich Stahnke die Segelsport-Sinnfrage. Reich müsste man sein, das wäre die Lösung, dann könnte man all diese Arbeiten, die ja nun einmal gemacht werden mussten, einfach einer Werft übertragen. Reich oder Rentner. Dann hätte man statt des Geldes die nötige Zeit, und die war bei diesem Hobby fast noch wichtiger. Da Stahnke mit beidem knapp dran war, wäre es ein Gebot der Vernunft gewesen, sich einen anderen Zeitvertreib zu suchen. Aber welcher Segler hörte schon auf die Stimme der Vernunft?

Vor dem Rathaus legte gerade das Rundfahrtsboot an, dessen Design stark an einen plattgequetschten Omnibus erinnerte, und brachte mit seinen Wellen die Yachten zum Dümpeln. Diesem Gebäude, einer Kopie des Rathauses der niederländischen Stadt Delft, verdankte dieser Teil des alten Emder Binnenhafens seinen Namen. Im Krieg war das Rathaus – wie der größte Teil Emdens – zerbombt worden, anschließend hatte man es wieder aufgebaut und aus diesem Anlass alljährlich eine Lampionfahrt veranstaltet, immer am Vorabend von Stahnkes Geburtstag. Eine angenehme Einrichtung, die das Warten auf die Geschenke hübsch verkürzte. Viele Yachten hatten sich an diesen Lampionfahrten beteiligt, bis die Boote immer größer und teurer wurden und der alljährliche Treff der Bootjebauer zur Parade der Besserverdienenden ausartete. Da hatte man die Sache einschlafen lassen, und selbst Stahnke bedauerte das nur, weil er sich um eine alljährliche Geburtstagsgabe betrogen fühlte.

Zu den Booten, die von der ersten bis zur letzten Lampionfahrt dabei gewesen waren, gehörte die *Amazone* von Julius Kappelhoff. Unwillkürlich ließ Stahnke seinen Blick schweifen – und tatsächlich, da lag das weiße Kajütboot an der Hafenmauer vertäut. Hätte Stahnke das Boot nicht allein schon an seinen veralteten, aber eleganten Linien erkannt, dann hätten ihm die unvermeidlichen drei Angelruten, die unter der Cockpitpersenning hervor ragten, verraten, wen er da vor sich hatte.

Julius und Liana Kappelhoff, die beide aus Köln stammten, gehörten zweifellos zu den beliebtesten Wassersportlern des gesamten Emsreviers. Sie war füllig und redselig, er hager und schweigsam, aber beide waren gleichermaßen herzlich, gesellig und gastfreundlich. An

Bord der gut neun Meter langen *Amazone* traf man sich gerne, bewunderte die stets glänzende Mahagonivertäfelung, genoss den stets vorrätigen Oude Genever und ließ sich auch von Julius Kappelhoffs stets qualmenden Selbstgedrehten nicht die Laune verderben.

Seit Kappelhoff, früher Schweißer auf der Cassens-Werft, in den Vorruhestand gegangen war, lebte das Ehepaar den Sommer über fast ausschließlich auf dem Boot. Oft waren sie in Holland oder zwischen den Inseln unterwegs, meistens aber lag die *Amazone* irgendwo in Emden, mal im Hafen, mal an der Kesselschleuse, mal in einem Kanal oder an einem der Binnenmeere. Halt überall da, wo die Kappelhoffs nette Gleichgesinnte trafen. Und wo Julius Kappelhoff seine Angeln auswerfen konnte. Denn das tat er mit geradezu fanatischer Ausdauer.

Neiderfüllt überquerte Stahnke die Straße und stieg die breite Treppe zur Delftpromenade hinunter. Das war doch ein Zustand, wie man ihn sich nur erträumen konnte: rüstiger Rentner mit Boot, Angel und Zeit im Überfluss. Nicht, dass Stahnke etwas fürs Angeln übrig gehabt hätte. Aber jemanden, der es sich erlauben konnte, Stunde um Stunde nur seine Schwimmer und den Rest der Welt zu beobachten, musste er einfach beneiden.

Man sah Julius Kappelhoff seine vierundsechzig Jahre nicht an. In seinem schmalen, wettergegerbten Gesicht wirkten die wenigen Falten wie unbedingt notwendige Accessoires, und die weißen Haare konnten sehr gut für hellblond durchgehen. Ein Vorteil, den Stahnkes eigene Stoppeln ebenfalls boten. Ansonsten aber stellte ihn der Vergleich keineswegs zufrieden, zumal Kappelhoff mindestens zwanzig Kilo weniger wog als er.

Aus dem Persenningschatten heraus hatte Kappelhoff

ihn längst erspäht; sein Gruß bestand aus einem verschmitzen Zwinkern. Der Angler sprach nur wenig; das Reden besorgte seine Frau. Liane pflegte zu erzählen wie ein rauschender Wasserfall, und niemand konnte ihr das übel nehmen, denn ihre Fröhlichkeit steckte unfehlbar an. Julius' Gesprächsbeiträge blieben knapp und einsilbig, zeugten jedoch von Mutterwitz; mit einer Geste, einem Heben der Braue konnte er Pointen setzen und Lachstürme erzeugen. Die Kappelhoffs waren eine ideale Kombination, die die *Amazone* zum Mittelpunkt jedes Yachthafens machte.

»Na, beißen sie?«, fragte Stahnke.

Kappelhoff entblößte kurz sein Gebiss. »Durchaus möglich«, sagte er leise, »also reiz mich nicht.«

Grinsend ließ sich Stahnke auf dem Gangbord der *Amazone* nieder. »Die Sparkasse da drüben«, sagte er, »Raubüberfall. Hast du etwas mitgekriegt?«

Kappelhoff schüttelte den Kopf. »Nee. Nur, wie ihr gekommen seid.« Er flüsterte fast, als wolle er die Fische nicht verscheuchen.

Stahnke lehnte sich an die Kajütwand und genoss die Sonnenstrahlen auf seiner Gesichtshaut. Ja, Julius Kappelhoff hatte es wirklich gut. Alles, worum der sich kümmern musste, waren sein Boot und seine Angeln. Und dafür stand ihm alle Zeit der Welt zur Verfügung. Ihm und …

»Ist deine Frau nicht da?«, fragte der Hauptkommissar.

Kappelhoff schüttelte den Kopf; eine Bewegung, die Stahnkes sonnengeblendete Augen im tiefen Cockpitschatten kaum wahrnehmen konnten. Es kam selten vor, dass Liane nicht mit an Bord war. Was hielt sie davon ab? Ein Verwandtenbesuch vielleicht?

Ein Streichholz flammte auf und ließ Kappelhoffs

Falten einen Moment lang wie tiefe Schluchten wirken, ehe dichte Rauchwolken die Sicht vernebelten. Der Gesichtsausdruck des Anglers war ungewohnt und brannte sich Stahnke ein, noch ehe das Zündholz wieder erlosch. Da war etwas im Busch, und nichts Gutes.

»Krankenhaus?«, fragte er.

Kappelhoff nickte.

»Etwas Ernstes?«

»Lungenkrebs«, sagte der Angler. Seine Stimme klang eigenartig, vielleicht, weil Julius Kappelhoff das Wort lauter ausgesprochen hatte als beabsichtigt.

Stahnke war wie vor den Kopf geschlagen. »Ja aber, sie hat doch nie …« Er verstummte. Natürlich hatte Liane nie geraucht, aber sie hatte Jahrzehnte ihres Lebens mit ihrem Mann auf engstem Raum verbracht. Auch Passivraucher bekamen Krebs, das war erwiesen. Nicht alle, klar. Aber es traf ja auch nicht alle Raucher. Nicht einmal alle Starkraucher, wie Julius Kappelhoff einer war.

»Wie sind die Aussichten?«, fragte Stahnke.

»Drei Lungenlappen sind raus«, murmelte Kappelhoff. »Drei von fünf. Und die anderen beiden – wer weiß?«

Der Gedanke, im eigenen Körper qualvoll zu ersticken, ließ Stahnke nach Luft schnappen.

»Sie ist in Hamburg«, fuhr Kappelhoff leise fort. »Spezialklinik. Wartet auf ein Transplantat. Das kann dauern.«

»Zahlt das die Kasse?«

Kappelhoff antwortete nicht, aber sein Blick sagte alles.

Stahnke sah sich auf der *Amazone* um. Blitzblank war das Schiff, wie immer, aber es war alt. Allzu viel würde es nicht mehr bringen, zumal der Gebrauchtbootemarkt derzeit überschwemmt war mit Angeboten und die Preise im Keller standen. Trotzdem würde Kappelhoff verkaufen müssen, denn nennenswerte Rücklagen hatte er aller Wahrscheinlichkeit nicht. Wenn er seine Frau vor den Folgen der Gesundheitsreform retten wollte, musste er sein Boot opfern. Eine Liebe für die andere. Ein geradezu klassisches Dilemma. Eins ohne Ausweg.

Oder?

Ein leises Bimmeln war zu hören. Kappelhoff holte eine seiner Angeln ein, und das an der Rutenspitze angebrachte Aalglöckchen schlug an. Der Haken war leer, nicht einmal ein Köder hing mehr dran. Der Angler seufzte und griff nach der Köderbüchse. Und nach einem Paar durchsichtiger Handschuhe.

»Was soll das denn?«, fragte Stahnke, als Kappelhoff Anstalten machte, sich die Kunststoffhandschuhe überzustreifen.

Julius Kappelhoff hielt ihm seine rechte Hand unter die Nase. Zeige- und Mittelfinger waren dunkelgelb, und die Nikotinausdünstung war deutlich zu riechen. »Fische sind Nichtraucher«, sagte er leise. »Die mögen keinen Tabakgeruch. Wenn ich die Köder mit bloßen Händen anfasse, beißt niemals ein Fisch an.«

»Und deswegen nimmst du diese Anti-Aids-Handschuhe?«

»Ja«, sagte Kappelhoff, »habe ich immer vorrätig.«

Stahnke beugte sich vor und steckte seinen Kopf in den Persenningschatten. Julius Kappelhoff trug eine graue Hose, schmuddelige weiße Turnschuhe und einen hellgrauen Pullover. Solche Klamotten trug er meistens; ein stiller Mensch wie er hielt nichts von grellen Farben. Bei schlechtem Wetter zog er einen alten Bundeswehrparka über. Der hing griffbereit über der Rückenlehne des Steuerstuhls. Mit ausgebeulten Taschen.

»Julius«, sagte Stahnke, »wo hast du letzte Woche gelegen?«

Keine Sekunde lang kam Kappelhoff auf die Idee, diese Frage nicht auf die *Amazone* zu beziehen. »Hier im Delft«, sagte er. »Das heißt, auf der anderen Seite, im Falderndelft da drüben.«

»Bei der Tankstelle?«

Kappelhoff nickte.

»Julius«, fragte Stahnke leise, »wo hast du die Pistole?«

»Ich habe keine Pistole«, sagte Kappelhoff ebenso leise.

»Aber du hattest eine«, sagte Stahnke. »Und? Ins Wasser?«

Kappelhoff beugte sich vor und öffnete eine Backskiste. Stahnke widerstand dem Reflex, nach seiner Dienstwaffe zu greifen. Nein, nicht einem alten Sportsfreund gegenüber.

Die Fächer der Backskiste schienen nur Ersatzteile zu enthalten. Kappelhoff wühlte darin herum, nahm scheinbar wahllos einige kleine Metallteile in die Hand. Erst als er nach einem Stückchen Rohr griff, fiel bei Stahnke der Groschen. Aber da klickte es auch schon, und der Hauptkommissar blickte in die Mündung einer klobigen Pistole.

Sekundenlang blickten sich die beiden schweigend an. Dann lächelte Kappelhoff: »Gut, nicht? Tja, mit Metall kenne ich mich aus. Nur schießen tut das Ding nicht.«

Eine Attrappe also. Trotzdem spürte Stahnke, wie ihm der Schweiß ausbrach. Er kramte nach seinem Taschentuch, während er Kappelhoff dabei zusah, wie er seine Pseudopistole wieder zerlegte.

Und wieder reagierte der Hauptkommissar zu spät.

»Halt, nicht!«

Aber da hatte Kappelhoff die Metallteile schon über Bord gleiten lassen. Es plätscherte leise.

»Julius«, sagte Stahnke, »das bringt doch nichts. Es gibt Taucher.«

»Ja«, sagte Kappelhoff. »aber es gibt auch Schlamm. Viel Schlamm, hier unter uns. Da liegt eine Menge Dreck drin, auch Metall. Deine Taucher müssten schon alle Teile finden, und zwar nur die richtigen, und dann müsstest du noch rausbekommen, wie man das Ding zusammensetzt. Und du hast keine vierzig Jahre mit Metall gearbeitet. Ich finde, meine Chancen stehen besser als deine.« Er schluckte: »Besser als Lianes allemal. Aber vielleicht kann ich ja noch was drehen. Mit Kohle geht das. Nur mit Kohle.«

»Aber genau diese Kohle wird dich doch verraten«, sagte Stahnke. »Wo ist sie? Wir finden sie auf jeden Fall.«

»Hier an Bord jedenfalls nicht«, sagte Kappelhoff. »Hältst du mich für blöd? Das Geld ist längst unterwegs zum …«

Der sonst so stille Herr Kappelhoff war laut geworden, der Ärger hatte ihm die Zunge gelöst. Erschrocken verstummte er, als habe er zu viel verraten.

Und plötzlich wusste Stahnke, was da vorhin in seinem Kopf nachgeklungen hatte.

Dieser Klang. Die Kappelhoffs waren Kölner. Liane hatte sich in all den Jahren in Ostfriesland den klangvollen rheinischen Tonfall längst abgewöhnt. Julius aber nicht. Meist bemerkte man das nicht, weil er stets sehr leise sprach und nur selten mehr als ein paar zusammenhängende Worte. Wenn er aber lauter wurde, so wie gerade eben, dann war der Kölner Klang plötzlich wieder da.

»Der Tankwart wird dich identifizieren«, sagte Stahnke, »und die Kassiererin ebenfalls. Auch ohne Pistole, du kölsche Jeck.«

»Stahnke«, sagte Julius Kappelhoff, »du bist doch unser Freund.«

»Mensch«, Stahnke wand sich, »das kann ich nicht machen, Julius. Versteh doch …«

»Das meine ich nicht«, sagte Kappelhoff. »Ich meine Liane.«

Stahnke kniff die Augen zusammen. »Das Geld?«, fragte er. »Wie hast du's angestellt? Päckchen? Taxifahrer? Postamt? Direkt an den Organhändler?«

Kappelhoff nickte. »Liane stirbt sonst«, sagte er, jetzt wieder leise.

Stahnke atmete tief ein. »Na schön«, sagte er, »das werde ich schon aus dir herausbekommen. Und wenn es bis morgen früh dauert.«

»Einundzwanzig Uhr reicht«, murmelte Kappelhoff, »dann sind alle Pakete im Zentralpostamt. Dann findet keiner mehr meins raus.«

Und er fügte hinzu: »Kümmere dich um das Boot, ja?«

»Mach ich«, sagte Stahnke.

# DER FEUERTEUFEL
# VON STRALSUND

»Wo liegt Königsberg?«

Jan Brenners Mund stand einen Moment lang offen. Königsberg? Was hatte Königsberg mit Stralsund zu tun? Oder mit Lokaljournalismus? Nichts, ganz offenkundig. Warum, zum Teufel …

Ruhig, ganz ruhig, beschwor er sich. Nur nicht wieder die Pferde durchgehen lassen. Mit seiner aufbrausenden Art hatte er sich schon genug geschadet. Also nahm er sich zusammen, formte seine klaffenden Lippen zu einem Lächeln und blickte den hageren Chefredakteur, der mit verschränkten Armen am Fenster stand, so unbefangen wie möglich an. »Königsberg? Tja, Ostpreußen, nicht wahr. Ist heute eine russische Exklave zwischen Polen und Litauen. Heißt seit 1945 Kaliningrad.« Tapfer lächelte er weiter. Damit hatte er sein Pulver verschossen, und zwar komplett. Wenn der Alte weiterbohrte, war er geliefert.

Der Chefredakteur aber erwiderte sein Lächeln. Zum ersten Mal seit Beginn des Bewerbungsgesprächs, registrierte Jan Brenner. Dabei hatte er sich sehr überzeugend gefunden. Eloquent, bestimmt, dennoch umgänglich, bisweilen leutselig. Der perfekte Journalist eben. Er selbst hätte sich mit Kusshand genommen.

»Schön, Herr Brenner«, sagte der Chefredakteur. »Ich schätze es, wenn unsere Mitarbeiter über etwas historische Bildung verfügen. Braucht man schließlich, um Aktuelles einordnen zu können. Ein wenig über den

Tellerrand hinausschauen, auch zeitlich. Aber wem sage ich das, nicht wahr?«

Genau, wem sagst du das, alter Zausel, dachte Jan Brenner. Als ob man damit die Leser hinterm Ofen hervorlocken könnte! Die wollen keine Historie, nichts Abgehangenes, die wollen es blutig und saftig. Jedenfalls die Leute von heute. Romantik ist für Rentner.

»Ganz genau«, sagte Brenner und nickte eifrig.

»Herr Kühn«, sagte der Chefredakteur. »wären Sie so gut, uns mal einen Augenblick alleine zu lassen? Dauert auch nicht lange.«

Tom Kühn, Leiter der Lokalredaktion Stralsund der *Ostsee-Post*, blickte seinen Vorgesetzten erstaunt an. Bisher hatte er das Bewerbungsgespräch geleitet. Dass er jetzt wie ein Schuljunge vor die Tür geschickt wurde, behagte ihm nicht.

»Wissen Sie, Herr Brenner«, sagte der Chefredakteur, nachdem die Tür ins Schloss gefallen war, »Stralsund ist derzeit unser Problemkind. Auflagenrückgang von 19.000 auf 17.600 in zwei Jahren. Und das, obwohl die *Ostsee-Post* in den anderen Gebieten zulegt. Gesamtauflage 155.000. Klar, dass wir etwas ändern müssen.«

»Klar.« Genau das war ja Brenners Chance. Aufstockung einer Lokalredaktion, kurzfristige Entscheidung, also wenig Zeit für die üblichen Seilschaften, in Stellung zu gehen – genau so kam man als Auswärtiger zum Zuge. »In solch einer Situation kann etwas frischer Wind nur nützen.«

»Sie sagen es. Hier muss sich etwas bewegen. Nur mehr vom Üblichen, das bringt es nicht. Andererseits konnten wir uns zu einem radikalen Umbruch nicht entschließen. Wir wollen die aktuelle Redaktionsleitung nicht beschädigen.«

Verdammt, dachte Brenner, was ist das jetzt? Eben

noch hatte er sich praktisch eingestellt gefühlt, jetzt klang es wieder nach Ablehnung erster Klasse.

»Unser Lokalchef hat einen eigenen Favoriten«, fuhr der Chefredakteur fort. »Langjähriger freier Mitarbeiter, flotte Schreibe, belastbar, ist im Hause sehr beliebt. Und er stammt von hier. So einen kann ich nicht einfach beiseite schieben.«

Mist, dachte Brenner. Wäre ja schön gewesen. Also weiter Stellenmärkte sichten, Bewerbungen schreiben, alten Zauseln um den Bart gehen. Ich weiß doch, was ich kann! Warum merken die Blödiane das denn nicht?

»Aber ich weiß ja, was Sie können.«

Brenner zuckte unmerklich zusammen.

»Sie sind schon weit herumgekommen, trotz Ihrer jungen Jahre. Haben sich den Wind um die Nase wehen lassen. Kennen auch die rauen Seiten des Geschäfts. Sie wissen, was beim Leser ankommt, stimmt's?«

»Stimmt«, sagte Brenner. Und er dachte: Königsberg jedenfalls nicht. Es sei denn, wir schmeißen Bomben drauf.

»Ich habe mir also folgendes überlegt.« Der Chefredakteur richtete sich auf wie ein Richter beim Urteilsspruch. »Sowohl Sie als auch Ihr Konkurrent, der Herr … richtig, Kevin Kuske, Sie bekommen beide zunächst einmal einen Zeitvertrag. Hier in der Redaktion Stralsund. Befristet auf drei Monate, gleich ab Januar. In diesem Zeitraum werden wir ja sehen, wer sich besser bewährt, nicht wahr? Dann wird entschieden. Von mir. So einer wie Sie liebt doch Herausforderungen. Na, was sagen Sie?«

Drei Monate Rattenrennen, dachte Brenner. Gegen jedermanns Liebling, der die Stadt kennt wie seine Westentasche. Echt toll, ganz großes Damentennis. Aber was sollte er tun? Schließlich war er wieder einmal arbeitslos, achtkantig rausgeflogen, auch wenn seine Vita das vornehm verschwieg. Aber zu Hause in Ostfriesland konnte er sich nicht mehr blicken lassen. Seit dieser Schlägerei in der Fetenscheune hatte ihn der Stahnke von der Kripo sowieso schon auf dem Kieker. Und auf Knast hatte er erst recht keinen Bock. Also produzierte er ein herzliches Strahlen. »Natürlich sage ich ja!«

*

»Mensch, 926 Kinder! Das ist Rekord.« Kevin Kuske strahlte, als er das Büro betrat, das er sich mit Jan Brenner teilte, und die semmelblonde Sekretärin, der er im Türrahmen höflich auswich, strahlte zurück, ohne eine Ahnung zu haben, worum es ging.

»Kann man sagen«, erwiderte Brenner. »Kannste stolz drauf sein. Nicht einmal August der Starke hatte so viele, und der hat ja bekanntlich alles gevögelt, was nicht bei drei auf den Bäumen war.« Er lümmelte sich in seinen Bürostuhl, dass die Lehne krachte, und überkreuzte die Füße auf dem Schreibtisch.

»Doch nicht meine Kinder, Mensch! Was denkst du denn. So viele Neugeborene gab es letztes Jahr in der Frauenklinik. Das ist Nachwenderekord für Stralsund. Es geht wieder aufwärts mit uns.« Kuske nahm Brenner gegenüber Platz, verteilte mit der linken Hand seine Notizen auf der Schreibunterlage und griff mit der rechten nach der Computertastatur, ohne seinen Kollegen aus den Augen zu lassen. Effizient und höflich, wie immer.

Der kann sich noch richtig begeistern, dachte Brenner mitleidig. Und ein bisschen rot wird er auch. Gott, was war ich wieder anzüglich! Der Kerl ist ein echtes Mädchen. Man sollte ihn Netti nennen. Ob der überhaupt schon mal einen nass gehabt hat?

Umständlich nahm auch er Arbeitshaltung ein und griff nach dem Postkörbchen, das die Semmelblonde soeben aufgefüllt hatte. Natürlich ohne ihn anzustrahlen. Kevin Kuske war ihr Held, ihr Ritter in penibel polierter Rüstung. Was hieß ihrer! Alle liebten Kevin, war er doch einer von ihnen. Und er, Brenner, war der fiese Jobdieb aus dem Westen. Himmel, was für ein beschränkter Haufen!

Illusionen brauchte er sich keine zu machen, dachte er, während er lustlos in der Post wühlte, um wenigstens Stoff für ein paar Kurzmeldungen zu finden. Im direkten Vergleich lag Kevin weit vorne. Ihm, dem beliebten Einheimischen, flogen die guten Geschichten nur so zu, mehrspaltige Aufmacher mit großem Bild und Autorenzeile. Klar, Geschichten, die einer wie Brenner am liebsten nicht einmal mit der Kneifzange angefasst hätte. Buntes, braves, weiches Zeugs für Omis und Tanten beiderlei Geschlechts. Aber das wurde gelesen, das gab Punkte. Und Kevin Kuske, so einfältig Brenner ihn auch fand, wusste sehr gut, wie man punktete.

Nach Punkten ist er schon nicht mehr zu schlagen, dachte Jan Brenner. Da hilft nur noch ein Knockout. Ein Reißer muss her, ein Kracher, das ganz große Ding eben. Aber woher nehmen?

Altkleidersammlung, DRK-Termine, Versammlung. Im Postkörbchen lag der große Kracher offenbar nicht. Da, der Polizeibericht. Immerhin etwas. Vielleicht war ja damit etwas anzufangen. Brenner schnappte sich das mehrseitige Fax. Vielleicht hatte ja jemand eins von Kuskes 926 Babys aus dem Fenster geworfen oder in den Kühlschrank gepackt. Das wäre doch mal was Reelles.

Häuslicher Streit, bah. Unfälle mit leichten Blechschäden, lächerlich. Einbrüche, ach Gott. Warum klauten die Junkies nicht mal Handtaschen? Umgeschubste alte

Damen mit Oberschenkelhalsbruch, *In der Tasche war meine ganze Rente drin, was soll ich jetzt bloß machen?* – sowas ließ sich aufmotzen. Aber nee. Weicheier.

Zwei Autos ausgebrannt. Brenner pfiff leise durch die Zähne. Schon wieder brennende Autos? Er spürte, wie seine Antennen ansprachen. War das etwas? Jedenfalls kein Zufall. Kurz entschlossen steckte er das Polizeifax ein. »Ich muss nochmal los«, sagte er. »Recherche. Was Langfristiges. Zu morgen kannst du mir 'ne Spalte oder so freihalten, die sudele ich dir mit Meldungen zu.«

Stirnrunzelnd schaute Kuske ihm nach.

*

»Tja, stimmt. Eine auffallende Häufung.« Hauptkommissar Klyter klang mürrisch, und er drehte sich nicht zu Brenner um. Seine runden Schultern, tief über eine Aktenhalde gebeugt, signalisierten überdeutlich, dass der Journalist störte.

Jan Brenner war das vollkommen egal. Mit Florian Klyter war er ein paarmal im *Goldenen Löwen* am Alten Markt essen gewesen, hatte sich mit ihm über Autos und Frauen unterhalten, und einmal hatte er schon einen richtig brauchbaren Tipp von ihm bekommen. Dieser Junggeselle, nicht viel älter als er selbst, war sein einziger Stralsunder Kontakt. Den musste er nutzen. »Na und? Was ist euch denn aufgefallen? Nun komm schon.« Nur keine falsche Höflichkeit, dachte sich Brenner. Schließlich habe ich jedes Mal das Essen bezahlt. Und die Getränke auch.

»Dass es alles teure Wagen sind.« Klyters Rundrücken wand sich. »Lauter Modelle von Nobelmarken. Fast neu. Und alle gut versichert.«

»Versicherungsbetrug?« Daraus ließ sich etwas stricken. Obwohl, es fehlte der menschliche Bezug, der *human touch.* Versicherung, das war kalt und trocken. Er brauchte es warm und feucht. Tränen. Am besten Blut.

Klyter drehte sich zu ihm um. Endlich. »Hör mal, wir sind noch mitten in den Ermittlungen, verstehst du? Auf gar keinen Fall darfst du jetzt schon auch nur eine Zeile schreiben, sonst gibt es mächtigen Ärger.« Er starrte Brenner an, bedrohlich, wie er hoffte, aber es sah eher flehend aus. Der Ärger drohte ihm.

»Ja, ja«, knurrte Brenner. »Bin ja nicht blöd. Komm schon, was habt ihr noch? Namen!« Bloß gut, dass er mit Klyter alleine im Büro war. Wie der glotzte! Jammerlappen. Hätte sich eben besser überlegen sollen, ob er sich diese Vorliebe für Autos und Weiber auch leisten konnte.

Klyter blickte ihn von unten her an wie ein Dackel. »Hast du dir das überlegt mit den 5000? Ob du mir die leihen kannst? Wäre wirklich wichtig. Du würdest mir aus der Klemme helfen.«

»Möglich. Kommt drauf an.« Brenner verkniff sich das Grinsen. Jetzt hatte er ihn. »Aber erstmal musst du mir helfen. Also, was ist?«

Ganz kurz nur flackerte Klyters Blick, straffte sich sein Rundrücken. Dann knickte er endgültig ein. »Pass auf«, flüsterte er.

\*

Zurück ging Jan Brenner wie auf Wolken. Auf kleinen, schwarzgrauen Rauchwölkchen. Er hatte gewonnen. Geile Story! Damit würde er diesen Kuske von der Platte putzen, aber gründlich.

Obwohl es kalt war und er Fußmärsche eigentlich hasste, genoss er den Rückweg von der Kripo-Inspektion in der Barther Straße zurück in die Redaktion. Klare Luft und Wintersonne fand er sonst nur auf Skipisten erträglich. Aber so, wie die Dinge lagen, konnte er sich Gröden oder Chamonix bald wieder leisten. Er ging den Tribseer Damm entlang, passierte die Engstelle zwischen Knieper- und Frankenteich und erreichte die alte Hafeninsel, auf der sich die fast völlig vom Wasser umgebene Altstadt befand. Mittendrin die *Ostsee-Post*. Zwischen den prächtigen historischen Fassaden waren um diese Jahreszeit nur wenige Touristen unterwegs. Im Sommer würden die in Scharen hier einfallen, hatten die Kollegen stolz erzählt. Ha! Worauf die wohl stolz waren? Dass die Leistungen der hanseatischen Vergangenheit zur Besichtigung dargeboten wurden, weil die Gegenwart nichts zustande gebracht hatte, wovon man leben konnte? Jämmerlich. Man musste sich doch nur diese viel gelobte Rathausfassade angucken. Vorne prächtig, hinten hohl!

Am Neuen Markt bog er in die Mönchstraße ein und erreichte den Apollonienmarkt. Da lag sie, die Redaktion der *Ostsee-Post*, dieses Blattes, das zur Hälfte Springer gehörte und zur anderen Hälfte einem westlichen Blatt, das seinerseits fest in Springer-Hand war. Tja, so sah sie aus, die Ost-Realität. Von wegen stolz!

Aber einige hier hatten sich doch von den Wessis etwas abgeguckt, dachte Brenner, während er mit nachlässiger Routine eine Spalte Meldungen in die Tastatur hackte. Zum Beispiel dieser Autohändler, von dem Klyter ihm erzählt hatte. Sorgte sich um seinen Absatz, weil finanzkrisengebeutelte Firmen keine dicken Schlitten mehr als Dienstwagen orderten. Traute der konjunkturfördernden Wirkung staatlicher Abwrackprämien nicht. Und nahm das Abwracken lieber selbst in die Hand. Arbeitete mit einem Versicherungsagenten zusammen. Gab Tipps, kassierte Prozente. Erteilte Aufträge. Ein wahres Feuerwerk mit lauter Gewinnern.

117

Tolle Sache. Noch nicht ganz die fette Geschichte, die Brenner vorschwebte. Dazu fehlte noch etwas. Aber nicht mehr lange.

*

»Nimmst du noch einen?« Brenner wedelte den Zigarettendunst beiseite. Sein Gegenüber nickte.

»Wann geht ihr denn wieder los? Heute Abend?«

Der Typ mit der Lederjacke hob lässig die breiten Schultern. In seinem geleerten Bierglas waren noch ein paar Tropfen zusammengelaufen, und er hob es noch einmal an den Mund. Dann wischte er sich den Schnäuzer und grinste. »Wer weiß?«

Brenner zog drei Fünfziger aus seiner Brusttasche, rollte sie zusammen und schob sie über die Tischplatte. Im *Hansekeller* war viel Betrieb. Niemand achtete auf sie.

Der Schnauzbart grinste: »So billig willstes?«

»Bezahlt bist du doch schon«, knurrte Brenner. »Ist doch nur fürs Foto. Komm, Alter.«

Die Lederschultern wurden vorgeschoben, das Grinsen war wie weggewischt. »Laber mich bloß nicht an. Von wegen Alter! Wer hält denn hier den Kopf hin, hä? Du ja wohl nicht.«

Brenner griff noch einmal in seine Tasche. Noch drei Scheine. Langsam wurde die Sache richtig teuer.

Der Schnauzbart musterte ihn prüfend, dann strich er die Geldröllchen wie beiläufig ein. »Also gut«, sagte er. »Heute Nacht, zwei Uhr dreißig. Aber pass auf, hörst du? Es darf niemand zu erkennen sein. Ich checke jedes Bild, das du machst, klar?«

»Klar«, sagte Brenner ungeduldig. »Wo?«

*

Grünhufer Bogen, Zunftstraße. Aha, hier musste es sein, das Gewerbegebiet. Vier Kilometer vom Zentrum. Jan Brenner stellte seinen Wagen ab und ging den Rest zu Fuß.

Der Lederjackentyp stand plötzlich vor ihm wie aus dem Boden gewachsen. Ein zweiter Mann war bei ihm, kleiner und dicker, mit einem Schal vor Mund und Nase und einer Plastiktüte unterm Arm. Seine Äuglein flitzten nervös hin und her.

»Gleich hier«, sagte der Schnäuzer. Der Firmenparkplatz war zur Straße hin offen. Zwei dunkle Daimler standen nebeneinander am Rand; ringsum war alles frei. Klar, die Tipps vom Autohändler waren angekommen. Das Pack steckte unter einer Decke. Na wartet, meine Herren, dachte Brenner, in Zukunft kassiert noch einer mit.

Der Dicke zog Flaschen aus seiner Tüte, die nach Benzin Stahnken und aus deren Hälsen Stofffetzen hingen. »Soll ich?«

Der Schnauzbart schaute zu Brenner, der seine Kamera gezückt hielt. Brenner nickte. Der Schnauzbart ebenfalls. Ein Feuerzeug schnappte. Flammen loderten.

Der kleine Dicke nahm Maß und schmetterte den Molli durch das splitternde Seitenfenster des ersten Wagens. Es sah geübt aus. Sofort stand das Wageninnere in Flammen. Brenner knipste. Vermummte Silhouetten vor flammendem Inferno, das kam gut.

Der Schnauzbart griff sich den nächsten Molotow-Cocktail und lief zum zweiten Daimler. Zielen, ausholen, die gleiche Prozedur. Nur zerplatzte die Flasche diesmal am Fensterglas. Brennendes Benzin spritzte nach allen Seiten. Der Schnauzbart stand augenblicklich in Flammen. Er schrie auf, brüllte, rannte lodernd im Kreis, stürzte, wälzte sich brennend am Boden. Der kleine Dicke rannte davon.

Jan Brenner knipste, bis der Chip voll war. Fast hätte er noch einen zweiten eingelegt, aber in der Ferne ertönte eine Sirene, und der Typ am Boden rührte sich auch nicht mehr. Gut, dachte Brenner, das reicht sowieso. Geile Sache. Damit habe ich den Job, jede Wette.

*

Am nächsten Tag war Brenner so früh in der Redaktion wie selten. Trotzdem herrschte schon Betrieb. Chefredakteur auf Kontrollbesuch, registrierte er. Perfekt.

Schnell startete er seinen PC und lud die Fotos herunter. Auf dem großen Monitor übertrafen sie alle Erwartungen. Brillant, dachte Brenner. Nicht zu toppen.

Kevin Kuske erschien, linste ihm über die Schulter, kniff die Lippen zusammen und schwieg. Recht so, dachte Brenner. Du bist erledigt, und du weißt es.

Die Chefs erschienen zur Visite. Stolz ließ Brenner seine Beute über den Bildschirm paradieren, erläuterte knapp das Resultat seiner Recherchen. »Exklusiv, meine Herren! Selbst die Polizei hat noch keine Ahnung.«

Die Reaktion der Chefs war unterkühlt. Die Arme blieben verschränkt. Verdammt, merkten die etwa nicht, was für eine Granate er hier hatte? Deppen, dusselige. Bis rauf in die Entscheiderpositionen. So konnte es ja nichts werden, hier in Osten.

Ein weiterer Mann betrat das Büro. Er kannte ihn vom Sehen. Klyters Vorgesetzter, Polizeidirektor … wie hieß er noch? Und was wollte er hier?

Der Polizist wandte sich an Kuske. »Sie haben angerufen? Na, dann zeigen Sie mal.«

Auch auf Kuskes Monitor tauchten jetzt Fotos auf. Brenner erkannte den Typ mit dem Schnauzbart. Und sich selbst. Zusammen am Tisch im *Hansekeller*. Die

Geldröllchen. Dann der Schnauzer mit seinem dicken Kumpan. Die Autos. Die Mollies. Der Schnauzbart brennend am Boden. Und wieder er selbst, die Kamera vorm Gesicht, den lodernden Mann im Visier.

»Mein letztes Foto«, sagte Kuske. »Danach habe ich sofort Feuerwehr und Krankenwagen alarmiert. Leider war es zu spät.«

»Sie haben getan, was Sie konnten«, sagte der Polizeidirektor. Verdammt, wie hieß er noch? Vollkommen unwichtig, dennoch verbiss sich Brenner in diese Frage. Besser daran denken als an das, was jetzt kommen würde.

»In der Tat, Herr Kuske«, sagte der Chefredakteur. »Sie haben gezeigt, was Sie können. Und uns vor einem folgenschweren Fehler bewahrt.« Aus dem Blick, den er Brenner zuwarf, sprachen Ekel und Verachtung.

Kuske trat dicht an Brenner heran. »Du hättest Klyter die 5000 besser doch leihen sollen«, flüsterte er. »So hat er es vorgezogen, mal in Leer anzurufen. Dieser Stahnke war sehr hilfreich.«

»Sie kommen mit«, sagte der Polizeidirektor. Brenner erhob sich, steif und willenlos wie eine Marionette. Wie heißt der Mann bloß, überlegte er krampfhaft. Dann, gegen seinen Willen, fiel es ihm ein.

Königsberg.

# BALTRUMER EDELSTEINE

»Dreihunderttausend?« Freerk Schoonebooms graue Augen weiteten sich. »Wirklich so viel?«

»Kannste glauben.« Hinnerk Wellhorn, Besitzer und Betreiber des Schmuck- und Andenkengeschäfts *Haus Nemo*, nickte nachdrücklich und warf einen Fächer Fotos auf die gläserne Ladentheke. Polaroids, Sofortbilder von der Art, wie man sie für Versicherungen anfertigt. Die Qualität war nicht gerade brillant, aber die Motive waren es umso mehr. Ringe, Armbänder, Colliers, allesamt mit funkelnden Edelsteinen besetzt.

»Sowas führst du?«, fragte Freerk. »Donnerwetter. Wusste ich gar nicht.«

Das *Haus Nemo* im Ostdorf der Insel Baltrum war eher für Bernsteinschmuck bekannt als für Brillanten. Wer Reisemitbringsel suchte, kleine Geschenke, auch mal ein Paar Eheringe, der war hier an der richtigen Adresse. Und genau deswegen war Freerk Schooneboom heute früh ja eigentlich auch hergekommen. Nicht wegen Eheringen, nein, das nicht – noch nicht, wie er sich insgeheim eingestand. Sondern wegen eines schönen Mitbringsels, eines kleinen Geschenks zum Erhalt und zur Vertiefung der Freundschaft. Dabei war er mitten in einen Tatort hineingestolpert. Im Prinzip ganz passend, schließlich war er ja hier der Inselpolizist. Aber wohl nicht der richtige Rahmen für Einkäufe.

»Seit wann verkaufst du denn solche dicken Klunker?«

»Neuerdings erst. War 'n Versuch. Eben für die Vorweihnachtszeit, verstehst du?« Wellhorn stemmte die Fäuste in die schmalen Hüften und blickte von der stolzen Höhe seiner Einssechsundneunzig auf den knapp mittelgroßen Inselpolizisten herab. »Klar, die Zeiten sind schlecht, immer mehr Leute müssen sparen. Aber die, die Geld haben, die haben doch gerade in schlechten Zeiten immer mehr davon, nicht wahr? Umverteilung von unten nach oben. Na, und da dachte ich eben, es könnte auch ein bisschen davon an mich umverteilt werden.«

»Das hat sich ganz offenbar noch jemand gedacht.« Freerk Schooneboom schaute sich im Laden um. Die meisten Vitrinen waren unbeschädigt; für Bernsteinketten und Muschelfiguren hatten sich der oder die Einbrecher nicht interessiert. Auch den Gold- und Silberschmuck der unteren Preiskategorie hatten sie ignoriert. Lediglich drei gläserne Schaukästen direkt hinter der gitterbewehrten Fensterfront waren geknackt worden, die Schlösser säuberlich aufgebohrt, die samtüberzogenen Auslagen abgeräumt.

Eingedrungen waren die Täter durch die Hintertür, die auf einen kleinen, dunklen, von allen Seiten eingefriedeten Hof führte – ein ideales Betätigungsfeld für nachtaktive Beutegreifer. Der Gang, der an den Lager- und Büroräumen vorbeiführte, und die hintere Innentür des Ladens hatten ihnen keine weiteren Widerstände entgegengesetzt.

»Und die Alarmanlage?«, fragte der Oberkommissar. »Du hast doch eine, oder?«

Wellhorn zuckte die Achseln. »Noch nicht.«

»Oha.« Schooneboom runzelte die Stirn. »Wenn das man keinen Ärger mit der Versicherung gibt. Oder bist du etwa auch nicht gegen Einbruchsdiebstahl versichert?«

»Natürlich, für wie blöd hältst du mich?«, rief Wellhorn empört. »Und Ärger gibt es auch keinen, da mach dir mal keine Sorgen. In der Versicherungspolice steht nämlich drin, dass ich mit dem Einbau der Alarmanlage bis Ende Januar Zeit habe. Weil das nun mal nicht schneller geht und ich das Weihnachtsgeschäft unbedingt mitnehmen wollte. Keno Kroon hat das extra in den Vertrag eingefügt. Sonst wäre ich nämlich zur Konkurrenz gegangen.«

»Clever«, sagte Schooneboom. »Dann kriegt also Keno jetzt den Ärger.«

»Sein Problem.«

Freerk Schooneboom drehte Wellhorn den Rücken zu und vervollständigte seine Aufzeichnungen. Wellhorns schnöselige, überhebliche Art ging ihm mächtig gegen den Strich. Gut und schön, dass er vorgesorgt und sich vernünftig abgesichert hatte. Trotzdem, der Inselpolizist hätte es nicht unbefriedigend gefunden, wenn dieser selbstzufriedene Schönling mal so richtig auf die Nase gefallen wäre.

»Also gut«, sagte er, nachdem auch ein weiterer Rundblick keine neuen Erkenntnisse zu Tage fördern wollte. »Die Kriminaltechniker aus Wittmund sind unterwegs, und du weißt ja Bescheid. Laden geschlossen halten, nichts verändern, nichts anfassen. Die Fotos von den Schmuckstücken nehme ich mit. Ansonsten alles klar?«

»Davon kannst du ausgehen.« Wellhorn grinste breit. »Schließlich guck ich ja auch Fernsehen.«

Freerk Schooneboom lehnte sein Fahrrad an die Backsteinmauer des kleinen Hauses, das sich im Baltrumer Westdorf nahe des Hauptplatzes unter sein Reetdach duckte, nahm seine Dienstmütze ab, zögerte kurz, blickte sich um, zuckte dann die Achseln und klemmte sie auf den Gepäckhalter. Darauf kam es jetzt auch nicht mehr an.

Dass er neuerdings regelmäßiger Gast im Hause

von Dr. Tegelhütter war, wusste mittlerweile ohnehin jeder Insulaner. Auch, dass diese Besuche weder medizinischer noch polizeidienstlicher Natur waren. Doktor Marlies Tegelhütter war zwar Ärztin, Freerk Schooneboom aber erfreute sich einer unerschütterlichen Gesundheit, und sein Job erforderte nur selten die Hinzuziehung einer medizinischen Fachkraft. Nein, wenn Oberkommissar Schooneboom sein Fahrrad an diese Backsteinmauer lehnte, dann nicht wegen Dr. Tegelhütter. Sondern wegen Marlies.

Vor vier Wochen noch hätte er jeden Gedanken an eine außerdienstliche Beziehung zu der Inselärztin als Hirngespinst zurückgewiesen. Freerk Schooneboom, knapp mittelgroß, mittelschlank, ziemlich mittelmäßig aussehend und als Beamter höchst mittelmäßig besoldet, kannte schließlich seine gesellschaftlichen Grenzen. Die Tegelhütter spielte in einer anderen Liga, für ihn ein paar Klassen zu hoch. Wie die schon aussah mit ihren roten Locken, den langen Beinen und der amazonenhaften Figur! Die sah doch glatt über ihn hinweg, nicht nur bildlich gesprochen. Und dann erst ihr Umgang, lauter reiche Knöpfe, Akademiker und Intellektuelle, echt abschreckend.

Vor allem aber war Marlies Tegelhütter, obgleich geschieden, längst wieder in festen Händen, nämlich in denen von Bertus Kamminga, mehrfacher Hotelbesitzer und der mutmaßlich reichste Insulaner überhaupt, vom Chef der Fährreederei vielleicht einmal abgesehen. Nein, außer bewundernden Blicken kam da für einen Freerk Schooneboom überhaupt nichts in Frage.

Bis vor vier Wochen.

Da war Bertus Kamminga plötzlich verschwunden. Und kaum war er weg, trafen Freerk Schooneboms Kollegen vom Festland auf Baltrum ein, gleich im halben

Dutzend. Als SoKo Ost stellten sie sich vor, sprachen von Geldwäschefür das organisierte Verbrechen, in ganz großem Stil, und nahmen kistenweise Unterlagen, mehrere Computer und Kammingas Prokuristen mit.

Fast hätten sie auch Dr. Marlies Tegelhütter festgenommen. Offenbar hatte man sie ebenfalls schon länger auf dem Kieker gehabt, verdächtigte sie der Mitwisser-, wenn nicht gar der Mittäterschaft. Von Verdunkelungsgefahr war die Rede, Untersuchungshaft drohte.

Da aber hatte sich Freerk Schooneboom eingeschaltet. Hatte Dr. Tegelhütter ein glänzendes Leumundszeugnis ausgestellt, ihre Unverzichtbarkeit als Inselärztin unterstrichen, nach konkreten Beweisen für ihre Mitschuld gefragt. Ein Rechtsanwalt hätte das nicht besser machen können, höchstens teurer. Murrend hatten die Kollegen nachgegeben, nicht ohne ihn darauf zu verpflichten, die Dame scharf im Auge zu behalten. Das hatte er nur zu gerne zugesichert.

Seitdem durfte er Dr. Tegelhütter Marlies nennen.

Das machte ihm Mut. Und dass die bisher so unerreichbar scheinende Marlies ihren »Retter« nicht nur von einem Augenblick auf den anderen in ihr Herz geschlossen, sondern ihn auch herzhaft daran gedrückt hatte, und das gleich mehrfach, brachte ihn auf Ideen. Zum Beispiel darauf, Marlies gelegentlich zu besuchen, mit ein paar Blümchen oder einem kleinen Präsent in der Hand, auf ein Tässchen Tee. Richtig verwegen kam er sich vor, als er zum ersten Mal an ihrer Schwelle stand.

Sie hatte ihn nicht zurückgewiesen. Ebenso wenig wie seine weiteren, weiter gehenden Avancen. Beim letzten Mal hatten sie sich zum Abschied sogar geküsst. Wenn ihm das vor vier Wochen jemand erzählt hätte!

Freerk Schooneboom straffte sich und klingelte. Sein Herz pochte. Was kam wohl als Nächstes?

Nun war der Oberkommissar kein Schuljunge mehr, weder phantasielos noch unerfahren. Aber er war auch Beamter. Und als solcher nicht auf Abenteuer aus. Sondern auf – nun ja, eigentlich doch schon darauf. Aber eben anständig. Anständig und korrekt und mit allen Konsequenzen. Als Polizist kannte er praktisch jede Art von Verfahren, und er wusste genau, was ein Antrag war. Heute würde er ihr einen machen.

Er räusperte sich und klingelte noch einmal. Der Zweitongong war deutlich zu hören. Vermutlich war sie gerade beschäftigt, Telefon oder so.

Nur blöd, dass aus seiner Besorgung im *Haus Nemo* nichts geworden war. So ein kleines Schmuckstück, vielleicht ein hübscher Ring, wäre doch als Präsent zu solch einem Anlass sehr nett gewesen. Nichts Übertriebenes natürlich, keiner von diesen fetten Klunkern, mit denen der Wellhorn seinen Reibach machen wollte. Aber diese Dinger waren ja momentan sowieso nicht zu haben, da abgängig.

Blöd aber auch, dass genau dieser Einbruch ihn so viel Zeit gekostet hatte. Inaugenscheinnahme des Tatorts, sein Bericht, diverse Telefonate mit der übergeordneten Dienststelle auf dem Festland zwecks Absprache weiterer Maßnahmen, zwischendrin der ganze alltägliche Kleinkram – zum Einkaufen war er einfach nicht mehr gekommen. Es war schon dunkel, als er endlich aufbrechen konnte, und so hatte er sich schnell eins seiner Vorratspräsente gegriffen, die er für alle Fälle in der Anrichte aufbewahrte. Meist Geschenke von irgendwelchen Geschäftsleuten, die er eigentlich gar nicht annehmen durfte, aber aus Höflichkeit nicht zurückwies, sondern einfach weiterverschenkte.

Etwas Dolles war ja nicht gerade dabei gewesen. Ein Päckchen Tee, eine kleine Tüte Kluntjes, ein Fläschchen

Teelikör – Freerk Schooneboom hatte doch seine Zweifel, ob diese Kollektion für solch einen Anlass wohl das Richtige war. Aber egal, allein die Geste zählte. Außerdem galten doch Kluntjes als »Diamanten Ostfrieslands«, und mit einer Tüte dermaßen dicker Klunker musste doch wohl jedem Anspruch zu genügen sein, oder?

Trotzdem beschlichen ihn Zweifel, während er zum dritten Mal klingelte. Vielleicht war es ganz gut, dass Marlies offenbar nicht zu Hause war. So blieb ihm Zeit, sich doch noch nach etwas Angemessenerem umzusehen.

Ein kalter Windstoß ließ ihn den Kopf zwischen die Schultern ziehen. So kurz vor Weihnachten machte sich der Winter sogar auf den ostfriesischen Inseln bemerkbar. Er wandte sich zum Gehen.

Es knarrte leise.

Freerk Schooneboom machte auf dem Absatz kehrt. Die Haustür pendelte sacht in ihren Angeln. Sie war nicht abgeschlossen! Nicht einmal eingeklinkt, nur bis an den Rahmen herangezogen. Ohne den Windstoß wäre ihm das gar nicht aufgefallen. Ganz schön leichtsinnig, wenn man bedachte, dass gerade Einbrecher im Ostdorf unterwegs gewesen waren. Womöglich kamen die ja auch hierher.

Oder waren sie etwa schon hier gewesen? Hatten Marlies Tegelhütters Haus ausgeraubt? Oder ihr gar etwas angetan?

Bebend vor Anspannung stieß er die Haustür auf, betrat den Flur, blickte sich suchend um. Alle Zimmertüren standen offen, und die vorweihnachtlichen Lichterketten an den Fenstern verbreiteten diffuses Licht. Das Haus schien verlassen – ein Eindruck, der sich bei näherer Untersuchung bestätigte. Niemand da, weder lebendig noch tot.

Freerk Schooneboom atmete tief durch, schloss endlich die Haustür, ging in die Küche und setzte sich an den Tisch. Nach dieser Aufregung musste er sich einen Augenblick verpusten. Marlies würde sicher nichts dagegen haben.

Er legte sein Präsent auf den Tisch. Ob er sich auf den Schreck einen Schluck Teelikör genehmigen sollte? Er hatte das Zeug noch nie getrunken, stellte es sich aber ziemlich süß und klebrig vor. Schon beim dem Gedanken schüttelte es ihn. Nein, lieber eine Tasse Tee, das war wenigstens etwas Reelles.

Inzwischen kannte er sich in der Tegelhütterschen Wohnung einigermaßen aus. Er füllte den Wasserkocher und schaltete ihn ein, holte die kleine Teekanne mit dem Rosenmuster aus dem Schrank, stellte eine dazu passende Tasse auf den Tisch. Und eine zweite, falls Marlies doch noch kam. Die Kanne spülte er heiß aus, schüttete drei gehäufte Löffel Teeblätter hinein, goss kochendes Wasser darüber. Den restlichen Tee aus dem Präsentpäckchen füllte er in das Porzellangefäß mit der Windmühle auf dem Deckel.

Während der Tee zog, ließ er einen dicken Kluntje in seine Tasse plumpsen. Das laute Klirren schien durch das ganze stille Haus zu schallen.

Wohin mit den restlichen »ostfriesischen Diamanten«? Marlies hatte doch bestimmt auch eine Vorratsdose für Kluntjes. Vermutlich eine im gleichen Design wie die Teedose.

Lange suchen musste er nicht. Gleich hinter der ersten Schranktür, die er öffnete, standen drei Stück in Reih und Glied. Beschriftet waren sie nicht. Freerk Schooneboom griff aufs Geratewohl zu, hob die mittlere hoch und schüttelte sie. Drinnen klingelte es. Der Inselpolizist nickte zufrieden und griff nach dem Deckel.

Es klingelte wieder. Diesmal allerdings war es das Telefon.

Freerk Schooneboom musste nicht lange überlegen, ob er womöglich rangehen sollte. Schon nach dem dritten Läuten sprang der Anrufbeantworter an. Andächtig lauschte der Oberkommissar der Stimme seiner, ja, seiner Marlies. Mochte sein derzeitiger Aufenthalt in Dr. Tegelhütters Haus auch etwas fragwürdig sein, sein Eindringen hier war es jedenfalls nicht gewesen. Das gab ihm das deutliche Gefühl, wieder einen großen Schritt in die erstrebte Richtung getan zu haben.

Marlies' Stimme verkündete ruhig, aber doch mit Würde ihre Abwesenheit und bot an, von der Möglichkeit einer Nachrichtenaufzeichnung Gebrauch zu machen. Wiederhören. Der Apparat piepte.

»Hallo, Marlies«, sagte eine Männerstimme.

Freerk Schooneboom zuckte hoch wie elektrisiert. Diese Stimme kannte er. Sehr gut sogar. Das war die von Hinnerk Wellhorn!

»Hallo«, wiederholte die Stimme. »Bist du zu Hause, Schwesterchen?«

Schwesterchen?! Was sollte das denn? Hatte der Typ sich verwählt? Oder konnte es tatsächlich sein …

»Anscheinend nicht«, fuhr Wellhorn fort. »Dann ruf mich zurück, sobald du wieder zu Hause bist, klar? Es gibt eine Änderung. Keno bekommt das Boot erst morgen Mittag. Sieh zu, dass du um halb eins alles bereit hast. Und dann wie besprochen, okay? Tschüß, Kleine.« Es knackte. Der Anrufbeantworter tutete wie zum Abschied, dann war wieder Ruhe.

Kleine! Was erlaubte der sich, dieser Schnösel! Selbst wenn Marlies, geschiedene Tegelhütter, wirklich eine geborene Wellhorn und Hinnerks jüngere Schwester sein sollte, dann gab das diesem Lulatsch noch lange nicht das Recht …

Es dauerte einen Moment, bis Freerk Schooneboom aufhörte, sich ebenso künstlich wie sinnlos aufzuregen, und sich stattdessen den eigentlichen Inhalt des Anrufs ins Gedächtnis rief. Was war das für ein Boot, das morgen Mittag bereitliegen sollte? Wollte Marlies aufs Festland? Davon wusste er ja gar nichts. Und wenn, warum konnte sie nicht die Fähre nehmen? Klar benutzten die Insulaner zuweilen Boote, wenn sie zu ungewöhnlichen Zeiten aufs Festland wollten oder zurück. Eigene oder auch gemietete Boote, so unüblich war das nicht. Aber fuhr nicht die Fähre ohnehin morgen um die Mittagszeit?

Und wieso Keno? Welcher Keno? Etwa Keno Kroon, der Versicherungsagent? Was hatte der denn mit Booten zu tun, außer dass er sie vielleicht auch versicherte?

Freerk setzte sich wieder hin, stellte die Porzellandose auf den Tisch und griff nach der Teekanne. Der Tee hatte schon reichlich lange gezogen, also goss er etwas Wasser nach und schenkte sich eine Tasse ein. Der Kluntje knisterte, als er in der heißen, goldbraunen Flüssigkeit zersprang und sich aufzulösen begann.

Heißer Tee, knisternder Kluntje, Keno Kroon. Irgendwie gab es da einen Zusammenhang. Aber welchen? Freerk Schooneboom rieb sich nachdenklich das Kinn, während er – völlig ritualwidrig – in seiner Teetasse rührte. Vorsichtig nahm er den ersten Schluck.

Und dann wusste er es wieder.

Keno Kroon war Oberkellner gewesen. Im *Dünenblick*, einem von Bertus Kammingas Hotels. Ein erstklassiger Laden mit gesalzenen Preisen, aber auch mit ausgezeichnetem Service. Zum Beispiel Motorbootfahrten für die Gäste. Mit Keno Kroon am Ruder.

Die Kollegen von der SoKo hatten auch nach Keno gefragt. Der aber war schon vor einem dreiviertel Jahr bei Kamminga ausgestiegen und hatte sich als Versicherungsagent selbstständig gemacht. Sein Glück. Vielleicht hatte er ja etwas von Kammingas Machenschaften geahnt.

Oder sogar gewusst? Und welche Rolle hatte er dabei gespielt?

Freerk wurde unbehaglich zumute. Was sollte Marlies, seine Marlies morgen um halb eins bereit haben? Was hatte sie überhaupt mit all dem zu tun?

»Was machst du denn hier?«

Freerk schreckte hoch. Marlies stand in der Küchentür; er hatte sie überhaupt nicht hereinkommen hören.

»Ach, hallo! Entschuldige, deine Haustür stand offen, und weil es heute doch schon einen Einbruch gegeben hat, du weißt ja …«

Ihre Miene hellte sich auf. »Mensch, wie leichtsinnig von mir! Na, bloß gut, dass gleich ein Profi wie du zur Stelle war, was? Und Tee hast du auch gemacht. Toll, ich bin ganz durchgefroren.«

Sie setzte sich, er schenkte ihr ein. Es knisterte nicht.

»Entschuldige, jetzt habe ich ganz vergessen, dir einen Kluntje in die Tasse zu tun«, sagte er.

»Ich habe auch gar keine mehr im Haus«, antwortete sie. Dann bemerkte sie das angebrochene Tütchen. »Hast du die mitgebracht? Süß von dir. Sahne muss ich noch irgendwo haben.« Sie stand auf und ging zum Kühlschrank.

Keine Kluntjes mehr im Haus?

Unauffällig zog Freerk Schooneboom die Porzellandose zu sich heran. Das leise Klirren des Deckels ging im Klappern der Kühlschranktür unter.

Unter dem Deckel glitzerte es. Diamanten. Aber keine ostfriesischen. Sondern die von den Fotos.

Ein Päckchen Sahne klatschte auf den Fußboden. Marlies Tegelhütter schrie entsetzt auf. »Was machst du da?«

»Ich?«, fragte Oberkommissar Freerk Schooneboom. »Ich habe gerade einen Einbruch aufgeklärt. Und einen Versicherungsbetrug gleich dazu. Mitsamt Beihilfe.«

Leise setzte er hinein: »Und auch sonst, gnädige Frau, ist mir soeben einiges klar geworden.«

Der Blick, den sie ihm zuwarf, war pures Gift. Er spülte ihn mit dem letzten Schluck Tee hinunter.

# KU(H)CHEN

## SCHWARZBUNT

Erich stellte den Motor ab und ließ den Wagen vor dem großen Tor ausrollen. Er verzichtete darauf, die Handbremse anzuziehen; nur kein unnötiges Geräusch. Außerdem war dies Ostfriesland, seine platte Heimat, da rollte so schnell nichts weg.

Gerade erst zeigte sich ein heller Saum am östlichen Horizont; der Frühdunst begann silbrig zu schimmern. Erich prahlte gerne mit den langen Arbeitszeiten und dem vorbildlichen Einsatz des selbstständigen Mittelstandes, aber so erbärmlich früh am Morgen war er eigentlich noch nicht auf Aktivität eingestellt. Trotzdem, es musste sein. Bei dem, was er vorhatte, durfte er nicht gesehen werden.

Hinter dem Deich gluckerte leise und geschäftig die Leda. Auf der anderen Seite begannen sich dunkle, massige Gestalten schemenhaft aus dem Dunst zu schälen. Rupfgeräusche zeugten von beginnenden Tagesaktivitäten. Erich schluckte. Da musste er jetzt durch, das ließ sich nicht umgehen, auch wenn er sich mehr als unbehaglich fühlte. Er nahm seine Utensilien, stieg aus und drückte die Autotür vorsichtig hinter sich ins Schloss. Umständlich machte er sich daran, den Zaun zu überwinden. Das Tor, an dem er sich festhielt, wackelte bedenklich, und fast hätte er sich die Hose am Stacheldraht versaut. Ein teures Teil von besten Herrenausstatter in Leer. Warum hatte er bloß nicht seinen alten Gartenoverall angezogen? Aber für solche Gedanken war es jetzt zu spät.

Wenigstens an Gummistiefel hatte er gedacht. Staksig wie ein Storch stelzte er über die struppige, feuchte Wiese, ängstlich darauf bedacht, nicht in den nächstbesten Kuhfladen zu tapsen. Nein, nur das nicht. Er brauchte die Dinger unversehrt.

Da, die ersten braungrünen Scheiben waren im zunehmenden Morgenlicht auszumachen. Erich beugte sich vor, den Kaffeebecher in der rechten, die Tupperdose in der linken Hand. Nein, das war ein altes, krustiges Exemplar, das höchstens noch zum Feuermachen taugte. Oder vielleicht als Rohling für eine Wanduhr. Er aber benötigte etwas Frischeres.

Ein lautes Muhen dicht hinter ihm ließ ihn zusammenzucken.

Schwarzbunte Milchkühe seien friedlich, hatte er sich sagen lassen, die täten niemandem etwas, nicht einmal ahnungslosen Stadtmenschen wie ihm. Dafür klang das Muhen aber unheimlich bedrohlich. Erich zwang sich, nicht nach rechts und links zu schauen und schon gar nicht zurück. Den Blick stur auf den Boden gerichtet, stakste er weiter.

Dieser Fladen da sah schon frischer aus. Widerwillig bückte er sich und versuchte, den Kaffeebecher in die spinatartige Masse zu senken. Es ging, aber nur schwer. Die Masse fühlte sich zäh an, wie faseriger Leim, und der Geruch … fast hätte Erich einen zweiten Fladen gleich daneben platziert. Nein, das da ging nicht.

Ging es überhaupt?

Ein Stoß in den Rücken ließ Erich taumeln. Heißer Angstschweiß brach ihm aus. Eine der Bestien hatte ihn angegriffen! Von wegen friedlich! Taumelnd drehte er sich um, Becher und Dose zur verzweifelten Gegenwehr erhoben. Das Vieh war riesig. Erich keuchte entsetzt, als es sein breites, speichelglänzendes Maul öffnete.

Eine lange, blassblaue Zunge erschien und wischte über Erichs schweißnasse Hände.

Die Rupfgeräusche ringsherum waren verstummt, dafür ertönten jetzt dumpfe Tritte. Die ganze Herde rückte an, umringte den Menschen neugierig, kreiste ihn ein mit einem Wall mächtiger Leiber, dicker Köpfe und stumpfer Hörner. Das Muhen war jetzt vielstimmig und laut. Keine Chance mehr zur Flucht, erkannte Erich. Was sollte er bloß tun?

Als er zu singen begann, war er selbst überrascht, denn es geschah ganz unwillkürlich. In einem finsteren Wald hätte er vermutlich gepfiffen, ohne sich darüber Rechenschaft abzulegen. Seine Stimme krächzte, die Töne klangen schief, aber er sang, eindeutig.

Die Kühe verstummten, erstarrten, glotzten. Lauschten mit Andacht. Dann, als Erich zu singen aufhörte, weil ihm der Text ausgegangen war, drehten die schwarzweißen Boliden ab, nahmen wieder ihre gewohnte Weideformation ein und begannen mit verstärktem Einsatz zu rupfen, als gelte es, versäumte Fresspflichten nachzuholen. Erich wischte sich die Schweißperlen von der Stirn, als ihm die Herde ihre Hinterteile mitsamt der pendelnden Schwänze zuwandte.

Hier und da wurden Schwänze angehoben. Intensives Rauschen ließ Erich zurückzucken. Aber dort! Kleckerndes Platschen hinter einer fast weißen Kuh zeigte an, dass hier gerade das Gewünschte produziert wurde. In nicht zu überbietender Frische. Und die Kolleginnen rechts und links ließen sich direkt anstecken. Kaum war die Herde ein paar Schritte vorgerückt, eilte Erich hinzu und tauchte seinen Becher in die dampfende Masse. Vor sich hin summend schöpfte er, bis seine Plastikdose bis zum Rand gefüllt war, dann verschloss er sie und eilte zurück zum Auto. Inzwischen war es fast hell geworden, aber noch war weit und breit niemand zu sehen. Sehr gut.

Als er den Motor startete, stellte er fest, dass er immer noch summte. Die Melodie des Liedes, das er vorhin gesungen hatte. Jetzt erst erkannte er es. Mein Gott, dachte er, wenn mich dabei jemand belauscht hätte!

»Hätt' ich dich heut' erwartet, hätt' ich Kuchen da …«

*

Auf dem Weg nach Hause musste er durch die Logaer Hauptstraße, das ließ sich nicht vermeiden. Vorbei an Eilert Gebhards Autohaus. An dem modern gestylten, verschwenderisch ausgedehnten Gebäudekomplex mit den getönten Bürofensterscheiben und den glitzernden, tempelartigen Ausstellungsräumen, den weiten Freiflächen voller Edelkarossen, der riesigen Werkstatt, deren klinische Sauberkeit einem Gourmetrestaurant zur Ehre gereicht hätte, ebenso wie die Preisliste, und an dem edel geschwungenen Werbeslogan: »Gebhard – hier kaufen Kenner.« Noch war die Hauptstraße fast leer, und Erich hätte das Autohaus getrost mit abgewandtem Blick passieren können. Aber das brachte er einfach nicht fertig. Stattdessen starrte er hin, wie jedes Mal. Voller Hass.

Das mit Eilert und ihm hatte schon in der Grundschule begonnen. Als Erich Schrader sich noch damit abmühte, mit Hilfe seines abgeknabberten, aufs Papier gepressten Zeigefingers den richtigen Abstand zwischen den hingekrakelten Wörtern zu ermitteln, konnte Eilert Gebhard das bereits elegant mit dem abgespreizten kleinen Finger und in der halben Zeit. Die Klassenlehrerin hatte den blondgelockte Eilert dafür gelobt und geherzt – und Erich neben ihn gesetzt: »Gib schön acht, von dem kannst du was lernen!«

Das hatte wehgetan. Und der Stachel der Eifersucht,

der hoffnungslosen Konkurrenz steckte bis heute in dieser schwärenden Wunde.

Ganz egal, was er seitdem angefangen und angefasst hatte, stets und ständig war er auf Eilert gestoßen. Leer war eben eine kleine Stadt. Beim Jugendfußball war Eilert sofort zum gefeierten Torjäger avanciert und hatte Erich, der gerade geglaubt hatte, endlich einmal mithalten zu können, zum Bankdrücker degradiert. Auf dem Gymnasium, das Erich mit Mühe, sein Konkurrent aber natürlich mit Leichtigkeit erreicht hatte, sahnte Eilert bei jeder Zeugnisfeier einen Sonderpreis für herausragende Leistungen ab, während für Erich jede Versetzung ein Kampf ums Überleben war. Klar, dass Eilert jede Klassen- und Schulsprecherwahl gewann, dass er auf jede Fete eingeladen wurde und stets von coolen Typen und hübschen Mädels umgeben war, während sich Erich seine sparsamen sozialen Kontakte regelrecht erkaufen musste – mit dem Geld, das er sich als Zeitungsbote mühsam nebenher verdiente.

Und so war es weitergegangen. Erich war dem Ruderclub beigetreten und dort nach zwei öffentlichen Kenterungen mitten im Handelshafen zur Lachnummer geworden, Eilert war natürlich zum vornehmeren Ruderverein gegangen, hatte auf Regatten Preise errungen und nebenbei wichtige Kontakte geknüpft. Erich wich auf Judo aus – und traf natürlich beim ersten Turnier, an dem er sich teilzunehmen traute, auf Eilert, der bereits zwei Gurtfarben Vorsprung hatte und beim direkten Duell die Matte mit ihm ausklopfte.

Danach hatte Erich resigniert. Er wandte sich komplett vom Sport ab und verbrachte seine Freizeit lieber in der Bücherei, wo er sich regelrecht durch die Regale fräste. Am liebsten las er Abenteuerromane, Enid Blyton, Karl May und Herbert Kranz bunt durcheinander, bis zu fünf Stück pro Woche, aber auch Sachbücher, vor allem über Autos und Flugzeuge. Hier konnte er in Welten eintauchen, in denen er nicht von vornherein der Verlierer war. Und hier konnte er tatsächlich sicher sein, nicht auf Eilert zu treffen. Dessen Motto hieß »Leser sind Loser«, und natürlich standen bei ihm zu Hause die aktuellsten Schallplatten und Spielzeuge.

Dann endlich, nach bestandenem Abitur – Eilert mit Auszeichnung, Erich mit Ach und Krach – trennten sich ihre Wege. Für einen Eilert Gebhard kam zum Studium natürlich nur Heidelberg in Betracht, aus Gründen der Tradition und des Prestiges. Für Erich Schrader nur Oldenburg, aus Kostengründen. Beide studierten Betriebswirtschaft und verloren sich dennoch aus den Augen. Und für Erich begann ein völlig neues Leben.

Endlich klappte alles. Sein Studium verlief erfolgreich, er machte sich einen guten Namen bei seinen Professoren und in der Fachschaft. Noch vor dem Examen schmiedete er Pläne für seine künftige Firma, verhandelte mit Banken, bekam endlich die entscheidende Kreditzusage. Vor allem aber: Er lernte Martha kennen, diese tolle, diese einmalige Frau, schön und gescheit und energiegeladen. Wie er es schaffte, ihr Herz zu erobern, wusste er bis heute nicht. Tatsache aber war, dass Martha einwilligte, nach dem Studienabschluss mit ihm zusammen nach Leer zu gehen, um dort gemeinsam die Firma aufzubauen. Und ihn zu heiraten.

Sie mieteten ein Grundstück in Leer-Heisfelde, am Logaer Weg, und ihr Projekt gedieh. Sonderlich repräsentativ nahm es sich zwar nicht aus, schließlich hatte er nur die Vertretung für zwei Autofirmen ergattert, die überwiegend billige Kleinwagen herstellten, und die Bankkredite reichten nur für das Nötigste, nicht jedoch für eine glänzende Fassade. Erich und

Martha aber kümmerte das nicht. Kleinwagen passten genau in eine Zeit steigender Benzinpreise und fortschreitenden Klimawandels, und Kunden, die rechnen konnten, würden nicht primär auf Äußerlichkeiten achten, sondern auf die Qualität des Angebots. Für den Anfang schränkten sich die beiden ein, bezogen die Hausmeisterwohnung ihrer eigenen Firma, lebten sparsam. Erich machte aus der finanziellen Not eine Tugend, stellte sich selbst in die Küche, fand Gefallen am Kochen und Backen, entdeckte sogar ein echtes Talent. Er und Martha waren glücklich und glaubten fest an ihren Erfolg.

So weit, so gut. Bis Eilert Gebhard nach Leer zurückkehrte.

Eilert hatte sein Studium schleifen lassen und seinen Abschluss erst mit einiger Verspätung erworben, was dank elterlicher Zuwendungen kein Problem war, und sich stattdessen auf die Kontaktpflege konzentriert. Hatte sich, versehen mit entsprechenden Empfehlungen, der akademischen Verbindung *Hasso-Rhenania* – fakultativ schlagend, Wahlspruch: »Hie gut deutsche allewege!« – angeschlossen, hatte auf den Pauk- und Bierabenden diverse wohlhabende Alte Herren kennengelernt. War dabei auf eine angehende Erbin im passenden Alter gestoßen wie ein Prospektor auf Öl. Dass Gundula zu Bomlitz-Hatterich darauf bestanden hatte, ihren Geburtsnamen auch nach der Heirat weiter zu führen, hatte Eilert Gebhard ebenso wenig gestört wie ihre herrische Art, ihre plumpe Figur und die typisch hatterichsche Hakennase. Auf den Hochzeitsfotos strahlte er wie nach einem Hauptgewinn. Ein Vergleich, der vielfach gezogen wurde. Weil er stimmte.

Eilert Gebhards Wiedereinzug in Leer vollzog sich mit einer ganzen Reihe von Paukenschlägen. Er und seine Gattin erwarben eine der schönsten Villen samt Parkgrundstück im teuren Ortsteil Loga – nur um das Haus abreißen und durch ein noch pompöseres ersetzen zu lassen. Als Nächstes kaufte Eilert gleich zwei benachbarte Firmengrundstücke an der Hauptstraße, ließ alles einebnen, was dort stand, und in Rekordzeit einen wahren Palast von einem Autohaus errichten, in dem es alles zu kaufen gab, was an Luxusautos auf den Markt war. Dank eines sicheren CDU-Listenplatzes durfte er sich wenig später Stadtrat nennen. Dass sein Name nach und nach in zahlreichen Vorstandsriegen einflussreicher Vereine auftauchte, war die krönende Kirsche auf der Sahne.

Die Schraders hatten es zwischenzeitlich geschafft, ihre Existenz zu stabilisieren. Bescheidener Wohlstand hielt Einzug, ein Häuschen in Heisfelde wurde ausgeguckt und angezahlt, und sogar die Mitgliedschaft im Tennisclub Grün-Weiß war drin. Martha und Erich spielten Mixed mit Begeisterung und einigem Erfolg; vor allem Martha mit ihrer gewinnenden Art und ihrer blendenden Erscheinung sorgte für einen wachsenden Freundeskreis. Selbst ein Sieg beim vereinsinternen Turnier schien möglich. Erich schwamm auf einer Woge der Zufriedenheit.

Eilerts Rückkehr empfand Erich wie ein Déjà-vu. Klein, mies und schäbig erschien auf einmal alles Erreichte, zweitklassig neben dem, was Eilert da aus dem Boden stampfte. Dass sein Erfolg viele Väter hatte, vor allem einen Schwiegervater, interessierte niemanden.

Für Erich begann eine erneute Zeit der Niederlagen. Sein Glaube an mündige, kosten- und umweltbewusste Kunden erwies sich als Selbstbetrug. Mehr denn je rannte alles massierten Pferdestärken, blitzendem Nobelblech und prestigeträchtigen Marken hinterher – und

Eilert Gebhard die Autohaustür ein. Erich blieb auf seinen Sparmobilen sitzen. Und weil es weit und breit keine gute Fee gab, die ihm etwas von bevorstehenden Finanzkrisen, Abwrackprämien und Kleinwagenbooms verraten hätte, wagte er darauf auch nicht zu hoffen.

Und es kam noch schlimmer. Auch bei Grün-Weiß tauchten die Gerhard-Bomlitz-Hatterichs auf, putzten die Schraders beim Vereinsturnier gnadenlos vom Platz, zogen alle Aufmerksamkeit auf sich und gaben alsbald den grün-weißen Ton an. Erich, jäh aus seinen Aufsteiger-Träumen gerissen, sah sich an den gesellschaftlichen Rand gedrängt. Weit mehr als Martha, die von Anfang an Eilerts Gefallen und Gundulas Duldung zu finden schien. Ihr widmete man freundliche Grüße und Worte, während sich Erich peinliche Anekdoten aus der Vergangenheit und ebenso peinliche Vergleiche aus der geschäftlichen Gegenwart gefallen lassen musste, schadenfrohes Gelächter und mitleidsvolle Blicke inklusive.

Erichs einziger Trost war das »Perfekte Dinner«. Nichts etwa die Privatfernseh-Version, sondern eine reale. Eilert und Gundula, die neben anderen Moden natürlich auch den Feinschmecker-Trend nicht ausließen, riefen die Dinner-Runde ins Leben. Vier Paare bekochten sich umschichtig, präsentierten sich gegenseitig das jeweilige Heim, exquisite Tischkultur und bestechende Kochkunst. Dass Erich dabei mitmischen durfte, hatte er natürlich Marthas gutem Draht zu den Gebhard-Bomlitzens zu verdanken. Ihm war es recht, denn am Herd fühlte er sich nach Jahren des Trainings jeder Herausforderung gewachsen.

Trotzdem war es schwer, in dieser Runde zu bestehen. Vor allem, als die Schraders als Gastgeber an der Reihe waren. Schon die Blicke, die sich die anderen Paare ob der Bescheidenheit des Heisfelder Häuschens zuwarfen, sprachen Bände. Die anderen residierten natürlich sämtlich im benachbarten Loga und bildeten sich nicht nur darauf mächtig viel ein. Klar, dass auch Geschirr, Besteck, Gläser und die selbstgemachte Tischdeko eher verwundert als anerkennend kommentiert wurden. Und als Erich auch noch zugab, das Menü – eine original römische Speisenfolge mit Numidischem Hühnchen, Wildschwein in Koriandersauce, Legionärsbrot und süßem Quittenauflauf – überwiegend einem Kochbuch entnommen zu haben, das er in einem Museumsshop erstanden hatte, war die Häme groß. »Abgeguckt hat er früher schon immer!«, grölte Eilert durch das brüllende Gelächter der anderen. Erich ließ tiefrot an. Martha wich seinem hilfesuchenden Blick mit gesenktem Kopf aus.

Erich war stocksauer. Nicht nur auf Martha, die ihn so schmählich im Stich gelassen hatte, sondern auf die ganze Tischrunde. Falsche Fuffziger samt und sonders. Als ob einer von denen seine Rezepte selbst entwickelt hätte! Erich war sich sogar sicher, dass sich die meisten vor ihren Dinner-Auftritten von Profi-Köchen coachen ließen.

Am liebsten wäre Erich aus der Dinner-Runde ausgestiegen, ließ sich jedoch von Martha umstimmen. Das nächste Treffen fand in Eilerts Villa statt. Man speiste an einem gläsernen Oval, gedeckt mit Meißener Porzellan, goldenem Besteck und kristallenen Gläsern. Butler und Hausmädchen trugen auf, ein eigens engagierter Sommelier entkorkte edelste Weine. Die Speisenfolge lag auf Bütten gedruckt vor. Erich fühlte sich wie in einem Restaurant, das er sich nicht leisten konnte, kurz vorm Präsentieren der Rechnung.

Das Essen war erstklassig und professionell zubereitet,

aber Erich konnte sich nicht richtig darauf konzentrieren. Als Vorspeise gab es Wild: Pastetenscheiben vom Wildschwein und vom Hirsch. Erich fühlte sich an kalte Sülze erinnert, wünschte sich Bratkartoffeln und Remoulade statt der säuerlichen Weinsauce und des Baguettes dazu.

»Na, wie schmeckt dir dein Hirsch?«, fragte Eilert quer über den Tisch. »Alles zur Zufriedenheit des werten Herrn?«

Erich schluckte, mühsam beherrscht. »Danke«, presste er hervor, »alles bestens.«

»Ha!« Eilert brüllte so laut, dass alle zusammenzucken. »Das da auf deinem Teller ist Wildschwein! Die Damen haben Hirsch, die Herren Schwein – steht doch sogar auf der Karte! Kannst du neuerdings schon nicht mehr lesen? Geschweige denn schmecken?«

Wieder johlte die ganze Runde, wieder suchte Erich vergeblich Marthas Blick. Der hing am grinsenden Eilert und sah durchaus nicht so hasserfüllt aus, wie Erich es sich gewünscht hätte.

»Du schmeckst nicht mal den Unterschied zwischen Hirsch und Wildschwein!« Eilert hatte noch nicht genug, setzte noch eins drauf: »Was muss man dir denn vorsetzen, dass du's schmeckst? Kandierte Kacke?«

Wütend sprang Erich auf und warf seine zerknüllte Serviette auf den Tisch. Die Dinner-Runde verstummte, alle Augen auf den Erzürnten gerichtet. All diese gierigen Fressen, dachte Erich. Diese kantigen Alpha-Hengste, die nichts als sich selber kennen. Diese vollgeklunkerten Weiber, die nie zufrieden sind, egal wie viel mehr als andere sie schon besitzen. Was hab ich mit denen eigentlich zu tun?

Dann fiel ihm auf, dass eins dieser Gesichter Martha gehörte.

»Nun lass gut sein«, sagte Martha. »Setz dich wieder hin. Gleich ist der nächste Gang dran. Halt den Laden nicht auf. Eilert hat es ja nicht böse gemeint, nicht wahr, Eilert?«

Eilert lachte fettig. »Nee, ist klar.« In der Runde machte sich erleichtertes Gemurmel breit. Wie betäubt sank Erich auf seinen Stuhl zurück. War das wirklich gerade Martha gewesen, seine Martha? Er starrte sie an, aber sie plapperte bereits wieder mit ihrem Tischnachbarn und erwiderte seinen Blick nicht.

Vom Rest der Speisenfolge schmeckte Erich tatsächlich nichts. An den Tischgesprächen beteiligte er sich mit keinem einzigen Wort. Raus hier, dachte er nur. Wann ist das endlich vorbei? Aber ohne Martha traute er sich nicht zu gehen.

»Nächstes Mal sollten wir etwas Besonderes machen«, schlug Gundula Bomlitz-Hatterich nach dem Dessert vor, während das livrierte Personal Mokka servierte. »Wie wäre es mit einer süßen Runde? Wir treffen uns nachmittags, zur Teezeit, und jeder bringt einen Kuchen mit. Irgendwas ganz Spezielles. Kann gerne wieder hier bei uns stattfinden, von mir aus gleich nächste Woche. Na, wie wär's?«

Ohne diese Hakennase würde sie aussehen wie eine Kuh, dachte Erich, plump und breitmäulig und den ganzen Tag darauf bedacht, alles in sich hineinzustopfen, nur damit kein anderer es bekam. Ein Wunder, dass sie dabei noch so flink auf den Füßen ist. Aber das wird sich ändern mit den Jahren. Und dann wird Eilert hoffentlich endlich begreifen, dass er nicht in jeder Hinsicht das bessere Los gezogen hat als ich.

Entspannt lehnte er sich in seinem Stuhl zurück. Gerade eben noch hatte er sich für das nächste Treffen entschuldigen wollen, mit dem Hintergedanken, nie wieder zurückzukehren. Jetzt aber konnte er die kommende Woche kaum noch erwarten. Er würde sich rächen. Und er wusste plötzlich auch, wie.

*

Zu Hause stellte Erich die randvolle Tupperdose erst einmal in den Kühlschrank. Den ganzen Vormittag über war er in der Firma nicht richtig bei der Sache, vergrub sich in Papiere, deren Inhalt ihm immer wieder entglitt, und schickte alle Kunden so schnell wie möglich zu einem seiner Angestellten oder zu Martha, die ihrerseits kaum vom Telefon loszueisen war. Ständig sandte sie ihm fragende Blicke durch die gläserne Trennwand ihrer Büros. Erich ignorierte sie. Er dachte nur noch an seinen Kuchen.

Zucchinikuchen war nicht eben schwer herzustellen. Erich richtete sich nach einem Rezept, das die meisten Zutaten in Kaffeetassen bemaß: je eine Kaffeetasse Öl, Zucker und geriebene Zucchini, zwei Kaffeetassen Mehl, außerdem Eier, Mandeln, Vanillinzucker, Backpulver, Natron und Zimt. Vor allem letztere Zutat war wichtig, denn Erich gedachte das Rezept in einem entscheidenden Punkt abzuwandeln. Es sozusagen zu regionalisieren. Einen echt ostfriesischen Kuchen daraus zu machen. Kuchen schwarzbunt, sozusagen.

Was war denn auch dabei, dachte er, als er endlich zu Hause in der Küche stand und einen Kaffeebecher mit der gekühlten, fast geruchsfreien Masse aus der Tupperdose füllte. Schließlich handelte es sich hier doch nur um Gräser und Kräuter einer weitgehend naturbelassenen Wiese, nur eben zermalmt und zerrieben von den Zähnen der sanften Riesen, mit Magensäften durchtränkt und erneut fein gemahlen – fast konnte man von einem Kräuterpüree sprechen. Wäre da nicht dieser letzte, etwas unappetitliche Verarbeitungsvorgang gewesen. Und auf den kam es an.

»Das wollen wir doch mal sehen, wer hier Kacke nicht herausschmecken kann«, knurrte Erich vor sich hin, während er Öl, Zucker und Eier schaumig rührte und dann das Mehl und die anderen Zutaten hinzufügte. Als Letztes entleerte er den Becher mit dem Kuhprodukt über der Rührschüssel. Mit besonderer Andacht hob er die Masse unter den Teig. Nach kurzem Überlegen verdoppelte er die vorgesehene Zimtmenge. Sicher war sicher. Dann füllte er den Teig in die Backform und schob sie in den vorgeheizten Ofen. Die Rache war sein, so viel stand fest.

*

»Köstlich!« – »Phantastisch!« – »Deliziös!« Die Mitglieder der Dinner-Runde überboten sich gegenseitig an Lobpreisungen, während sie die Torten, Kränze, Zöpfe, Blechkuchen, Waffeln und Blätterteigteilchen kosteten, die auf dem Glastisch im Hause Gebhard-Bomlitz-Hatterich aufgebaut waren. Obwohl sich jeder pro Sorte auf wenige Kuchengabelspitzen beschränkte, waren die verzehrten Kalorienmengen doch beachtlich. Nur von Erichs Kuchen hatte noch niemand probiert. Unberührt und vergleichsweise schlicht, aber mit seiner glänzenden Glasur doch verlockend lag er auf seiner Servierplatte.

»Was'n das?«, fragte Eilert, die Backen voll mit Gundulas Schwarzwälder Kirschtorte. »Omas Topfkuchen?«

»Nicht ganz.« Die erneuten hämischen Blicke konnten Erich nichts anhaben. »Ostfriesischer Überraschungskuchen ist das. Im Prinzip wie Zucchinikuchen, nur ohne Zucchini, sondern mit einer landestypischen Zutat.«

»Und was soll das sein? Runkelrüben?«

Erich lächelte und verschränkte die Arme. »Wird nicht verraten. Probier doch einfach, vielleicht schmeckst du es ja heraus.«

Eilert kniff die Augen zusammen. Die Herausforderung war deutlich; auch die anderen hatten sie vernommen. Er griff zu, nahm sich eins der vorgeschnittenen Stücke, hob es an die Nase, schnupperte. »Zimt, hä?« Dann biss er herzhaft zu, begann zu kauen. Und erstarrte.

Schreie des Entsetzens ertönten, als Eilert die Augen weit aufriss, zu röcheln begann, sich an den Hals griff und seitlich vom Stuhl kippte. Am lautesten schrie Martha. Sie war auch die Erste, die aufsprang und sich neben Eilert auf die Knie warf. »Schnell, schnell, einen Arzt«, rief sie, »er atmet nicht mehr!« Mit fliegenden Händen polkte sie dem Hausherrn die Kuchenreste aus dem Mund und begann, seinen Brustkorb rhythmisch zu pressen.

Erich rang die Hände. »Das habe ich nicht gewollt«, stammelte er. Niemand beachtete ihn.

Fast niemand. Gundula Bomlitz-Hatterich war als Einzige auf ihrem Platz sitzen geblieben, die Arme vor der Brust verschränkt. »Ich schon«, sagte sie.

*

»Klare Kiste, wie es aussieht«, sagte Kriminalhauptkommissar Stahnke.

Sein Kollege Kramer nickte. »Giftmord am untreuen Gatten, verübt von der betrogenen Gattin. Hat ihm das präparierte Stück eigenhändig vorgelegt. Und ist voll geständig. Ach, wenn es doch immer so einfach wäre.«

»Dann könnte jeder Depp unseren Job machen, und wir wären arbeitslos«, knurrte Stahnke. »Mit wem hat dieser Gebhard seine Frau eigentlich betrogen? Weiß man das?«

»Natürlich«, erwiderte Kramer. »Mit Martha Schrader, der Ehefrau eines Mitbewerbers. Gehörten übrigens beide zu dieser ach so perfekten Dinner-Runde.«

»Ach, das war die Frau mit dem Schock? Na ja, verständlich. Und wer von diesen Typen war ihr Mann?«

»Das Nervenbündel. Musste vom Notarzt erst mal ruhiggestellt werden. Was meinte er wohl mit seinem dauernden ›Das habe ich nicht gewollt‹?«

Stahnke zuckte die Achseln. »Na, betrogen werden, nehme ich an«, sagte er. »Ist aber auch irrelevant. Die Sache ist ja klar.« Sein Blick wanderte über den Tisch, der immer noch voller süßer Leckereien stand. »Sag mal, was wird denn jetzt mit all dem guten Zeug?«

»Die Schwarzwälder Kirsch ist im Labor, zur Sicherheit«, antwortete Kramer. »Der Rest geht uns ja wohl nichts an.«

Der Magen des Hauptkommissars knurrte vernehmlich. »So, meinst du«, sagte Stahnke. »Ich finde, etwas genauer untersuchen sollten wir das Zeug schon. Von wegen Gründlichkeit und so.« Er streckte die Hand vor und ließ sie unschlüssig über der Tischplatte schweben. Nichts mit Sahne, entschied er. Lieber etwas Handfestes. Da, das war doch etwas. Sah aus wie dieser leckere Zucchinikuchen, den Sina öfter backte. Gelegentlich auch mit Möhren oder in anderen Varianten. Ja, das wäre es doch. Er griff sich ein Stück und biss herzhaft ab.

# KARTOFFELKOPP

»Alles fertig?«, zischte der Anführer. »Waffen klar? Genug Munition? Bolzenschneider griffbereit?«

»Klar«, knurrte der Vermummte, der gleich neben ihm lag, ausgestreckt in einer Erdfurche, die gute Deckung bot. Die anderen nickten nur.

»Dann los!«

Nahezu synchron sprangen sie auf die Füße, sieben geduckte Gestalten in dunklen Overalls, Turnschuhen und mit tief ins Gesicht gezogenen Wollmützen, und sprinteten los, auf den Maschendrahtzaun zu, der sich vor ihnen erhob, gut drei Meter hoch, und dessen Enden rechts und links nicht auszumachen waren, so groß war das Areal, das er umschloss. Das Hindernis, das es zu überwinden galt, sollte ihr Attentat erfolgreich sein.

Die beiden Bolzenschneiderträger waren als Einzige weder mit Waffen noch Munitionsvorräten belastet, und so erreichten sie den Zaun als Erste, wie geplant. Mit geübten Bewegungen zwickten sie zwei parallele senkrechte Schlitze in den Maschendraht, dann eine Querverbindung am oberen Ende. Wie ein metallener Teppich schlappte das Maschensegment nach vorn. Der Weg war frei.

»Perfekt«, stieß der Anführer hervor. »Angriff!«

Einer nach dem anderen huschten die Attentäter gebückt durch das Loch im Zaun, hinein in die verbotene Zone. Jetzt war es nicht mehr weit, dann konnten sie ihre Waffen zum Einsatz bringen.

Die morgendliche Stille, bisher nur von leisem Keuchen und gedämpften Tritten auf weicher Erde gestört, wurde plötzlich vom schrillen Ton einer Trillerpfeife zerrissen. »Sie haben uns entdeckt!«, rief der Anführer. »Aber das wird ihnen nichts mehr nützen. Zu spät!«

In der Tat, die Gruppe hatte bereits die Randzone durchquert und ihr Zielgebiet erreicht. Die sieben Angreifer schwärmten aus, zückten ihre Waffen, holten die Munition hervor und machten sich schussbereit.

»He, ihr Idioten! Schluss damit! Hört auf!« Ein einzelner Mann stellte sich den Attentätern in den Weg. Kein besonders gefährlicher Gegner, wie es schien. Ein Anzugträger, untrainiert und dicklich, mit schwabbelnden, vom ungewohnten Sprint geröteten Wangen. Bis auf ein Klemmbrett, mit dem er wild fuchtelte, schien er unbewaffnet zu sein.

»Vergiss es«, knurrte der Anführer und spannte seine Waffe. Er visierte kurz und geübt, dann gab er sein Geschoss frei. »Wohl bekomm's!«, schrie er ihm hinterher.

Der Schuss traf genau, und der dickliche Anzugträger ging zu Boden. Die Kartoffel war genau auf seiner Stirn zerplatzt.

Der Anführer lachte gehässig, dann legte er eine neue Kartoffel in seine Hochleistungsschleuder ein, spannte das Gerät mit aller Kraft, visierte hoch und schoss die braune Knolle in weitem Bogen über das ebene, von schnurgeraden Furchen durchzogene Versuchsfeld. Seine Mitstreiter taten es ihm gleich. Zwei von ihnen benutzten übergroße, selbstgebaute Schleudern, die im Liegen mit den Füßen gespannt wurden. Ihre Geschosse sausten bis in die entferntesten Ecken der weitläufigen Anlage, auch dorthin, wo die große Tafel mit der Aufschrift »Verbesserte Gene – verbesserte Zukunft« stand. Die beiden Bolzenschneiderträger bedienten sich bei den Munitionsvorräten ihrer Kameraden und warfen freihändig aus der Hüfte.

»Nein! Lasst das!«, schrie der Anzugträger, der sich mühsam aufgerappelt hatte. Weißgelber Stärkesaft lief ihm wie Eiter übers Gesicht. »Hört auf damit! Ihr macht uns doch den ganzen Freilandversuch kaputt!«

»Was du nicht sagst«, höhnte der Anführer und lud die nächste Kartoffel in seine Schleuder.

*

»Super! Geil! Supergeil!« Punker-Peer konnte sich gar nicht beruhigen. »Erste Sahne, diese Aktion, aber echt! Das gibt fette Schlagzeilen morgen früh. Und die Fernsehfuzzis sind auch da, guck mal, da hinten! Mann, das bringt jetzt aber richtig Propaganda.«

»Zunächst mal gibt das eine fette Strafanzeige.« Birgitta riss sich die Wollmütze vom Kopf und zauste ihre plattgedrückte braune Lockenpracht zurück in ihren bevorzugten Out-of-bed-Style. Dann begann sie sich aus ihrem knapp sitzenden Overall zu schälen. »Sachbeschädigung, Hausfriedensbruch oder so, und für den Kartoffelkopp auch noch Körperverletzung. Blödmann, der. Muss er dem Musswessels denn unbedingt eine vor die Rübe ballern?!«

»Kartoffel vor die Rübe!« Gegen seinen Willen musste Käse-Karl lachen. Schnell aber schnitt er wieder sein gewohnt bedenkenvolles Gesicht. »Alles gut und schön, Birgitta. Aber was ist, wenn sie uns für den eigentlichen Schaden, den wir angerichtet haben, bei den Hammelbeinen kriegen? Dieser Genkartoffel-Freilandversuch ist eine unheimlich kostspielige Sache, und wir haben mit unseren Bintjes, Lindas und Glorias dafür gesorgt, dass die Resultate jetzt nicht mehr sortenrein sind und in die Tonne getreten werden können. Das kostet die ein volles Jahr! Stellt euch vor, die stellen uns das in Rechnung!«

»Na und?« Punker-Peer starrte ganz unverhohlen

Birgitta an, die unter ihrem Overall nur Top und Panty getragen hatte und sich jetzt in der warmen Vormittagssonne reckte. »Das war doch der Sinn der Übung, oder nicht? Zu beweisen, dass der Freilandanbau von genveränderten Pflanzen einfach nicht möglich ist, ohne dass es zur Vermischung mit natürlichen Formen kommt. Genau das haben wir gezeigt. Und wie wir es denen gezeigt haben!« Birgitta schlüpfte nun doch in ihre Jeans, und Punker-Peer wandte sich Käse-Karl zu. »Dass sich die Gen-Gangster nicht gerade freuen würden, das wussten wir doch vorher! Da müssen wir jetzt eben mit klarkommen.«

»Du hast leicht reden.« Käse-Karl lief rot an. »Bei dir ist ja auch nichts zu holen. Aber bei mir! Wer muss denn bluten, wenn die uns in Regress nehmen, hä? Du nicht, Birgitta nicht, und der Kartoffelkopp auch nicht. Aber mich, mich werden die am Arsch kriegen! Mein Land, mein Hof, mein Käseladen, verdammter Mist.«

»Was, deinen Mist auch?« Birgittas üppige Figur bebte vor Lachen, und Punker-Peer bekam schon wieder Stielaugen. »Der Misthaufen soll ja die Goldgrube des Bauern sein. Aber ob man so was auch pfänden kann?«

Punker-Peer und die anderen Öko-Aktivisten, die das bunte Zeltdorf am Rand des Genkartoffel-Versuchsanbaugeländes in der Nähe von Jübberde im Landkreis Leer bevölkerten, bogen sich vor Lachen. Käse-Karl ballte die Fäuste, wurde aber durch die Ankunft des Kartoffelkopps an einem Zornesausbruch gehindert.

Auch Okko Düsing, der Anführer dieses zusammengewürfelten Häufleins von Öko-Aktivisten, hatte sich inzwischen seiner Kopfbedeckung entledigt. Seine hohe, nach vorne gewölbte, unregelmäßig geformte Stirn mit den zahlreichen Leberflecken und die gebräunte Glatze mit dem strähnigen, bleichen Haarkranz ließen keinen Zweifel aufkommen, woher sein Spitzname Kartoffelkopp rührte. Er trug ihn schon lange, und er trug in mit Stolz. Zumal momentan, da er doch so gut zu ihrer Aktion passte.

Besitzergreifend legte der Kartoffelkopp seinen Arm um Birgitta, die sich eng an ihn schmiegte. Punker-Peer verschränkte seine Arme vor der Brust.

»Die Bullen hab ich abgefertigt«, berichtete Düsing, »Die Anzeige kriege ich schriftlich. Sachbeschädigung und so, alles kein Akt. Und die ersten Interviews sind auch im Kasten. Ich war in Hochform. *Genmanipulation ist unser Untergang!* Ab heute Mittag laufen wir auf allen Kanälen.«

»*Du* läufst auf allen Kanälen, wolltest du wohl sagen«, maulte Käse-Karl. »Immer musst du deine, äh, dein Gesicht in die Kameras halten. Warum lässt du nicht mal jemand anderes nach vorne? Wir haben auch etwas mitzuteilen!«

»Klar, Reklame für deinen Käseladen«, feixte Punker-Peer. Er warf seinen Kopf in den Nacken, dass die blau-grünen Haarzotteln nur so flogen, und ahmte Käse-Karls quäkige Stimme nach: »Kommt alle nach Hesel, hier mache ich den größten Käse weit und breit! Na, das wär was. Tolle Werbung für die Ökobewegung.«

»Blödmann, struppiger!« Käse-Karl platzte jetzt doch der Kragen. »Erstens, so dämlich wie du bin ich noch lange nicht, und zweitens, worum geht es uns allen denn letzten Endes, hä? Gesunde Umwelt, gesunde Luft, gesundes Essen! Und genau das produzieren Leute wie ich, und zwar mit sehr viel Arbeit und sehr viel finanziellem Einsatz und Risiko. Und wenn du wissen willst, was Arbeit ist, dann schau im Lexikon nach.«

»He, he, nun werd mal nicht gleich Peer-sönlich.« Punker-Peer tat beleidigt, steckte aber deutlich zurück.

»Ich meinte ja bloß, wäre doch schön, wenn unsere Gruppe mal von einem attraktiven Gesicht repräsentiert werden würde. Zum Beispiel von Birgittas! Was meinst du, Süße?«

Die Angesprochene lächelte neckisch zurück. Der Kartoffelkopp drückte sie noch fester an sich. »Solange ich hier die Leitung habe, mache ich auch die Öffentlichkeitsarbeit, ist das klar?«, schnarrte er. »Ich bin doch der Einzige hier, der den Überblick hat. Wo kämen wir denn hin, wenn jeder von uns den Pressefritzen einfach so erzählen würde, was ihm gerade durch den Kopf geht? Chaos, Leute, nacktes Chaos! Wie stünden wir denn dann da?«

Punker-Peer hörte schon nicht mehr zu. Allein die Erwähnung des Wortes ›nackt‹ hatte seine Augen wieder aus ihren Höhlen treten lassen. Birgitta registrierte das genau und, wie es schien, wohlgefällig. Ihr Körper begann sich leicht an Okko Düsings zu reiben, während ihr Blick signalisierte, wem diese Bewegung eigentlich galt.

Aber auch der Kartoffelkopp hatte Augen. »Los, ab mit dir ins Küchenzelt, kümmere dich ums Mittagessen«, herrschte er Birgitta an. »Ruuch Tuffels mit Stipp, klar? Sieh zu, dass du die Bintjes nicht wieder mit den Lindas durcheinander bekommst! Ich schmecke das sofort heraus. Und du, Peer, kümmerst dich um unseren Wasservorrat. Kontrollier die Kanister. Heute wird es heiß, und ich will nachher nicht auf dem Trockenen sitzen.«

Mürrisch, aber folgsam schlurften die beiden in entgegengesetzte Richtungen davon, die interessierten Blicke füreinander kaum noch verheimlichend.

Der Kartoffelkopp wandte sich Käse-Karl zu. »Und du, mein Lieber«, zischte er leise und bedrohlich, »du schießt mir in Zukunft gefälligst nicht mehr quer, verstanden? Was glaubst du eigentlich, was die Öko-Bewegung ist? Ein Selbstbedienungsladen, in dem jeder machen kann, was er will? Vergiss es! Gerade wir brauchen eiserne Disziplin in unseren Reihen, sonst verlieren wir ganz schnell unsere Glaubwürdigkeit. Und ich werde für Disziplin sorgen, verlass dich drauf. Aufräumen werde ich, den ganzen Saustall ausmisten, aber gründlich. Bei mir kommt keiner mit halben Sachen durch. Jeder, der glaubt, er kann hier in unserem Namen sein eigenes Süppchen kochen, der wird noch merken, wie sehr er sich verrechnet hat! Glaub mir, ich komme jedem drauf. Und wenn hier einer Mist baut, wenn einer unseren Namen in den Dreck zieht, dann … he, was hast du denn auf einmal?«

Käse-Karl war plötzlich käsebleich geworden. Augen und Mund rundeten sich, und er hob seine Hand. Ehe er noch ein Wort sagen konnte, fühlte sich der Kartoffelkopp hart von hinten gestoßen und landete unsanft an Käse-Karls muskulöser Brust. Wütend drehte er sich um.

Vor ihm stand Musswessels, der Eigentümer der Versuchsanlage, und sah noch viel wütender aus. Auf seiner Stirn prangte eine dicke Beule, die ihm eine ganz entfernte Ähnlichkeit mit dem Kartoffelkopp verlieh. Nur dass sein gesamter Kopf knallrot war und an der Schläfe eine dicke Zornesader unheilverkündend pochte. »Sie! Sie … Sie Monstrum!«, fauchte er den Kartoffelkopp an. »Wissen Sie eigentlich, was Sie da angerichtet haben? Wie viel harte Arbeit zunichte gemacht wurde? Arbeit von Menschen aus der Landwirtschaft, also von Leuten, an deren Wohlergehen Ihnen angeblich so sehr gelegen ist! Dabei wissen Sie doch genau, dass unsere Kartoffelzucht einzig und allein der Stärkeproduktion dient. Keine einzige unserer Kartoffeln ist für den menschlichen Verzehr bestimmt! Es bestand für Sie also überhaupt kein Grund, gegen mich vorzugehen. Was Sie aber nicht gehindert hat. Was sind schon Fakten gegen Ihre Selbstherrlichkeit? Was sind Argumente gegen Ihren übersteigerten Glauben an sich selbst?«

Je mehr sich Musswessels in Rage redete, desto ruhiger wurde der Kartoffelkopp, desto überlegener sein Grinsen. Er gehörte zu den Menschen, die sich erst im Angesicht eines Gegners so richtig wohlfühlten. Oder eines Feindes, wie er es bei sich nannte. »Sie wissen ganz genau, dass die Natur keine Trennung hinnimmt«, erwiderte er scharf. »Alles hängt mit allem zusammen, und alles wird sich mit jedem vermischen, das steht fest. Wir haben diese Zwangsläufigkeit heute nur ein wenig beschleunigt.« Was für ein herrlicher Satz, dachte er. Wo waren jetzt Kamera und Mikrophon?

»Wollen Sie mir beibringen, was Natur ist? Ich bin diplomierter Ökotrophologe!«, schnauzte Musswessels. »Und Sie, Sie sind ein Fossil! Ihre Ansichten sind doch von vorgestern. Ich dagegen, ich bin die Zukunft. Wie wollen Sie denn in zwanzig Jahren die Menschheit ernähren ohne genetisch veränderte Lebensmittel? Auf natürlichem Wege können Sie mehr als sechs oder sieben Milliarden Menschen auf Dauer doch gar nicht satt machen. Wollen Sie die Leute verhungern lassen?«

»Aha, jetzt haben Sie sich verraten! Es geht Ihnen also doch um menschliche Nahrung!«, triumphierte der Kartoffelkopp. »Wachstum um jeden Preis, das ist Ihr Rezept, was? In der Wirtschaft, in der Landwirtschaft, auf dem ganzen Planeten. Merken Sie denn überhaupt nicht, was für eine Sackgasse das ist? Unsere Erde wächst doch nicht mit! *Sie* sind der von vorgestern, nicht ich.«

Musswessels schnaubte. »Das werden wir ja sehen, wer hier von vorgestern ist, und zwar gleich morgen! Dann stehen Sie nämlich vor dem Haftrichter, dafür werde ich sorgen. Ich bringe Sie zur Anzeige, gleich heute, und zwar bei Gericht. Mit diesen Dorfpolizisten hier gebe ich mich gar nicht erst ab. Bei mir geht es um Arbeitsplätze, verstehen Sie? Dagegen kommen Sie mit Ihrem Naturgefasel sowieso nicht an. Sie werden noch Ihr blaues Wunder erleben!«

Mit diesen Worten beugte er sich vor. Ehe der Kartoffelkopp eine Abwehrbewegung machen konnte, hatte ihm Musswessels die Schleuder, die aus der Seitentasche seines Overalls herausragte, abgenommen. »Und die Tatwaffe nehme ich gleich mit, als Beweisstück!«, verkündete der Anzugträger. »Damit richten Sie jedenfalls keinen Schaden mehr an.« Er machte auf dem Absatz kehrt und stapfte davon.

»He!«, rief der Kartoffelkopp ihm nach. Dann aber machte er eine wegwerfende Handbewegung und grinste breit. Das Wortduell hatte er gewonnen, ganz klar, und darauf kam es ihm an. Alles andere würde man sehen. Sollten sie ihn doch vor Gericht zerren! Viel Feind, viel Ehr, viel Presserummel. Besser konnte es doch gar nicht laufen.

Und dann diese blöde Aktion mit der Schleuder! Jetzt lachte der Kartoffelkopp lauthals. »So ein Idiot«, sagte er kopfschüttelnd zu sich selbst, »von diesen Dingern haben wir hier doch mehr als genug.«

*

Hauptkommissar Stahnke tupfte sich den Schweiß von der Stirn. So früh am Morgen und schon so warm – wie sollte das erst heute Mittag werden? Und die Chancen standen gut, dass sie auch dann noch hier auf diesem Kartoffelacker in der heißen Sonne herumtapern würden.

»Was sagt der Doc?«, fragte er, während er sich die Ärmel hochkrempelte.

»Schädelfraktur, hervorgerufen durch einen abgerundeten, mit hoher Geschwindigkeit auftreffenden Gegenstand.« Oberkommissar Kramer funktionierte wie immer tadellos. Auch die Wärme schien dem mittelgroßen, drahtigen Mann nichts auszumachen. Anders als seinem deutlich größeren und vor allem massigeren Vorgesetzten.

»Ein Feldstein aus einer Schleuder? Das hab ich doch schon mal gehört.«

»Dr. Mergner will sich natürlich nicht festlegen. Nicht vor dem Laborbericht«, sagte Kramer, ohne auf Stahnkes alttestamentarische Anspielung einzugehen. »Dabei wurde ein passender Stein mit zellularen Anhaftungen ganz in der Nähe der Leiche gefunden. Schleudern sind zudem die einzigen Waffen, die es hier vor Ort gibt. Und das reichlich. Also, ich würde mal sagen: ja.«

»Ganz schön langes Ja«, murrte Stahnke.

Kramer zuckte die Achseln.

Der Tote lag rücklings in einer Ackerfurche, mitten in der Versuchsanlage für genetisch optimierte Feldfrüchte, wie diese sich prahlerisch nannte. Stahnke hatte längst aufgegeben, aus dem Gesichtsausdruck eines Opfers irgendetwas herauslesen zu wollen; mit dem Eintritt des Todes erschlafften alle Muskeln, auch die des Gesichts, und zurück blieb eine unendliche Entspanntheit, nicht mehr und nicht weniger. Darin waren alle Toten gleich. Und dennoch: Ein Gesicht wie dieses hatte er noch niemals gesehen.

»Man nannte ihn Kartoffelkopp? Wer?«, fragte Stahnke.

»Alle, soviel ich weiß«, sagte Kramer. »Vor allem seine

Freunde. Vielmehr Mitstreiter, denn Freunde hatte er wohl nicht so viele. Er war anerkannt, nicht beliebt.« Er gab sich einen spürbaren Ruck, ehe er hinzufügte: »Für einen Kopf wie diesen ließen sich ja auch schlimmere Bezeichnungen finden.«

»Na, na! Sie wissen doch, Schönheit liegt im Auge des Betrachters.« Aber natürlich hat Kramer recht, dachte Stahnke. Einer, der so hässlich ist wie dieser Okko Düsing, der muss sich einfach irgendwo anders Bestätigung suchen, um nicht am Leben zu verzweifeln.

Obwohl … »Sag mal, hast du nicht gesagt, dieser Kartoffeltyp sei mit der Birgitta Stoll zusammen gewesen, dieser drallen Hummel aus dem Aktivisten-Camp? Wie passt das denn zusammen?«

»Nun ja, auch Macht macht sexy«, erwiderte Kramer mit stoischer Miene. »Und Okko Düsing war als Öko-Aktivist mit Öffentlichkeitswirkung so etwas wie eine Macht. Ein Fundamentalist, einer, der immer die harte Linie gefahren ist, ohne jeden Kompromiss. Hat dabei auch vor Leuten aus den eigenen Reihen nicht haltgemacht. Außerdem war er ja medienpräsent wie ein Popstar. So etwas macht anziehend. Da machen dann ein paar Jahre Altersunterschied und optische Defizite nicht viel aus.«

Der Hauptkommissar grinste. Klar, dass Kramer sich diese Spitze nicht verkneifen konnte, schließlich war auch Stahnkes Lebensgefährtin deutlich jünger als er. Aber egal, mit solchem Spott konnte er leben.

Kriminaltechniker in weißen Kapuzenanzügen wimmelten um sie herum, versuchten Spuren zu erspähen und zu sichern und warfen den beiden Ermittlern böse Blicke zu. Stahnke gab Kramer einen Wink; beide wandten sich dem Zeltlager zu. Am Zaun, der das Lager vom Versuchsacker trennte, standen die Aktivisten, teils übernächtigt, aber samt und sonders schockiert bis entsetzt. Auch zwei uniformierte Beamte versuchten, durch die Maschen hindurch neue Entwicklungen auszumachen.

Stahnke schlenderte betont langsam; er hatte es nicht eilig, den Zaun zu erreichen. Jedenfalls noch nicht. »Und, was haben wir bis jetzt?«, fragte er.

»Hauptverdächtiger dürfte Hermann Musswessels sein«, antwortete Kramer. »Er hat Düsing gestern nach der Aktion bedroht, dafür gibt es Zeugen, und ihm die Schleuder abgenommen. Anschließend wollte er bei Gericht erwirken, dass gegen den Kartoffelkopp ein Haftbefehl erlassen wird. Schwere der Schuld, Flucht- und Verdunklungsgefahr und so weiter. Hatte extra seinen Rechtsanwalt dabei. Es wurde aber nichts draus. Die Staatsanwaltschaft hat ihn abgeschmettert.«

»Wundert mich ein bisschen«, warf Stahnke ein. »Die Argumente sind doch ganz stichhaltig. Außerdem, hier geht es um Arbeitsplätze. Damit kann man doch so gut wie alles durchsetzen.«

»Schon«, gab Kramer zu. »Aber andererseits hat die Genmanipulation nicht nur Anhänger.«

»Auch wieder wahr.«

»Jedenfalls war Musswessels mächtig wütend«, fuhr Kramer fort. »Er gibt an, spät ins Bett gegangen und erst gegen Morgen eingeschlafen zu sein. Zeugen hat er keine, Musswessels ist Witwer. Es ist also durchaus möglich, dass er in Wahrheit im Morgengrauen aufgestanden ist, da er ohnehin nicht schlafen konnte. Geht spazieren, natürlich auf seiner Versuchsanlage, die sein Ein und Alles ist. Sieht Düsing, der sich schon wieder dort herumtreibt, rastet aus und brät ihm eins mit der Schleuder über. Exitus.«

»Warum?«, fragte Stahnke.

»Wie, warum? Warum man stirbt, wenn man einen dicken Stein an den Kopf bekommt?«

»Quatsch. Warum der Kartoffelkopp schon wieder auf der Anlage war. Die Aktion war doch gelaufen, keine neue geplant, und Presse war keine da. Warum also?«

Kramer zuckte die Achseln.

»Und warum sollte Musswessels zum Morgenspaziergang Düsings Steinschleuder eingesteckt haben?«, setzte Stahnke nach. »Die ist immerhin so groß, dass man sie nicht in der Hosentasche vergessen kann. Und warum konnte Musswessels überhaupt damit umgehen und treffen?«

»Keine Ahnung«, sagte Kramer.

»Na schön.« Stahnke stellte fest, dass es ihn befriedigte, Kramers These zu zerfetzen. Er schämte sich nicht einmal dafür. »Und sonst?«

»Wir haben erfahren, dass Düsing Knies mit seiner Lebensgefährtin hatte«, fuhr Kramer fort. »Soll sie immer wieder machohaft behandelt haben. Angeblich hat Birgitta Stoll angedeutet, ihn verlassen zu wollen.«

»Das gäbe im umgekehrten Fall ein Motiv. Aber der Tote ist ja der Kartoffelkopp, nicht die Stoll«, sinnierte Stahnke.

»Es sei denn, er hat sie attackiert, sie hat sich gewehrt und ihn in Notwehr getötet. Und weil sie so geschockt ist, sagt sie vorläufig kein Wort, sondern schüttelt immer nur den Kopf und weint.«

Stahnke nickte anerkennend. Ja, das ergab vielleicht einen Sinn. Dieser Punkt ging an Kramer. »Noch etwas?«

»Dann ist da noch dieser Peer«, sagte Kramer. »Peer Steinbrück.«

»Wie bitte?« Der Hauptkommissar war zusammengezuckt.

»Na ja, so heißt der halt. Der mit dem scheckigen

Haar. Genannt Punker-Peer. Ist mächtig in diese Birgitta verknallt. Muss wohl nicht zu übersehen gewesen sein; mehrere der Aktivisten haben das ausgesagt. Und so einer wie der Kartoffelkopp duldet natürlich keinen Rivalen.«

»Ein hormongesteuerter Punker«, sinnierte der Hauptkommissar. »Einer, der weiß, wie man mit einer Steinschleuder zielt und trifft. Dem Rivalen bei seiner Morgeninspektion auflauern und ihn ausschalten – das klingt doch nicht übel.«

»Und warum hatte der Kartoffelkopp doch gleich diese Morgeninspektion gemacht?«

Stahnke widmete Kramer den bösesten Blick, den er auf Lager hatte. Was wollte der denn – jeden Ansatz einer halbwegs vernünftigen Tathergangshypothese zunichte machen?

Dann kam ihm eine Idee.

Sie waren nur noch ein paar Schritte vom Zaun und dem Loch darin entfernt. Stahnke blieb stehen, die Finger auf dem Rücken verschränkt, und wippte auf den Fußballen. »Kramer?«

»Ja?«

»Von wem hast du die Info, ich meine, dass der Punker scharf ist auf die Wuchtbrumme?«

»Von verschiedenen Aktivisten. Ökobauer Heinz Harms, Manuela Binder von der Bürgerinitiative, Karl Trauernicht vom Käsehof, dann der Dicke von den Linken, wie heißt der gleich …«

Stahnke hob abwehrend die Hand: »Okay, danke. Und die andere Quelle? Ich meine, wer hat gesagt, dass Birgitta Stoll den Kartoffelkopp abservieren will?«

»Maike Becker, eine grüne Gymnasiastin aus Leer«, sagte Kramer. »Und Karl Trauernicht. Man nennt ihn allgemein Käse-Karl, weil …«

»Stopp. Karl Trauernicht. Kennst du ihn näher?«

»Was heißt näher.« Kramer breitete die Arme aus. »Wir haben schon oft in seinem Hofladen eingekauft, also meine geschiedene Frau und ich. Ausschließlich Naturprodukte, selbstverständlich mit Bio-Gütesiegel. Vor allem etliche Käsesorten. Verdammt lecker, das wäre auch was für dich.«

Stahnke wehrte erneut ab. Erstens hatte er sich Schlemmereien mit Rücksicht auf seine Figur bis auf weiteres verboten, und zweitens lenkte das jetzt nur ab. »Was weißt du sonst noch über ihn?«

Kramer horchte in sich hinein. »Hat es schwer, über die Runden zu kommen. Der Hof, den er geerbt hat, ist eigentlich viel zu klein, um rentabel zu sein. Karl neigt sowieso dazu, sich immer Sorgen zu machen, aber in letzter Zeit war es ganz schlimm. Er hat wohl viel investiert, eine Art Befreiungsschlag, um endlich überlebensfähig zu werden. Viele zusätzliche Tiere angeschafft, neue Gebäude errichten lassen und so. Musste einen großen Kredit aufnehmen. Die Umsatzsteigerung war bisher noch nicht so wie erhofft, und jetzt hat er Angst, dass ihn die Folgekosten erdrücken.«

»Was für Folgekosten?«

»Na, Zinsen vor allem. Und die Futterkosten. Mehr Tiere fressen auch mehr.«

»Moment. Er kauft Futter zu?«

»Klar. Was soll er machen, sein Grund und Boden reicht einfach nicht.«

»Aber das darf er nicht. Jedenfalls nicht, wenn er das Bio-Qualitätssiegel behalten will. Da ist Futterzukauf nämlich nicht vorgesehen. Weil ja niemand kontrollieren kann, wie dieses Futter erzeugt wurde und welche Stoffe auf diesem Weg ins Fleisch und in die Milch der Tiere kommen. Ich sage nur: Dioxin. Aber beileibe nicht nur das.«

»Ja, aber – ohne Biosiegel könnte Karl seinen Laden doch gleich dichtmachen. Dann wäre ja der ganze Reiz weg, und mit Normalprodukten ist er niemals konkurrenzfähig. Die Nahrungsmittel-Großindustrie verwurstet doch jeden kleineren Mitbewerber gnadenlos.«

Die beiden Kriminalisten sahen sich an und schüttelten sich synchron.

Dann wandte sich Stahnke dem Zaun zu. »Herr Karl Trauernicht, bitte!« rief er.

Käse-Karl zwängte sich durch das Loch, quarkweiß im Gesicht. Sein Mund zuckte. Als Stahnkes wasserblaue Augen ihn streng fixierten, begannen ihm Tränen übers Gesicht zu laufen. »Was sollte ich denn machen«, flüsterte er. »Der Kartoffelkopp hatte mich auf dem Kieker, und er war gnadenlos. Ich habe ihn extra heute früh abgepasst und bin mit ihm aufs Feld hinausgegangen, damit keiner uns hört. Hab ihn bekniet, hab gebettelt und gefleht. Aber er ließ sich nicht erweichen. Disziplin in den eigenen Reihen, hat er gesagt, damit fängt alles an. Was wir von anderen verlangen, das dürfen wir uns selbst erst recht nicht durchgehen lassen. Gegenseitig schon gar nicht. Und darum, Karl, hat er gesagt, stell dich lieber darauf ein, dass du ab nächster Woche kein Bio-Bauer mehr bist. Das hat er gesagt, genau so! Was sollte ich denn machen?«

»Was haben Sie gemacht?«, fragte Stahnke.

»Das mit den Schleudern war ja seine Idee«, sagte Käse-Karl. »Da hab ich es dann – getan.«

Stahnke nickte Kramer zu. Der nahm den Weinenden sachte beim Ellbogen und führte ihn durch das Loch im Zaun zum Wirtschaftsweg, dorthin, wo die Einsatzfahrzeuge standen. Die Öko-Aktivisten sahen den beiden stumm hinterher. Punker-Peer steckte sich eine

Zigarette an. Birgitta schmiegte sich an seine Schulter. Musswessels, wie immer im schicken Dreiteiler, beobachtete die Szene aus der Distanz.

Stahnke schaute sich verstohlen um. Niemand achtete auf ihn, auch nicht die anwesenden Pressefotografen. Typisch, dachte er missmutig und stapfte davon.

# STAHNKES ERSTER MORD

Mein erster Mordfall? Sicher kann ich mich an den noch erinnern. Sehr gut sogar. Obwohl er natürlich lange her ist. Viel länger, als ihr wahrscheinlich glaubt. Mein erster Mordfall hat sich ereignet, lange bevor ich an eine Karriere bei der Kriminalpolizei gedacht habe, wenn man in diesem Zusammenhang von Karriere überhaupt reden kann. Lehrer wollte ich damals werden, unglaublich, dabei habe ich die Schule doch so gehasst. Die vielen Ferien, die haben mich natürlich gereizt. Außerdem kannte ich ja gar nichts anderes als Schule. Zur See fahren, klar, aber das war ja doch nur ein Traum. Als ich es dann einmal probiert habe, in den großen Ferien, passierte dieser Mord. Und der hat überhaupt erst dazu geführt, dass ich heute bin, was ich bin.

Sechzehn war ich damals, Oberschüler, lebte in Ostfriesland – ihr wisst schon: »Dort, wo andere Ferien machen« – und hatte noch kaum etwas von der Welt gesehen. Zwar gab es auch damals schon Kinder, die mit ihren Eltern jedes Jahr durch halb Europa reisten, aber zu denen gehörte ich nicht. Ein paar Mal ins Sauerland, einmal nach Nürnberg mit zwei Übernachtungen in einer Hinterhof-Pension, das war's schon. Aber ich war viel auf dem Wasser, auf der Ems, den Binnenmeeren und Kanälen, bin gerudert und gesegelt. So war ich auch viel unterwegs, langsam und nie weit weg, aber unterwegs.

Trotzdem war es schon ein kleiner Schock, als mein Vater mir von dieser Idee erzählte. Eine Reise auf einem Frachter, einem richtig großen, eine Reise so lang wie die Sommerferien. Und sogar nach Afrika! Den Begriff »Angstlust« habe ich erst später gehört, aber genau das war es, was mich da gepackt hat.

Heute kann man solche Reisen sogar buchen, »Hand gegen Koje«, aber das gab es Ende der sechziger Jahre wohl noch nicht, jedenfalls nicht für Schüler. Weil mein Vater aber im Emder Hafen arbeitete – Umschlag von Massengütern, Erz vor allem, das lief damals wie verrückt –, kannte er ein paar Angestellte von Reedereien. Von denen wusste er, dass die Handelsmarine händeringend Nachwuchs suchte. Und um junge Leute für die Seefahrt zu begeistern, gab man ihnen die Möglichkeit, eine Reise als Praktikant mitzumachen. Monatslohn hundertsiebzig Mark – aber darum ging es ja nicht.

Man kann sich das heute kaum noch vorstellen, aber damals, in den Ausläufern des großen Wirtschaftswunders, als die Amis unsere zwei Drittel Deutschland zum Beweis ihrer ideologischen Überlegenheit gegenüber dem Osten ausstaffiert hatten wie einen knallbunten Lutschbonbon, herrschte Vollbeschäftigung, und deshalb waren gerade in den weniger attraktiven Branchen die Arbeitskräfte knapp. Seinerzeit konnten Bergleute und Journalisten, also die Berufsgruppen mit der geringsten Lebenserwartung, erstklassige Tarifverträge aushandeln. Überall im Ausland wurden Leute angeworben. Die hießen damals noch Gastarbeiter. Auch wenn sie nicht wie Gäste behandelt wurden. In dieser Hinsicht sind sich die Deutschen ja treu geblieben.

Auch die Reeder haben Ausländer angeheuert, aber sie mussten sie nach deutschem Tarifrecht bezahlen. Das hat sich inzwischen geändert. Kleinere Besatzungen, dafür weniger Heuer – sonst ab mit dem Firmen-Postkasten nach Antigua.

Auf der *Almira* jedenfalls gab es reichlich Ausländer.

Mehr als die Hälfte der Besatzung sprach Portugiesisch. Paradiesische Verhältnisse nach heutigen Maßstäben. Erstens hatte unser Schiff vierzig Mann Besatzung; heute wären es keine zwanzig mehr. Und zweitens wäre heute der Kapitän der einzige Deutsche an Bord, und der Rest käme aus sieben verschiedenen Nationen.

Wenn ich mich recht erinnere, hatte die *Almira* gut vierzigtausend Tonnen, Bruttoregistertonnen, also Ladekapazität, und war zweihundertfünfzehn Meter lang. Reisegeschwindigkeit fünfzehn Knoten. Ziemlich schlank und flott für einen Massengutfrachter, einen Bulker. Auch damals gab es schon Tanker, die mehrmals so groß waren, trotzdem war das eine gewaltige Menge Stahl. Ein Koloss, auf dem die vierzig Mann herumkrabbelten wie die Ameisen.

Die Deutschen an Bord, das waren der Kapitän und sein Steward, alle vier Ingenieure, drei der vier Offiziere, der Funker und die beiden Köche, von denen einer auch Bäcker war. Dazu drei junge Matrosen und ein Schiffsjunge, auch sechzehn Jahre. Alle anderen Voll- und Leichtmatrosen waren Portugiesen, auch der Bootsmann, außerdem der dritte Offizier, ein ernster, hagerer Mann knapp über dreißig mit dicken Brillengläsern. Das hat mich besonders gewundert, weil ich glaubte, Brillenträger würden grundsätzlich nicht an Deck beschäftigt. Aber das galt schon nicht mehr.

Wenn ich ›Portugiesen‹ sage, dann meine ich nicht nur Europäer. Die Reederei hatte die Leute nach ihrer Sprache ausgesucht, nicht nach der Hautfarbe. Mehrere Afrikaner waren dabei, aus den früheren portugiesischen Kolonien. Kaum zu glauben, dass dieser Flicken Land am Rand von Spanien mal die größte Kolonialmacht überhaupt gewesen ist. Und die brutalste dazu. Unser Mannschaftssteward war auch ein Afrikaner,

Patrice von den Kapverdischen Inseln. Ein Kerl wie eine Skulptur, mit glänzend schwarzer Haut und herrlichen Muskeln, schöner als Harry Belafonte und mit dem gleichen freundlich-spöttischen Gesichtsausdruck. Zu jeder Mahlzeit gab es Tee und Kaffee, und Patrice trug die riesigen Edelstahlkannen mit unglaublicher Gelassenheit durch die Messe, gemessenen Schrittes, mit größter Sorgfalt und dabei so selbstbewusst, als wären es Reichsapfel und Zepter. Jedes Mal fragte er mich: »Tee? Kaffee?« Und dazu lächelte er, als bewirte er einen lieben Gast. Vor lauter Verlegenheit dachte ich jedes Mal wirklich einen Moment nach, obwohl ich fast immer Tee nahm, und wenn ich meinen Wunsch dann endlich aussprach, lächelte er noch breiter, streckte den entsprechenden Arm aus und goss mir den Becher voll, ohne jemals einen Tropfen zu verschütten, ganz egal, wie voll die Kanne war und wie stark das Schiff rollte. Immer trug er ein weißes Hemd mit kurzen Ärmeln, und jedes Mal starrte ich staunend auf seinen Bizeps. Ich glaube, das gefiel ihm.

Ich war mit der Bahn nach Amsterdam gefahren, zwei Tage nach Ferienbeginn. Meine Reisetasche hatte ich schon gleich nach Schulschluss gepackt. Und zwei Stunden vor der Abreise konnte ich sie neu packen, weil die *Almira* nämlich plötzlich nicht mehr nach Sierra Leone fahren sollte, sondern nach Kanada. Schade um die Gelbfieber-Impfung. So was kam häufig vor. Geladen wurde in Norwegen, Afrika oder Kanada, gelöscht in Amsterdam, Rotterdam oder Dünkirchen, manchmal sogar in Emden, obwohl das Emsfahrwasser so schwierig ist, dass die Schiffe noch auf See einen Teil ihrer Ladung auf Leichter umladen müssen. Aber damals herrschte solch ein Andrang in sämtlichen Seehäfen, da kam das immer noch billiger als fünf Tage auf Warteplatz in Holland.

Einen gab es an Bord, der war weder Deutscher noch Portugiese. Das war Jammer, der Storekeeper. Eigentlich hieß er Hjalmar, war teils Schwede, teils Kanadier, teils irgendwas, wie es ihm gerade in den Kopf kam. Ob er eine richtige Muttersprache hatte, weiß ich bis heute nicht, er sprach alle möglichen Sprachen, alle etwa gleich schlecht. Und weil er nur noch wenige Zähne im Mund hatte und schrecklich nuschelte, klang sein Name eben wie Jammer. Er war immer und überall dabei, gehörte aber nirgendwo richtig dazu. Als Storekeeper, also Materialverwalter, stand er faktisch außerhalb der Hierarchien, genau wie der Funker. Während der aber in seiner Funkbude ganz für sich allein arbeitete, hatte Jammer ständig mit den anderen zu tun, Decksleuten wie Maschinisten, Offizieren wie Mannschaften. Das mochte er. Ein Schwätzchen hier, ein Schwätzchen da, er war die Leutseligkeit in Person und neugierig wie kein zweiter. Weil er auch für alles Werkzeug verantwortlich war, kroch er dauernd im Schiff herum, in jeden Winkel hinein. Das wurde ihm dann ja auch zum Verhängnis.

Ich war kaum an Bord, da legte die *Almira* auch schon ab, aber ehe wir die offene See erreicht hatten, war es längst dunkel. So viel einfacher als die Emsmündung ist die Passage der Amsterdamer Hafenausfahrt nämlich auch nicht. Ich schaute mir alles vom Peildeck aus an, fühlte mich etwas merkwürdig, vor allem sehr fremd an Bord. Aber als der letzte Schlepper seine Trosse geslippt hatte, sprach mich einer der jüngeren Matrosen an und lud mich in seine Kammer ein. Ehe ich mich versah, saßen wir zu viert um den kleinen Resopaltisch herum: Robert Kahn, Vollmatrose, ein ziemlich langer, schlanker, blasser Bursche mit einem Stirnband in der rotblonden Mähne, der Bierflaschen allein mit der linken Hand öffnen konnte, Lothar Germer, Leichtmatrose, ein bulliger Berliner mit schmalen dunklen Augen und blauschwarzem Bartschatten, Klaus Martens, Schiffsjunge, ein zappeliger Kerl mit breiten Schultern und abgekauten Fingernägeln, und ich. Wir tranken Bier aus Roberts Vorrat, rauchten Lothars zollfreie Filterzigaretten und kauten Kaugummis, die Klaus päckchenweise auf den Tisch warf. Und dann kam Jammer herein und setzte sich zu uns.

Ich war bis dahin ein ziemlicher Einzelgänger gewesen, ohne große Gruppen-Erfahrung, und war ziemlich aufgeregt, plötzlich auf Tuchfühlung unter richtigen Männern zu sitzen, also Männer im Unterschied zu Schülern, ohne Geleitschutz von Vater oder Lehrer. Reines Rollenspiel war das, jedenfalls anfangs: rauchen, trinken und ein paar schmutzige Witze erzählen, um Männlichkeit anzudeuten, aber trotzdem Zurückhaltung wahren, um bloß nicht die Kontrolle zu verlieren. Nur nicht blamieren.

Dann merkte ich ziemlich schnell, dass die drei auch nicht frei von Hemmungen waren. Ich fühlte mich ihnen an Lebenserfahrung unterlegen – umgekehrt war es aber genauso. Man muss sich mal die Isolation, in der diese Leute lebten, klarmachen. Es war die Zeit vor dem Satelliten-TV, auf See gab es also kein Fernsehen, und so ein Massengutfrachter ist nun einmal die meiste Zeit auf See. Da ist man wie abgeschnitten von allem. In Seven Islands, Kanada, als alles schon gelaufen war, habe ich später gesehen, wie vierzigtausend Tonnen Erz mit riesigen Förderbändern innerhalb von zwölf Stunden ins Schiff geschüttet wurden. Sonntag früh eingelaufen, abends schon wieder ausgelaufen, und während der Liegezeit keine Minute Freizeit für die Decksleute. Auf See konnte man zwar Radio hören – die meisten Matrosen hatten große Weltempfänger, zollfreie Japanware –, aber was sollten sie schon anfangen mit Nachrichten, die mit ihren Alltagserfahrungen nichts zu tun hatten? Und ihren Urlaub ließen sich die jüngeren Seeleute alle auszahlen, bis auf ein paar Tage. Kurzer Landgang, dann gleich wieder anheuern; nur so war in diesem Job etwas Geld zu machen. Was ich sagen will: Leute wie Robert, Lothar und Klaus liefen Gefahr, das Leben an Land, das richtige Leben aus den Augen zu verlieren, und das wussten sie. Einer wie ich kam ihnen da gerade recht.

Jeden Abend saßen wir so zusammen, nach der Arbeit – und wir mussten richtig ran, auch ich, Ferien waren das nicht gerade, aber ich fand es toll. Wir spielten Poker um Streichhölzer, rauchten, tranken Bier oder Cola-Rum, hörten meine Kassetten. Hitparade rauf und runter, alle selbst vom Radio mitgeschnitten. Hier an Bord waren diese Kassetten allein schon Grund genug, mich einzuladen. Jammer spielte nicht mit, er kiebitzte nur und gab seinen Senf dazu. Meist kam er irgendwann, wenn wir die Bude längst eingenebelt hatten, und ging nach einer halben Stunde oder so wieder weg, nicht ohne vorher verschmitzt in die Runde geblinzelt und von »wichtigen Sachen« erzählt zu haben, die er noch vorhabe. Einmal fragte ich die anderen, was das denn wohl sein könne. Klaus ließ seine rechte Hand mit gekrümmten Fingern Richtung Schoßgegend wedeln. »Wichsen« sollte das heißen. Er und Lothar lachten, und mit heißen Ohren stimmte ich pflichtschuldig ein. Nur Robert lachte nicht mit. Vielleicht, weil er schon Vollmatrose und über solche Späße erhaben war.

Der fünfte Abend verlief nicht anders als die ersten

vier, aber in der darauffolgenden Nacht wurde ich unsanft aus dem Schlaf gerissen. Wir versammelten uns in der Mannschaftsmesse, die ohne den gewohnten Morgen-Duft von Kaffee, Tee und Rührei kalt und abweisend wirkte. Dann erschien der Kapitän, Grund genug für mich, meine verklebten Augen vollends aufzureißen, denn der Kapitän ließ sich hier gewöhnlich niemals blicken.

Kapitän de Boer war auch Ostfriese, aber kein Städter wie ich, sondern einer vom Fehn, und das Reden war seine Sache nicht. Was weiter nichts machte, denn de Boer verstand sein Handwerk, und wenn er sich mit seinen knapp zwei Metern Größe und seinem gewaltigen Leibesumfang vor einem Mannschaftsmitglied aufbaute, musste er selten viele Worte machen. Auch jetzt fasste er sich kurz. Nach einer knappen Minute wussten wir, dass Jammer tot war, erschlagen aufgefunden im Steuerbord-Tunnel, der ab sofort für jedermann gesperrt sei, da man die kanadische Polizei einschalten werde. Dann verschwand de Boer wieder, und die beiden Köche begannen, gefrorene Fleischbrocken und frostweiße Plastikbeutel aus dem kleinen Kühlraum in den großen umzuräumen. Mir war sofort klar, was das bedeutete. Immerhin dauerte die Reise noch fünf volle Tage, und irgendwo musste Jammers Leiche schließlich bleiben.

Von allgemeiner Trauer hatte de Boer nichts gesagt, aber die Mannschaft verhielt sich so, als hätte er. Kaum ein lautes Wort fiel den ganzen Tag über, die Leute schlichen mit gesenkten Köpfen aneinander vorbei, und wenn zwei oder drei miteinander tuschelten, dann gehörte ich nicht dazu. Sicher, sie hatten mich alle nett aufgenommen, aber jetzt, in der Krise, fühlte ich mich plötzlich fremd und wie der Außenseiter, der ich war.

Der Grund lag auf der Hand. Hier, mitten zwischen zwei Kontinenten, außerhalb jeder polizeilichen Zuständigkeit, konnte Jammers Mörder nur einer aus unserer Mitte sein. Nicht, dass mich jemand verdächtigt hätte. Aber das hier war eine Art Familienangelegenheit, und die bespricht man nicht mit jeder hergelaufenen Landratte.

Wahrscheinlich war es die plötzliche Isolation, die mich ins Grübeln brachte. Solange der Mord an Jammer nicht geklärt war, würde sich an der Stimmung an Bord nicht viel ändern, jedenfalls nicht, solange die Leiche als konservierte Anklage im Frost lag. Eine Lösung musste her, und da sich niemand sonst an Bord um eine zu bemühen schien, musste ich das eben tun. Die Unbefangenheit meiner Jugend und die Sehnsucht nach den unbeschwerten Jungmänner-Abenden in Roberts Kammer ließen diesen Gedanken halbwegs normal erscheinen. Und rückblickend war das sicher gut so. Obwohl es mich fast den Kopf gekostet hätte.

Der erste Schritt war ganz leicht, und das stärkte mein Selbstbewusstsein noch mehr. Patrice verschaffte mir Zutritt zum kleinen Kühlraum; das kostete mich lediglich eine höfliche Frage. Der Hüne schaute mir über die Schulter, als ich mich über Jammers Leichnam beugte, der auf dem Rücken lag, nur zwei breite Holzplanken zwischen sich und den Fliesen, den hoch gewölbten Bauch wie üblich von einem fleckigen Blaumann umspannt. Sein Gesicht schien unverletzt, wenn auch sehr fremd mit dem ruhigen Mund und den geschlossenen Augen, aber sein Schädel sah oberhalb des linken Ohrs aus wie gespalten. »Schraubenschlüssel«, murmelte Patrice hinter mir, »hochkant.« Also hatte man die Tatwaffe gefunden. Was aber nicht viel bedeuten wollte. An Bord eines Schiffes geht fast jeder mit Schraubenschlüsseln um, auch die Decksleute, schließlich sind die großen Luken, die kleineren Mannlochdeckel und alles mögliche andere mit dicken Muttern gesichert, damit sie bei Seegang nicht verrutschen.

Der zweite Schritt war der zum Tatort. Zwar hatte der Kapitän den Steuerbord-Tunnel für gesperrt erklärt, aber das sollte mich nicht hindern, dennoch hineinzukommen. Ich wusste auch schon wie.

Natürlich hatte de Boer nicht vom Wellentunnel gesprochen, wo der mächtige Rundstahl rotiert, der die Kraft der Maschine auf die Antriebsschraube überträgt. Die *Almira* verfügte über zwei weitere Tunnel, Gänge unter Deck, die an beiden Seiten des Schiffes vom Maschinenraum bis ins Vorschiff reichen. Ein voll beladener Massengutfrachter liegt so tief, dass ihm die Brecher ab Windstärke acht übers Deck peitschen und jeden Aufenthalt dort lebensgefährlich machen, vor allem bei Dunkelheit. Weil man aber trotzdem zuweilen nach vorne unter die Back muss, um die Pumpen zu peilen oder Farbe aus der Last zu holen, gibt es die Tunnel. Einer der Ingenieure hatte mir gleich am ersten Tag die dieselbetriebenen Lenzpumpen erklärt und die Farben-Last gezeigt. Das kam mir nun zupass.

Ich betrat den Maschinenraum von der Backbordseite aus. Hitze, Ölgeruch und der pulsierende, ohrenbetäubende Lärm der Maschine schlugen mir entgegen. Acht mannshohe, meterdicke Kolben stampften hier in einem hausgroßen Metallblock zweihundertfünfzehn Meter Schiff von einem Kontinent zum anderen. Unterhalb der Hauptmaschine war es noch lauter, da hörte man buchstäblich sein eigenes Wort nicht. Aber auch hier oben unterhielt man sich überwiegend mit Gesten.

Der Maschinenraum reichte vom Schornstein bis in die Tiefen der Bilge hinab; statt der Maschine hätte auch eine Dorfkirche samt Turm hineingepasst. Die Böden der verschiedenen Stockwerke, die ich nie gezählt habe, bestanden aus dickem Stahlgeflecht, so dass man an einigen Stellen bis nach ganz unten schauen konnte. Zum Glück war ich schwindelfrei. Das kam mir auch auf den Treppen zugute. Die waren steil wie Leitern, und man ging sie nicht etwa rückwärts und vorsichtig hinunter, nein, man stützte sich mit beiden Händen auf die blankpolierten Geländerstangen und ließ sich auf den Handflächen hinabsausen. Wer das nicht konnte, wurde nicht ernst genommen. Mir machte es richtig Spaß.

Zwei der kapverdischen Maschinenhelfer sahen mich zwar, als ich den Niedergang heruntergerutscht kam und Richtung Backbord-Tunnel schlenderte, schienen aber weiter keine Notiz von mir zu nehmen. Das Schott war nicht verschlossen. Ich hatte freie Bahn.

Der Tunnel war nur notdürftig beleuchtet; die wenigen Deckenleuchten spiegelten sich diffus in blank lackierten Stahlflächen, die Maschinengeräusche waren plötzlich gedämpft, die Luft kühl und die Gerüche ungewohnt, mehr chemisch als ölig. Kurz, es war ganz schön unheimlich in diesem Tunnel. Ich ging schnell, lauschte auf das Echo meiner Schritte und das Pochen meines Herzens. Als ich endlich vorne angekommen war, hatte ich große Schweißflecken unter den Achseln. Zum Glück war der Pumpenraum hell und wirkte vertraut, und ich kam wieder zu Atem. Vorsichtig schlängelte ich mich zwischen Motorgehäusen und dicken Rohren hindurch auf die andere Seite, dorthin, wo der Steuerbord-Tunnel endete. So leise wie möglich entriegelte ich das Schott.

Ich hatte keine Taschenlampe dabei, und so wäre ich um ein Haar in Jammers Blut getreten. Ich schrie auf, als ich es unter meinem Schuh schimmern sah, zuckte zurück und stieß mir das Knie an einem Ventilrad, das von der Innenwand in den Tunnel hineinragte. Hier also war der Storekeeper erschlagen worden. An der Schwelle des Pumpenraums, am Ende des langen, schummrig-kühlen Tunnels. Einen gottverlasseneren Ort gab es auf dem ganzen Schiff nicht.

Später habe ich mich oft gewundert, warum mir eigentlich nicht übel geworden ist. Immerhin neigt mein Magen zur Empfindlichkeit, was wohl auch an den Dingen liegt, die zu verdauen ich ihm zumute. Damals aber machte es mir überhaupt nichts aus, mich breitbeinig über die Lache aus Jammers Blut zu stellen und zu versuchen, die Körperhaltung des Opfers zum Zeitpunkt der Tat zu imitieren. Müßig, darüber nachzudenken, welche Spuren ich schon dabei zerstörte. Dafür gab es dann ja jede Menge neue.

Jammer schien sich für die Ventile interessiert zu haben, von denen es hier ein ganzes Bündel gab. Rohre in verschiedenen Stärken liefen hier entlang, teils in Längsrichtung, teils von oben nach unten. Rotlackierte Rohre, blaue, grüne und weiße. Jede Farbe deutete auf einen bestimmten Inhalt hin: See- oder Trinkwasser, heißes oder kaltes Kühlwasser, Dieselöl. Zu jeder Rohrleitung gehörte eines dieser dicken, knubbeligen Ventile, deren Drehkränze hier wie ein bunter Strauß in den Gang ragten.

Von den weißen Rohren gab es mehrere. Sie waren für Seewasser gedacht und führten zu den Ballasttanks, die geflutet wurden, wenn das Schiff ohne Ladung fuhr. Lothar hatte mir das Prinzip erklärt. Auch, dass diese Leitungen inzwischen überflüssig waren. Die *Almira* war vor ein paar Jahren umgebaut worden, seither wurde sie von der Brücke aus getrimmt. So kam man mit weniger Rohren und ohne Handventile aus und sparte Zeit. Lothars Worte schossen mir durch den Kopf, als ich so dastand und starrte. Und ich wusste auch gleich, warum.

Es gibt wohl kein Stück Metall auf einem Seeschiff, das nicht mindestens zweimal pro Jahr überpinselt wird. Nichts fördert den Rost so wie feuchte Salzluft, und so ist das ständige Anstreichen ein andauernder, unvermeidlicher Kampf gegen den Verfall. Auch die funktionslosen weißen Ventile waren wieder und wieder überstrichen worden, bis ihre einst beweglichen Teile von einer vielschichtigen, glitzernden Farbmasse umhüllt waren wie von dick aufgetropftem Wachs. Mit einer Ausnahme. Eins der weißen Ventile musste vor kurzem geöffnet worden sein. Nicht betätigt – geöffnet. Von den Muttern, die dieses eine Ventil in seinem Sitz hielten, war die Farbe abgeplatzt. Hier hatte das Maul eines Schraubenschlüssels zugepackt.

Plötzlich sah ich Jammers wichtigtuerische Geheimniskrämerei in einem anderen Licht. Er hatte also tatsächlich wichtige Dinge zu erledigen gehabt, hatte etwas gesucht und gefunden. Was konnte in einem Rohr versteckt sein? Sicher weder Schnaps noch Pornohefte. Der Gedanke an Rauschgift lag damals noch nicht so nahe wie heute, aber er kam mir dennoch sofort. Ein Volltreffer, wie sich herausstellen sollte. Klarer Fall von blindem Huhn. Natürlich hatte ich keinen Schimmer gehabt, dass es einen Heroin-Vertriebsweg aus dem Libanon über Amsterdam und Kanada in die USA gab. Ich war einfach darüber gestolpert.

Dann ging alles ganz schnell. Ich spürte eine Bewegung hinter meinem Rücken und sah einen Schatten über die Rohre huschen. Warum ich in genau diesem Moment an Robert denken musste, weiß ich nicht mehr. An Robert, der über Jammers Witze nicht lachen konnte. An Robert, den Linkshänder. Und an Jammers tödliche Wunde an der linken Kopfseite. Wie auch immer: Ich warf mich nach rechts, mitten hinein in Jammers Blut, und der Schraubenschlüssel in Roberts linker Hand zuckte an meinem Kopf vorbei. Mein linker Arm war plötzlich taub, ich lag da wie gelähmt, aber als Robert erneut ausholte, rutschte er aus. In dem Blut, das er selbst vergossen hatte. Tja, und dann war plötzlich Patrice da, alarmiert von seinen Landsleuten. Er nahm Robert den Schraubenschlüssel aus der Hand wie ein Spielzeug und gab ihm einen Klaps, der ihn zu Boden schickte. Da habe ich dann geweint.

Ich weiß nicht mehr, was ich erwartet habe, als ich später vor Kapitän de Boer stand. Eine Belobigung wohl oder zumindest einen männlich-herben Hände-druck, jedenfalls nicht diese schallende Ohrfeige, die ich bekam. Kein Mensch an Bord hat danach auch nur noch ein Wort mit mir gesprochen, und auch Patrice konnte mich nicht trösten, weil ich die Mahlzeiten nun in meiner Kammer einnehmen musste, serviert vom Kommandanten-Steward, diesem hochnäsigen Fatzke. Da hockte ich dann und konnte mir schon mal Gedanken machen über den nächsten Schulaufsatz. Von wegen »Mein schönstes Ferien-Erlebnis«. Ha!

In Kanada haben sie mich dann ins nächste Flugzeug gesetzt, ab nach Hause. Von der Polizei dort habe ich nichts gesehen oder gehört. Wer weiß, was für eine Geschichte de Boer denen aufgetischt hat. Heute denke ich manchmal, der hat mit Robert unter einer Decke gesteckt. Bei diesen Fehntjern muss man mit allem rechnen.

Undank ohne Ende also. Eine deutliche Warnung. Warum ich trotzdem zur Polizei gegangen bin, obwohl ich doch wusste, was mich in diesem Beruf erwartet? Ich will es euch sagen: aus Trotz.

# DER SEELENBESORGER

»Tatwaffe?«, fragte Stahnke.

»Stumpf, aber eckig«, sagte Kramer und versuchte, mit Daumen und Zeigefinger ein kleines Rechteck zu formen: »Fast wie ein Hammer, aber danach sieht die Wunde eigentlich nicht aus, sagt der Doktor. Eine Stange vielleicht.« Diesmal hob er beide Hände seitlich neben den Kopf und deutete eine Stoßbewegung an.

»Dann müsste er ja gelegen haben. Naja, warum nicht, um drei Uhr früh.« Hauptkommissar Stahnke hob die Schultern und presste beide Arme fest an den Körper. Ein typischer Novembermorgen, so windig, feucht und eklig, wie man ihn von Hamburg nur erwarten konnte, und er hatte sich ohne nachzudenken den Trenchcoat von der Garderobe gegriffen. Kein Wunder, dass er fror.

Der da vor ihm auf dem Betonboden unter der S-Bahn-Brücke, die hier auf lächerlich schnörkeligen Stahlgittersäulen am Rand des langgestreckten, zugigen Platzes entlangtakste, war deutlich dicker angezogen als er. Klar, dachte Stahnke. Der hat ja auch gewusst, wo er um diese Zeit sein würde. Nur nicht, in welchem Zustand.

Er spürte den Wunsch, die Leiche mit der Fußspitze auf den Rücken zu drehen, rief sich zur Ordnung, seufzte und zog die Hände aus den Manteltaschen. Das mühsam eingesperrte bisschen Wärme nutzte die Chance und floh.

»Kalle«, sagte Kramer. Natürlich hatte auch Stahnke den Berber längst erkannt. Allein schon an den Haarzotteln, die in den Scheinwerferflecken des vorbeikreiselnden Berufsverkehrs immer wieder weißlich aufleuchteten. Hell bis auf den dunklen Fleck oberhalb der Stirn.

»Ist er gefilzt?«, fragte Stahnke.

»Komischerweise nein«, sagte Kramer und fügte hinzu: »Außer von mir.« Schließlich kannte er diesen Wortklauber von einem Chef inzwischen zur Genüge.

»Na dann«, sagte Stahnke. Hockend musterte er die gedrungen wirkende, dick vermummte Gestalt und bemühte sich, dabei möglichst nur den Hals zu bewegen, um die zögernd zurückkehrende Wärme nicht gleich wieder zu verscheuchen. Er hätte wetten können, dass Kalle eines Tages von seinesgleichen erschlagen werden würde. Aber ein Mord unter Pennern ohne Filzen war praktisch undenkbar. Vielleicht unter Volltrunkenen?

»Über hundertfünfzig Mark im Brustbeutel, 'ne Menge Münzen in den Manteltaschen, hat wohl wieder geschnorrt. Außerdem zwei volle Päckchen Tabak«, sagte Kramer.

Stahnke seufzte wieder. »Und sein Jutebeutel?«

»Der ist weg«, sagte Kramer. »So im Vorbeigehen, schätze ich.«

»Und ich schätze es gar nicht, wenn Sie schätzen.« Mit einem Seitenblick stellte Stahnke fest, dass Kramer überhaupt nicht auf sein Gemurre reagierte. Es konnte nicht mehr lange dauern, dann war sein Ruf endgültig versaut. Muffliger Miesepeter, kein Wunder, dass dem die Frau abhaut. Ärgerlich verschränkte er die Arme.

Auf diesem Platz hielten sich die Penner nur tagsüber auf, wenn es etwas zu holen gab. Zum Plattemachen war er völlig ungeeignet, trotz der Brücke. »Viel zu zugig wegen der spillerigen Pfeiler«, hatte Kalle ihnen einmal erklärt: »Außerdem geht's von den Landungsbrücken zum Spielbudenplatz direkt hier entlang. Und Taxi-

183

stände sind auch ganz in der Nähe. Da kommen nachts immer welche, die einen im Kahn haben und Streit anfangen.« Tja, Kalle kannte sich aus. Und trotzdem …

»Ist er denn überhaupt hier erschlagen worden?«, fragte Stahnke.

Kramer nickte: »Keine Transportspuren, und die Blutmenge auf dem Pflaster kommt auch hin, sagt der Arzt.«

Also tatsächlich hier. Was hatte Kalle um diese Zeit hier gemacht, wo er den Ort doch eigentlich meiden wollte? Und warum hatte er sein Geld noch, nur der Beutel mit den Flaschen und Klamotten und dem Schlafsack war weg? Wer konnte den »im Vorbeigehen« geklaut haben, wenn hier von den Einschlägigen nachts doch keiner vorbeiging? Oder klaute etwa sonst jemand Berber-Lumpen? Wenn das alles einen Sinn ergab, dann war der im morgendlichen Grau noch nicht auszumachen. Und wenn das alles nur ein einziger großer Zufall war, eine Schnittstelle von Unwägbarkeiten, die sich genau an dieser Stelle zu einem dicken Knoten verheddert hatten, dann konnten sie auch gleich ihren Bericht tippen gehen.

»Sie können ihn jetzt wegbringen«, sagte Stahnke.

Kramer winkte, und die Männer mit dem Leichenkoffer, die in respektvoller Entfernung gewartet hatten, trotteten herbei.

Mit ihnen kam ein Mann näher, dessen Gesicht Stahnke nicht sofort einordnen konnte. Da war irgendwas in der *Morgenpost* gewesen … richtig: »Pfarrer Unter ganz unten«, diese unsägliche Schlagzeile hatte ihn tatsächlich dazu gebracht, die Geschichte zu lesen. Heinrich Unter, der neue Seelsorger, der sich besonders um die Obdachlosen in der Neustadt kümmern wollte. Blöd eigentlich, dass er seinen Namen aus der Zeitung erfahren musste, schließlich pirschte der Mann doch in seinem Revier, sozusagen. Aber das war wohl seine eigene Schuld gewesen. In letzter Zeit hatte er den Kopf einfach zu viel mit anderen Dingen voll. Nicht erst, seit Katharina das wahr gemacht hatte, womit sie ihm schon seit fast einem Jahr immer wieder gedroht hatte. Er hatte es für den reichlich theatralischen Versuch gehalten, sein längst eingetrocknetes Interesse an ihr aufzurühren. Das war es wohl auch gewesen. Und als sie vor seiner boshaften Gleichgültigkeit kapituliert hatte, war sie dann wirklich gegangen.

»Guten Tag, Herr Stahnke.« Der andere hatte seine Hausaufgaben gemacht, aber wenigstens kam Stahnke diesmal um eine Blamage herum: »Herr Unter.« Sie schüttelten einander die Hand und blickten sich dabei ernst in die Augen, wie es die Situation verlangte. Unters waren hellbraun. Er trug einen dunklen, unauffälligen Mantel und einen dicken Schal, der den Priesterkragen verbarg, falls da überhaupt einer drunter war. Sein Gesicht war schmal, blass und so glatt, dass Stahnke sich unwillkürlich an die stoppeligen, gefurchten Wangen griff, kaum dass sich der Pfarrer wieder der Leiche zugewandt hatte. Die Nähe von schlanken Vierzigjährigen, für die Dinge wie gute Kondition und Beweglichkeit anscheinend selbstverständlich waren, bereitete ihm immer mehr Unbehagen. Pures Schuldbewusstsein, das war ihm klar. Dass man in seinem weißblonden, kurz gestutzten Schopf die grauen Haare kaum sah, war nicht sein Verdienst. Der stetig schwellende Bauch und die Fettringe auf den Hüften aber gingen ganz klar auf sein eigenes Konto. Noch keine fünfzig und schon kurzatmig, dachte er. Saufen und fressen sind keine Lösung. Du verkommst, mein Lieber.

»Ausgerechnet Kalle.« Unters Stimme war weit voluminöser als sein Körper; auch sie war gut trainiert.

»Bestimmt der beste Kopf in der ganzen Szene. Was hätte aus dem nicht alles werden können, wenn er nicht so viel Pech gehabt hätte.« Heb dir das für deine Predigt auf, dachte Stahnke, während er beifällig nickte. Kramer grinste entschuldigend und verdrückte sich.

Klar hatte Kalle Pech gehabt – er hatte schlicht aufs falsche Pferd gesetzt. Einen so glühenden Kommunisten wie ihn hatte es wohl seit Lenin nicht mehr gegeben. Und ganz im alten DKP-Stil war ihm auch der bürgerlich-revolutionäre Spagat jahrelang gelungen: Karriere im Beruf und in der Partei, politische Ökonomie und Bausparvertrag, gleiche Bildungschancen für alle und zwei Kinder auf dem Elite-Gymnasium. Bilderbuchmäßig. Bis die Mauer fiel.

Nach 1989 hatte sich dann sehr schnell gezeigt, dass der Verstandesmensch Kalle Horneburg in Wahrheit gläubig gewesen war. Andere hatten sich mit dem, was sie zum Rückschlag auf dem Weg zur Neuordnung der Welt erklärten, arrangieren können. Für den Gläubigen Gustav Horneburg – sein Spitzname Kalle kam natürlich von Karl Marx – brach die Welt zusammen. Und wenig später war seine eigene kleine Welt tatsächlich in Trümmer gefallen. Das ging ruckzuck damals, dachte Stahnke. Ihn fröstelte wieder, und er dachte an Katharina.

»Sie hatten mit ihm zu tun?« Der Hauptkommissar wollte den Kirchenmann nicht gleich vergrätzen und bemühte sich, das Gespräch nicht einschlafen zu lassen.

»Oh ja, durchaus. Wirklich eine ganz besondere Erscheinung. Obwohl es natürlich auch mit ihm eindeutig abwärts ging. Er hat ja auch nicht weniger getrunken als die anderen.« Unter nickte mitleidig und schlug die Augen nieder. Selbstgefälliger Arsch, dachte Stahnke, der ihn jetzt noch genauer ansah. So hatte er sich immer einen Jesuiten vorgestellt. War das ein Lächeln da in den Mundwinkeln? Und das mit dem Trinken, das stimmte nicht. Kalle war ein Rotweinzecher, der hatte den Schnaps gemieden. Der hätte noch länger etwas von seinem Kopf gehabt, wenn ihm da keiner ein Loch reingeschlagen hätte. Dämlicher Pope. Der Kalle war viel zu clever, um sich von dir zum Schäfchen machen zu lassen.

Tatsächlich hatte sich der Penner Horneburg auf seine Art stabilisiert, überlegte Stahnke. Eigentlich hätte ihm das schon längst auffallen müssen, aber hinterher war man ja immer schlauer. Seinen Tiefpunkt mit Bettelei und Diebstählen hatte Kalle hinter sich gehabt. In letzter Zeit hatte er regelmäßig seine Stütze abgeholt und sich das bisschen Geld ganz gut eingeteilt. Hatte mit ein paar anderen unter einer Fleetbrücke eine Art Windschutz gebaut und mit Sperrmüllmöbeln zum Treffpunkt ausstaffiert, hatte in Supermärkten abgelaufene Lebensmittel organisiert. Die Kollegen von der Fußstreife hatten ihm das erzählt und Kalle ausdrücklich gelobt: »Der quatscht nicht nur, der macht wirklich was.« Als Stahnke ihn vorige Woche im Sternschanzenpark getroffen hatte, dort, wo die Dealer nach der letzten Razzia ihre angestammten Plätze aufgegeben und damit ein kurzzeitiges Vakuum geschaffen hatten, in das die Penner sofort nachgerückt waren, da hatte Kalle von der neuen Berber-Zeitung geschwärmt und davon, dass er die demnächst auch verkaufen wollte. Und auch selbst dafür schreiben. Von wegen abwärts. Der hatte doch Pläne! Die Wärme, die Stahnke jetzt spürte, rührte von aufwallender Wut her.

Unter redete weiter. »Sein Problem war, dass er die Schuld immer bei anderen gesucht hat. Gar nicht einmal nur bei anderen Menschen, das wohl auch, aber vor allem bei so abstrakten Dingen wie«, jetzt fixierte er Stahnke und griff sich an die Stirn, als müsse er seinen Kopf handgreiflich zwingen, das Absurde, das es jetzt auszusprechen galt, überhaupt zu denken, »gesellschaftlichen Strukturen, ökonomischen Zusammenhängen, antagonistischen Interessenkonflikten. Statt einzusehen, dass er erst einmal mit sich selbst ins Reine kommen muss. So kann man schließlich nicht weiterkommen, oder?« Jetzt lächelte er wieder, einen Tick herablassender als vorher.

Dich könnte ich richtig hassen, dachte Stahnke.

Er hatte oft genug mit Kalle geredet, erst dienstlich, damals, als der seinen großen Durchhänger hatte, und später auch einfach so, bei der Pommes-Bude mit dem Plastik-Vorbau. Da ging Stahnke in der Mittagspause hin und wieder essen, und wenn es kalt war, hatte er Kalle gern mit in den Windschutz genommen. Es hatte ihm Spaß gemacht, wie der fette Typ mit der fettigen Schürze hinter seinem fettigen Tresen vor unterdrückter Wut fast platzte, weil er den Penner natürlich rausschmeißen wollte, sich aber nicht traute, solange der Kriminale dabei war. Da hatte er die Veränderung deutlich gemerkt. Zuerst daran, dass Kalle plötzlich sauberer und tagsüber meist nüchtern war. Und dann hatte er sehr schnell sein Potential erkannt.

»Die Hölle habe ich hinter mir«, hatte Kalle einmal gesagt. »Und reingekommen bin ich nur, weil ich an etwas geglaubt habe, wovon ich zu wenig wusste. Natürlich dachte ich, das wär das Ende. Aber es geht immer weiter.« Und ein andermal: »Es gibt eine einfache Weisheit: Mach keinen Fehler zweimal. Der Witz ist nur, dass du oft erst hinterher merkst, dass das ja schon wieder derselbe Fehler war. Du musst lernen, abstrakt zu denken, in Strukturen, verstehst du? Dann verstehst du auch, wie das wirklich gemeint ist mit der Religion als Opium fürs Volk. Ein schönes Traumbild nehmen und auf eine Scheiß-Welt pappen! Aber mit mir klappt das nicht mehr. Ich bin jetzt so tief unten, ich schaue unter jedes Abziehbild drunter.«

Jetzt hatten sie Kalles Leiche in der mattsilbernen Doppelwanne verstaut und trugen sie weg. Die beiden Männer schauten hinterher und drehten sich unwillkürlich mit, so dass Stahnkes Blick auf Unters Nacken ruhte. Das ist wirklich keins deiner Schäfchen, um das du trauern könntest, dachte Stahnke. Dann durchzuckte es ihn: Der da war Unters Konkurrent gewesen, ein großer, vielleicht ein übermächtiger. Auf jeden Fall einer, der diesem Seelenfänger hier kräftig in die Suppe spucken konnte. Und das sicher auch getan hatte. Ihr redet nämlich wohl was daher von Nächstenliebe, aber der da hat gewusst, was das wirklich ist. Stahnke musste schlucken, und seine Augen brannten.

Der Pfarrer hatte seine rechte Hand vor der Brust unter den Mantel geschoben und drehte sich jetzt langsam herum, bis er dem Hauptkommissar wieder direkt gegenüberstand. »Es ist ja, weil diese Menschen keinen Halt haben, verstehen Sie? Und das ist eben meine Aufgabe: Sie dahin bringen, wo sie diesen Halt finden können. Das muss man ihnen manchmal ganz einfach vor Augen führen. Eben zeigen. Ein wenig sind sie ja doch wie die Kinder, nicht wahr?« Er zog die Hand aus dem Mantel und hielt einen Gegenstand vor sich hoch, dorthin, wo ihre Blicke sich kreuzten.

Es war ein Kreuz, und das überraschte Stahnke eigentlich gar nicht. Trotzdem starrte er es an wie gebannt. Es war schwarz, glatt und ziemlich groß, bestimmt länger als dreißig Zentimeter. »Schön, nicht?« Unter lächelte; Stahnkes Staunen schmeichelte ihm sichtlich.

»Schlicht und doch beeindruckend. Aus Ebenholz. Ein gutes Sinnbild für das, was ich meine.«

Das Kreuz war ohne jede Schnitzerei oder Intarsie, einfach nur ein Kreuz von vollendetem Ebenmaß. Dort, wo die beiden Kreuzbalken zusammengefügt worden sein mussten, war keine Nahtstelle auszumachen. Die Kanten waren nur ganz leicht gerundet, das Holz war wunderschön poliert und fühlte sich seidig an. Stahnke hätte nicht sagen können, wie das Kreuz plötzlich in seine Hände gekommen war. Gegeben oder genommen? Unters Gesicht wirkte gespannt. Ja, dachte Stahnke, das ist ein gutes Sinnbild. Und ein gutes Werkzeug ist es auch. Der Hammer Gottes.

Und es gab keinen Zweifel. Wenn ihn jemals ein Motiv überzeugt hatte, dann dieses. Er ließ sich nicht mehr täuschen. Er selbst gehörte doch auch zu einer Ordnungsmacht, zu einer körperlichen, die Körper schützte und Körper einsperrte. Und das da, das war die andere Ordnungsmacht, die geistige, geistliche. Ordnung und Stabilität, alles und jeder an seinem Platz. Was denn sonst? Seelenbesorger! Du redest Gott groß, damit sie klein werden. Und ihn hast du nicht kleingekriegt, weil er schon klein gewesen war und langsam wieder groß wurde. Ganz ohne Gott. Und da hast du's ihm besorgt, mit dem Ding, mit dem sie es damals dem besorgt haben, auf den du dich berufst. Aber mit dem hast du doch gar nichts zu tun. Du stehst bei denen, die das Kreuz aufgerichtet haben, damals. Und du hast es wieder getan. Du hast es getan.

Stahnke hatte den Mund schon offen, als Kramer plötzlich wieder da war, hinter sich zwei Mann von der Fußstreife, zwischen denen eine hagere Gestalt taumelte.

»Den haben wir direkt aus Kalles Schlafsack gepellt«,

sagte Kramer. Er hielt einen Jutebeutel hoch: »Auch Kalles. Hatte er bei sich. War besoffen, hat seinen Platz und seinen eigenen Kram nicht mehr gefunden, hat gefroren, wollte weitersaufen. Der Hammer war in dem Beutel, voller Blut. Fiese Sache.«

Stahnke schaute ihnen noch nach, als der grün-weiße Bulli längst verschwunden war, und rührte sich erst wieder, als Unter ihm das Kreuz mit Nachdruck aus den Händen drehte. Der Pfarrer grüßte kurz, ging und sah sich nicht mehr um.

Schade, dachte Stahnke.

# AMSEL, DROSSEL

Nachmittags kurz nach drei schlief der Wind endgültig ein. Stahnke unternahm zunächst nichts, sondern blieb einfach in der Sonne sitzen, das linke Bein auf der hölzernen Sitzbank ausgestreckt, den rechten Arm über die mächtige Ruderpinne gelegt, den Blick am Mastfuß vorbei in den bläulichen Dunst gerichtet. Gleich würde er die Segel bergen, den Diesel anwerfen und das Boot zurück in den Yachthafen steuern. Gleich, aber noch nicht.

Er spürte unter sich das Boot atmen. Obwohl das Wasser glatt war wie ein Spiegel, war es hier nahe der Flussmündung doch nie ganz unbewegt; wenn er genauer hinsah, konnte Stahnke die langgezogene Dünung an den hin und her schwingenden, gelegentlich aufzuckenden Reflexen der Nachmittagssonne erkennen. Außerdem lief ein kräftiger Ebbstrom, der den *Olifant* hinaus aufs Meer ziehen würde, wenn der nicht bald wieder Wind in seine riesigen braunen Tuchsegel bekam. Oder wenn Stahnke nicht bald den Diesel anwerfen würde. Er seufzte, immer noch halbwegs glücklich.

Es kam nicht oft vor, dass er an einen Donnerstag außerhalb des Urlaubs segeln gehen konnte. Aber diesen freien Tag hatte er sich mehr als verdient. Seit Sonntag war er kaum zum Schlafen gekommen. Die Mordkommission hatte zu tun wie noch nie in den viereinhalb Jahren, die Hauptkommissar Stahnke ihr nun schon vorstand. Den Sonnabend hatte er sowieso schon geopfert, um aufzuarbeiten. Und dann noch diese

Leiche am Sonntagmorgen. Alleinstehende Frau, neunundvierzig Jahre, berufstätig, geordnete Verhältnisse, in ihrer eigenen Wohnung erdrosselt. Aufgeräumter Tatort, übersichtlicher Täterkreis. Diesen Fall, diesen einen Fall wenigstens aus dem ganzen Wust, der in diesem hektischen, völlig untypischen Sommer auf seinem Schreibtisch zu kleben schien wie in ausgelaufener Honigsoße, diesen einen Fall hatte er in vierundzwanzig Stunden abschließen wollen. Oder in achtundvierzig. Das hatte er nicht nur gedacht, das hatte er auch laut gesagt. Und dann hatte er selbst in dieser Soße geklebt, bis Kriminalrat Dr. Soller ihn förmlich rausgeworfen hatte. Ausschlafen, segeln gehen, und dann noch einmal ganz in Ruhe.

Stahnke nahm das Bein von der Bank, setzte sich auf und reckte sich. Es versetzte ihn immer wieder in Erstaunen, wie bequem man auf diesen Hartholzstäben sitzen konnte. Die *Olifant* war eben nicht nur eine Augenweide, sie war auch ein durch und durch ausgereiftes Stück holländischer Schiffbaukunst. Eine Zeeschouw, dunkelgrün und weiß, mit langen Seitenschwertern, dickem Holzmast, hochnäsigem Klüverbaum und eleganten Linien, trotz der großen Breite und des abgeplatteten Bugs. In den Niederlanden hatte auch der Bau von Lustyachten schon ein paar Jahrhunderte Tradition.

Rumpf und Kajüte waren aus Stahl, aber in der Achterplicht, wo er saß, sah man nur Holz. Grauschimmerndes Teak und rötliches Mahagoni, um genau zu sein; was dazwischen gelblich glänzte, war Pitchpine. Stahnke war immer noch von ganzem Herzen Umweltschützer, aber er fühlte sich alt genug, gewisse Unterschiede zu machen. Einweg-Transportkisten aus Tropenholz für japanische Motorräder waren schlecht, wetterfestes Tropenholz für Segelboote war gut.

Gerade als er an die japanischen Motorräder dachte, von denen er bis vor kurzem noch selbst eins gefahren hatte, schlug sein Handy an, und er musste lachen. Der Signalton, der an das Trillern einer Balalaika erinnerte, wirkte in dieser Umgebung gar nicht einmal so deplaziert.

»Ja.«

Natürlich Kramer. »Der Laborbericht ist da.«

Stahnke schwieg. Natürlich hatte er nicht vergessen, dass er seinen Kollegen angewiesen hatte, ihn sofort und unverzüglich anzurufen, sobald dieser Bericht endlich da war. Nicht vergessen, er hatte nur nicht daran gedacht.

Kramer sprach auch so weiter. Er brauchte nie lange, um Stahnkes Stimmungen auszuloten und sich ihnen anzupassen. Wobei er Anpassung kaum nötig hatte. Kramer war sowieso immer wortkarg, distanziert und unerschütterlich. Und er war penetrant tüchtig.

»Tod durch Erdrosseln, Kehlkopf-Fraktur, keine Spuren eines vorangegangenen Kampfes. Alles so weit bestätigt.« In der Tat, das entsprach ihren eigenen Untersuchungen, und in puncto Todesursache hatten sie sich von der Laboruntersuchung auch keine Wunderdinge erhofft. Der Täter war kräftig, und er war dem Opfer bekannt gewesen. Das war genau die Basis, von der aus sie ohnehin ermittelten.

»Und die Tatwaffe hat er mitgenommen.« Auch das hatten sie erwartet, trotzdem war alles, was sich in der Wohnung an geeigneten Seilen, Bändern und Elektrokabeln hatte finden lassen, genau untersucht worden. Ohne Befund, berichtete Kramer. Keine große Enttäuschung, aber eben eine weitere.

»Was war's denn nun eigentlich«, fragte Stahnke. Er räusperte sich, weil seine Stimme so heiser klang. Tatsächlich hatte er seit dem Ablegen noch kein einziges Wort gesprochen, nur leise vor sich hingesummt.

»Sechs Millimeter Perlonleine, geflochten.« Das war die Information, mit der mancher andere Kriminalassistent als erstes herausgeplatzt wäre. Nicht so Kramer. Der baute erst einen Sockel aus bestätigten Annahmen und setzte das Neue obendrauf. »Eine gebrauchte Leine, muss schon ziemlich alt gewesen sein. In der Haut steckten Partikel von gebrochenen Fasern.«

»Das ist doch was«, sagte Stahnke.

Drei Verdächtige hatten sie, drei Männer, drei Kandidaten wie aus dem Bilderbuch. Nicht zum ersten Mal musste Stahnke an diese Quizsendung denken, die früher im Fernsehen gekommen war, damals, als das Wort Game-Show vermutlich noch nicht einmal im Lexikon stand. Drei Männer an einem Tisch, freundlich lächelnd, und einer nach dem anderen sagt: »Ich bin der Mörder von Frau Angelika Holzenkämper.« Dann die Stimme aus dem Off: »Nur einer dieser Herren kann der Mörder von Angelika Holzenkämper sein. Ihn fordern wir auf: Sag die Wahrheit!« Ob dann Musik kam oder nicht, hatte er vergessen. Jedenfalls gab es eine Jury, die stellte den Kandidaten ein paar Fragen, und wenn die Zeit um war, wurde abgestimmt. Dann: »Und jetzt bitten wir den wahren Mörder von Angelika Holzenkämper, sich zu erkennen zu geben und aufzustehen.« Tja, Pustekuchen.

Diese Jury damals wusste immerhin eins: Einer von den Dreien da ist es. Stahnke war sich ziemlich sicher, dass er das auch wusste. Die echte, die tote Angelika Holzenkämper war eine sehr ordentliche Frau gewesen. Es würde ihn schon sehr wundern, wenn ihr Leben nicht genauso aufgeräumt gewesen wäre wie ihre Wohnung. Aufgeräumt und ein bisschen langweilig. Na ja, jedenfalls nicht sehr aufregend.

Drei Männer. Ihr Freund, ihr Kollege, ihr Chef. Mit dem Freund habe sie in letzter Zeit andauernd Streit gehabt, sagte ihr Kollege. Der Kollege sei jünger als sie und sehr ehrgeizig und schon länger scharf auf ihre Prokura gewesen, sagte ihr Chef. Der Chef habe umstrukturieren wollen und sie nicht loswerden können, weil sie schon achtzehn Jahre in der Firma war, sagte ihr Freund. Drei Männer, dachte Stahnke. Keine drei taubstummblinden Affen, sondern drei nette, hilfsbereite, beifallheischend lächelnde Staatsbürger. Kräftig alle drei. Und einer von ihnen war es.

Aber welcher? Der mit der Schnur in der Tasche?

»Die gibt's in jedem Baumarkt zu kaufen«, sagte Kramer. »Rollenweise.«

Gedankenleser, dachte Stahnke. Solltest mal woanders lesen. »Bis dann«, sagte er und drückte den roten Knopf mit dem aufgelegten Hörer drauf.

Er steckte das Handy ein und blickte mit zusammengekniffenen Augen am Großsegel hoch. Wind war immer noch keiner, und jetzt war ihm die Geduld abhanden gekommen. Seufzend machte er sich ans Segelbergen.

Er stieg über Bank und Seitendeck aufs Kajütdach und hockte sich neben den Mastfuß. Hier gab es noch eine richtige Nagelbank, an der die verschiedenen Falltaue belegt waren, nur war sie natürlich kleiner als in den Piratenfilmen, und man konnte die einzelnen Pflöcke auch nicht herausziehen, um damit Meuterer niederzuschlagen. Aber da er ja meistens allein segelte, war das nicht weiter schlimm.

Wie alles an diesem Boot waren auch die Falltaue dick und kräftig. Gedrehtes Tauwerk, überlegte Stahnke. Auf modernen Booten wurde geflochtenes verwendet. Das war dann meist auch bunt, und man konnte die verschiedenen Funktionen auf einen Blick auseinander-halten. Auf der *Olifant* gab es nur weißgraues Tauwerk, altes zumeist, das zwar auch aus Kunststoff war, aber aussah wie Hanf; das war stilechter. Allerdings war Stahnke schon nach dem ersten Törn die Wühlerei in Tampenknäueln leid gewesen und hatte die Enden mit bunten Klebestreifen markiert.

Er löste das Fockfall, ging aufs Vordeck, zog das Tuch am Vorstag herunter, legte es zu einem Bündel zusammen und schlang die Schot zweimal herum. So würde das Segel auch bei einer plötzlichen Böe an seinem Platz bleiben. Die Schot war übrigens geflochten, bemerkte er. Warum hatte er nicht früher daran gedacht? Wahrscheinlich, weil das Tau viel, viel dicker war als sechs Millimeter. So dünne Schoten gab es selbst auf der kleinsten Jolle nicht.

Das Großsegel hatte zwei Fallen; das eine war an der Klaue der Gaffel angebracht, dort, wo sie wie eine offene Hand am Mast anlag, das andere weiter hinten, an der Krümmung. Es war gar nicht so einfach, dieses Segel allein zu setzen. Stahnke kam dabei seine bullige Statur zugute. Das Bergen ging weit einfacher. Er achtete darauf, dass das Segel in großen, gleichmäßigen Falten auf dem Baum zu liegen kam, während er die Fallen durch die Hände gleiten ließ. Da die Flaute anhielt, war auch das nicht weiter schwierig. Dann band er das Tuch mit Persenningstreifen zu einer Rolle zusammen. Segeltuch war empfindlich und teuer. Es lohnte sich wirklich, diese Arbeit ordentlich zu machen.

Ordnung. Warum nur war ihm diese Frau von ersten Augenblick an wie die personifizierte Ordnung vorgekommen? Ein Mord war nicht in Ordnung, Mord war Chaos. Und da dieser Mord nie und nimmer ein Zufall war, sondern etwas, was mit dem Opfer in mehr als nur dem Faktum seiner Auslöschung zusammenhing, musste es auch Verbindungen vom Tod zum Leben dieses Opfers geben. Spuren von Unordnung in der Lebensordnung der Frau Holzenkämper.

Er zückte sein Handy. Ein paar hundert Meter an Backbord war gerade die Inselfähre vorbeigerauscht, und die *Olifant* begann im Schwell zu rollen. Stahnke holte die Großschot durch, damit der Baum nicht so pendelte, setzte sich dann wieder ans Ruder und drückte Wahlwiederholung. Kramer war sofort dran.

»Die Frau hatte doch ein Haushaltsbuch«, sagte Stahnke. »Haben Sie das mal durchgesehen?«

»Ja, flüchtig.« Das klang fragend. Kramer hoffte wohl ebenso inständig auf eine gute Idee wie er selbst.

»Irgendwelche Auffälligkeiten?«

»Eigentlich nicht. Keine Nebeneinnahmen, Ausgaben immer im Limit. Die hat wirklich jede Kleinigkeit aufgeschrieben.« Da war sie wieder, diese Ordnung.

»Schauen Sie noch mal rein«, sagte er.

»Irgendwas Bestimmtes, wonach ich suchen soll?«

»Nein.« Kramer seufzte nicht, also tat Stahnke das selbst. »Gucken Sie nach Veränderungen. Auch in Kleinigkeiten. Gehen Sie ein paar Wochen zurück. Monate, wenn es sein muss.« Er wusste, dass das eine Zumutung war angesichts der Berge unerledigter Arbeit. Aber irgendwie musste in diesem Knäuel unmarkierter Taue doch ein loses Ende zu finden sein.

Die Sonne stand noch hoch am Himmel, eigentlich musste er sich noch nicht auf den Heimweg machen. Aber die Lust am Faulenzen war ihm sowieso vergangen, und nach diesem Auftrag für Kramer hatte er ein schlechtes Gewissen. Er nahm sich vor, nach dem Festmachen noch einmal kurz im Büro vorbeizuschauen.

Unter der linken Sitzbank war ein kleines Armaturenbrett eingelassen. Der Schlüssel steckte, und er drehte ihn ohne vorzuglühen gleich auf Start. Unter den Bodenbrettern begann es zu keuchen und zu rasseln. Der 20-PS-Diesel war ein Langsamläufer mit extrem großer Schwungmasse, da hatte der Anlasser gut zu tun. Nach einigen Sekunden wurde das zähe Drehgeräusch von einem kraftvollen Pochen unterbrochen. Stahnke ließ den Schlüssel los – der Diesel war zum Leben erwacht.

Und starb wieder ab.

Stahnke wusste sofort, dass da etwas nicht stimmte. Es war schon passiert, dass der Motor nicht anspringen wollte. Weil der Gashebel nicht auf Startstellung stand, weil nicht lange genug vorgeglüht worden war, weil die Batterie nicht genug Spannung hatte. Wenn aber der Motor erst ansprang und dann wieder ausging, war etwas faul.

Die Batterie war randvoll, der Gashebel stand richtig, und Vorglühen war nicht nötig, schließlich war es warm, und der Diesel hatte morgens schon gelaufen. Er heizte die Glühkerzen trotzdem vor, wartete, bis von der Kontrollspirale weiße Rauchkräusel aufstiegen, und drehte den Schlüssel. Der Motor sprang an. Und ging wieder aus.

Stahnke hob den Kopf, kniff die Augen zusammen und schaute sich um. Da vorne an Backbord war die Küste, weit genug entfernt; die Ebbe zog ihn von ihr weg. Die Fahrrinne mit ihren roten und grünen Begrenzungstonnen beschrieb hier einen Bogen nach Westen, die *Olifant* trieb nach Norden. Vorläufig drohte keine Gefahr. Er streifte die sowieso aufgekrempelten Ärmel über die Ellbogen hoch, kniete sich vor den Motorraumdeckel und löste die beiden Schnappriegel.

Der Deckel war so breit wie der ganze Plichtboden und ziemlich schwer, konnte aber mit einer Lochstange arretiert werden. Da stand der Zweizylinder, merkwürdig schmal in diesem breiten Motorraum, in dem rechts und links allerhand Gerümpel herumlag, und ziemlich schmächtig im Vergleich zu seinem klotzigen Wendegetriebe. Diese Maschine war ihm fremd. Früher, vor mehr als zwanzig Jahren, als er noch seine *Hydra* gehabt hatte, eine alte, lange und aberwitzig schmale Barkasse, da war das anders gewesen. Da war der Reihensechszylinder das mächtige Herz, das Zentrum, der Dreh- und Angelpunkt. Diesen Diesel hatte er in- und auswendig gekannt, bis hin zum integrierten Ölklümpchenbeseitiger. Aber er hatte ja segeln wollen. An der *Olifant* waren ihm andere Dinge wichtig, der Motor hatte einfach im Bedarfsfall zu laufen. Und das hatte er ja auch so gut wie immer getan. Bis jetzt.

Behutsam beugte er sich vor. Ein paar Dinge konnte er identifizieren. Das da war der Luftfilter, da lief die Treibstoffleitung entlang, das da musste der Dieselfilter sein. Kraftstoff und Luft brauchte jeder Motor, ohne eins von beiden starb er ab. Stahnke angelte nach dem Werkzeugkasten, stellte ihn aber gleich wieder weg, stemmte sich hoch und ging aufs Vordeck. Da lag der große Pflugscharanker, der zwar nicht gerade stilecht, dafür aber auf Sand- oder Schlickboden schön griffig war. Die Kette war schon angeschlagen; es schäumte gewaltig, als er den sechzehn Kilo schweren Anker am Klüverbaum vorbei auf den berstenden Wasserspiegel plumpsen ließ. Stahnke ließ dreißig Meter Kette ausrauschen, gab dann noch zehn Meter zu; das sollte reichen. Als das Rattern der Kette verklungen war, machte sich ein leises Gurgeln bemerkbar. Die Ebbe zog immer noch mächtig, und *Olifant* warf vor Anker eine kleine Bugwelle. Er lauschte einen Moment. Das Plätschern klang auffallend melodisch, fast wie das Trillern einer

Balalaika. Es dauerte noch einen weiteren Augenblick, dann kam er drauf und hastete in die Plicht zurück.

»Ja?«

»Ich weiß nicht, ob das was ist. Klingt eigentlich albern.«

Stahnke war wie elektrisiert. Kramer versprach niemals zu viel; eigentlich versprach er überhaupt nie etwas. Wenn Kramer eine vage Möglichkeit andeutete, dann lohnte es sich immer nachzubohren.

»Sie sprachen von Veränderungen«, sagte Kramer. »Ich habe jetzt mal Kleidung und Nahrungsmittel außen vor gelassen. Da gibt es natürlich Schwankungen in den Ausgaben, aber bis man die auseinanderklamüsert hat, das kann dauern. Also habe ich mir erst die fixen Kosten angesehen und dann bei den anderen Posten geguckt, ob irgendwas Neues dazugekommen ist, was es vorher nicht gegeben hat. Oder ob irgendwas nicht mehr vorkommt, was vorher da war.«

Stahnke wusste, dass es überhaupt keinen Zweck hatte, ungeduldig zu werden. Kramer setzte Schlussfolgerungen immer an den Schluss. Vielleicht war das ja auch Taktik – wer die Katze zu früh aus dem Sack lässt, dem hört anschließend ja sowieso keiner mehr zu. Wie auch immer; wer im Gespräch mit Kramer geduldig blieb, wurde meistens belohnt.

»Die Holzenkämper hatte kein Auto, das wussten wir ja. Wohnung mitten in der Stadt, vier Minuten Fußweg zum Büro, Fahrrad hatte sie auch. So zwei bis dreimal im Jahr ist sie mit der Bahn verreist, ich hab zurückgeblättert. Ist alles im Buch notiert.«

Stahnke starrte den Luftfilter an. Sollte er den zuerst abmontieren oder doch den Dieselfilter? Der Luftfilter ging leichter, aber er konnte sich eigentlich nicht vorstellen, dass so ein großes Ding so plötzlich verstopft sein konnte, ohne Vorwarnung. Beim Treibstoff war das etwas anderes, da reichten schon ein paar Rostpartikel aus dem Tank, um die Leitung oder eine Düse dichtzusetzen. Er kannte Wassersportler, die ihre Tanks regelmäßig reinigten. Kramer würde das bestimmt tun, wenn er einer wäre, aber er war keiner. Stahnke wusste nicht einmal, ob Kramer überhaupt ein Hobby hatte. Darüber schwieg er genauso wie jetzt am Telefon. Aber Stahnke dachte überhaupt nicht daran nachzufragen. Bei diesen Schweige-Machtkämpfen war es genauso wie bei den albernen Auto-Duellen an den Engstellen in Tempo-30-Zonen: Einfach nur dickfellig bleiben.

Kramer gab zuerst auf; er musste wirklich aufgeregt sein, für seine Verhältnisse. »Busfahrkarten. Im Frühjahr hat sie Busfahrkarten gekauft, ein paar Wochen lang, erst einzelne und dann Zehnerkarten. Und Ende Mai war damit wieder Schluss.«

Ach Gottchen. Aber er hatte es ja selbst so gewollt. Jede Spur war besser als keine, und Stochern im Nebel war besser als tatenlose Verzweiflung.

»Weiß man wohin?«

»Ich habe mir noch mal ihre Handtasche vorgenommen.« Da drin? Wochenalte Fahrscheine in der aufgeräumten Handtasche von Frau Holzenkämper? »Da war aber nichts.« Typisch – für sie und für Kramer. »Aber dann fiel mir ein, dass sie ihre Belege ja im Schreibtisch aufbewahrt hat. Monatsweise gebündelt. Da waren tatsächlich welche dabei. Bahnbus, die Linie zu den Binnenseen.« Dann war sie wohl baden, dachte Stahnke. Aber nein, Quatsch, da badet keiner im Frühjahr. Da sitzt man höchstens vor seiner Meerbude oder bastelt an seiner Jolle. Die Holzenkämper hatte beides nicht gehabt. Also Ausflüge, zum Wandern? Aber dann hätte sie auch mit dem Fahrrad fahren können, die acht oder zehn Kilometer. Außerdem war das keine Gegend zum Wandern, die Ufer waren entweder sumpfig oder bebaut, bis auf ein paar Ecken jedenfalls.

Kramer schwieg ausdauernd. Diesmal gab Stahnke nach: »Noch was?«

»Ja. Ein Fotoapparat.«

Ein Fotoapparat. Wer kaufte sich heutzutage einen Fotoapparat? Man kaufte sich vielleicht ein neues Tele oder ein Fischauge oder einen Winder für 3,2 Bilder pro Sekunde. Oder man gab den alten Kram in Zahlung und kaufte sich eine neue Ausrüstung. Oder eine Pocket für unterwegs oder eine Polaroid. Aber einen Fotoapparat, einfach so?

»Irgendwas Besonderes?«, fragte er.

»Ja und nein«, sagte Kramer. »Allround-Kamera mit Autofocus, gar nicht mal so billig, aber dafür narrensicher. Ich habe selber so'n Ding.«

Stahnke nahm die Vorlage nicht auf. Er wusste, dass es da etwas gab, das er noch nicht verstand. »War ihrer denn kaputt oder geklaut?«

»Sie hatte gar keinen. Ist mir auch jetzt erst aufgefallen, dass es in der ganzen Wohnung kein einziges Fotoalbum gibt. Auch keine Diakästen. Gar nichts in der Richtung.«

Auch keine Videokamera, ergänzte Stahnke für sich. Die Holzenkämper schien zu den Menschen gehört zu haben, die sich die Welt gleich an Ort und Stelle anschauten statt als Konserve. Aber dann hatte sie sich doch eine Kamera gekauft. Vielmehr einen Fotoapparat.

»Und was hat sie damit gemacht?«

»Geknipst«, sagte Kramer trocken. »Quittungen für Filmentwickeln und Abzüge waren auch dabei. Nur Bilder waren keine da.«

»Schicken Sie jemanden hin, noch mal nachgucken.«

»Banter müsste schon da sein.«

Noch einer, der im Nebel stochern musste. Stahnke studierte seine linke Handfläche, in deren Haut, die zwischen den hornigen Stellen an den Fingerwurzeln weich und rosaweiß war, ein paar Fasern von altem Tauwerk steckten. Gleich würde sie schwarz und glitschig sein und nach Dieselöl stinken, dann konnte er wieder ewig schrubben, um nicht das ganze Schiff einzudrecken, und vielleicht würde er wieder seinen Ausschlag bekommen. Er hatte eine unberechenbare Öl-Allergie, die ihm manchmal die Haut von den Händen schälte, dass die Flächen wie Kraterlandschaften aussahen und er sich niemandem mehr die Hand zu geben traute. Hätte er sich doch bloß eine Trailerjolle gekauft, ohne Motor. Oder vielleicht gleich ein Surfbrett.

Surfbrett. »Kramer, dieser Kollege von der Holzenkämper, wie heißt der noch?«

»Willers.« Richtig. Groß, breitschultrig, braungebrannt. Sehr höflich, hatte beim Verhör einen sehr guten Eindruck gemacht. Einen verdächtig guten. Stahnke kannte Typen wie den, Typen, die alle Normen mühelos erfüllten, die im Strom vorneweg schwammen, für die Glück haben selbstverständlich war. Solche Typen waren auch in ihrer Freundlichkeit zielstrebig. Entweder war Willers eine Ausnahme, oder er hatte es sehr darauf angelegt, bei seinen Gegenübern gut anzukommen.

»Der fährt doch einen blauen BMW Touring, oder?«

»Und?«

Stahnke hatte nach dem Verhör aus seinem Fenster im dritten Stock geschaut und Willers davonfahren sehen. »Der hat doch eine Surfbretthalterung auf dem Dach. Der ist Surfer.«

»Ja.« Die flachen Binnenseen waren ein Surferparadies. »Soll ich mir den Mann noch mal vornehmen?«

»Unbedingt«, sagte Stahnke und beendete das Gespräch. Er ging noch einmal zum Mast, heißte den schwarzen Ankerball vor und wandte sich dann wieder dem Motor zu.

Er hatte sich für den Dieselfilter entschieden. Die Mutter saß nicht sehr fest, und schon nach der ersten Vierteldrehung mit dem Schraubenschlüssel begann Treibstoff in die Bilge zu tropfen. Fluchend drehte Stahnke den Anschluss wieder fest und kramte in der Steuerbord-Backskiste nach Putzlappen. Er fand welche unter einem Haufen alter Taue. Der frühere Besitzer der *Olifant* hatte praktisch in jedem Winkel welche hinterlassen. Warum nur warfen Segler niemals altes Tauwerk weg? Aus übertriebener Hochachtung für das Seiler-Handwerk wohl nicht. Nein, das musste eine kollektive fixe Idee sein: Das hat Wert, das kann noch zu etwas nutze sein …

Er war schon wieder halb in den Motorraum gekrochen, als ihm der Gedanke kam, dass er ja zunächst einmal den Diesel-Absperrhahn zudrehen musste. Der war ganz hinten unter dem Tank, das wusste er. Er krabbelte auf allen vieren durch die Plicht, stieß sich das Knie an der Großschothalterung und fluchte lästerlich. Zurück ging er aufrecht und schlug sich dabei den Kopf am Großbaum an. Als er den Filter endlich gelöst hatte, war er schweißgebadet. Ächzend richtete er sich auf, wischte sich die öligen Hände ab und hielt das Gesicht in den kühlenden Wind.

Wind! Augenblicklich fiel der Ärger von ihm ab. Er sprang aufs Seitendeck und peilte die Lage. Der Wind war ablandig, und er war schwach. Er würde kreuzen müssen, gegen den Strom der Ebbe, die immer noch sehr kräftig war, und dabei jedes Mal das Fahrwasser queren. Größere Pötte waren jetzt zwar nicht zu erwarten, da der Wasserstand stetig sank, aber Binnenschiffe und Fähren fuhren immer. Zwei tief abgeladene Kähne, von denen nur Bug, Heck und Lukenränder aus dem Wasser zu ragen schienen, passierten gerade die *Olifant* in gebührendem Abstand. Es war mehr als fraglich, ob er mit diesem bisschen Brise überhaupt vorwärtskommen würde. Stahnke wandte sich wieder dem Filter zu, als sich sein Handy erneut bemerkbar machte.

»Volltreffer«, sagte Kramer.

»Hat er den Mord gestanden?« So viel Glück kam Stahnke etwas gespenstisch vor.

»Nein. Aber so einiges andere.«

Dietmar Willers, siebenunddreißig, war tatsächlich schon lange auf den Posten der Frau Holzenkämper scharf gewesen. Sie hatte etwas, was er wollte, und das hatte sie, die keineswegs unattraktiv gewesen war, in seinen Augen noch begehrenswerter gemacht. Sie hatte sich auf eine Affäre mit ihm eingelassen, ohne aber die Beziehung mit ihrem Freund zu beenden. Willers hatte erkannt, dass die Sache zu nichts führen konnte, und wollte die Affäre beenden.

»Da hat sie ihm Geld angeboten«, berichtete Kramer, »eine ganze Menge Geld. Das hat er genommen. Er hat sich von ihr aushalten lassen.«

Kramer hatte Willers, der ebenfalls mitten in der Stadt wohnte, zu Hause angetroffen. Er hatte sich krank gemeldet, und offenbar ging es ihm wirklich nicht gut. »Er hat damit gerechnet, dass wir auf ihn kommen würden, und hat deshalb gleich ausgepackt. Sagt er.«

Stahnke schaute auf seine Uhr: Keine Dreiviertelstunde war zwischen den beiden Telefonaten vergangen. Respekt.

»Aber ist er unser Mann?«, fragte er. »Sie war doch

die Gans mit den Goldeiern, warum hätte er sie umbringen sollen?«

»Weil das ein unhaltbarer Zustand war«, sagte Kramer. »Willers will noch was werden in seinem Beruf, und wenn der Freund von der Holzenkämper den beiden draufgekommen wäre, dann hätte der bestimmt dem Chef was erzählt. Und dann wär's aus gewesen mit der Karriere.«

»Würde ich sofort glauben, wenn der Freund hier die Leiche wäre.« Dieser Freund, wie hieß er doch gleich, richtig: Rosenfeld, Siegfried Rosenfeld, war ein ziemlich verschlossener Typ. Höflich, aber schweigsam. Handwerker, durchaus stattlich, aber über fünfzig und keine männliche Schönheit wie Willers. Stahnke gestand sich ein, dass er diesen Mann nicht mochte, obwohl er keine so unmittelbaren Aversionen bei ihm auslöste wie der blonde Surfer. Rosenfeld war Camper, und Camper pflegten ihren Urlaub unter ganz ähnlichen Umständen zu verbringen wie Segler, sie legten sogar meist größere Entfernungen zurück als Wassersportler, trotzdem hatte Stahnke fundamentale Mentalitätsunterschiede erkannt. Wo der Segler die Weite sucht, hat der Camper seine eigene Enge immer dabei, hatte er es einmal ausgedrückt. Da hatte er gerade mit einem Kollegen vom Raubdezernat in der Kajüte gebechert. Der hatte gelacht, die Arme ausgestreckt und an beide Kajütwände zugleich geklopft.

»Reden Sie mit Rosenfeld«, sagte Stahnke. »Fragen Sie, ob er etwas wusste von dem Verhältnis mit Willers. Und wo sein Camper im Moment steht.« An den Binnenseen gab es mehrere Zelt- und Caravan-Plätze. »Rufen Sie mich umgehend wieder an.«

»Ja«, sagte Kramer.

Die *Olifant* hatte wieder zu rollen begonnen, anscheinend war die Inselfähre schon auf dem Rückweg. Hätte er Kramer nicht doch einen Hinweis auf seine eigene Lage geben sollen? Ein Anruf, und die Kollegen vom Wasserschutz wären in einer halben Stunde da. Aber noch konnte sich Stahnke nicht mit dem Gedanken anfreunden, flügellahm in den Hafen eingeschleppt zu werden.

Er begann den Filter zu zerlegen, die Siebe und Lamellen zu säubern und mit einem Pfeifenreiniger in den dünnen Messingrohren zu stochern. Schmutz gab es reichlich, aber keinen Pfropfen. Trotzdem wienerte er alle Teile, ehe er sie wieder zusammensetzte, um ganz sicherzugehen.

Der Rosenfeld und die Holzenkämper hatten während der ganzen Zeit ihrer Beziehung getrennt gelebt. Ob sie beide gebrannte Kinder waren? Aber Rosenfeld hatte dieser Zustand bestimmt nicht gepasst. Hatte er sie unter Druck gesetzt? Willers hatte von Streitereien berichtet. Konnte man ihm trauen? Anscheinend traute ihm sein eigener Chef nicht, sonst hätte ihn der Krage ja wohl nicht indirekt angeschwärzt.

Aber die doppelte Beziehung war offenbar Fakt, und damit hatte Rosenfeld ein eindeutiges Motiv. Verschlossene Menschen neigen häufig zu Zornesausbrüchen. Wenn Rosenfeld nun erfahren hatte, dass seine Freundin ihn betrog, wenn er sie in einem Anfall von Jähzorn erdrosselt hatte? Mord oder Totschlag im Affekt. Klang plausibel, musste nur noch bewiesen werden.

Stahnke baute den Dieselfilter wieder ein und nahm sich den Luftfilter vor. Dessen Deckel war nicht wie üblich mit einer Flügelschraube, sondern mit einer Sechskantmutter gesichert, und die war total verrostet. Statt roher Gewalt war wohl Rostlöser angebracht; Stahnke wollte keine weiteren Schäden riskieren.

Rechts und links vom Motorfundament lagen Öldosen, Dieselkanister, Trichter, Schläuche, Farbdosen und Werkzeug bunt verstreut. Irgendwo da unten musste auch die Spraydose mit dem Kriechöl sein. Er schämte sich, als er in dem Chaos wühlte. Außen hui, innen pfui; das hatte seine *Olifant* wahrlich nicht verdient.

Irgendwie brachte ihn das auf Magnus Krage. Die *Krage KG* hatte immer einen tadellosen Ruf gehabt, aber seit einiger Zeit gab es auch andere Informationen. Krage junior, auch schon an die fünfzig, hatte den Betrieb erst vor ein paar Jahren übernommen, sein Vater hatte die Leitung bis kurz vor seinem Tode nicht abgeben mögen. Magnus Krage hatte lange Zeit ein typisches Müßiggängerleben geführt, ehe er spät und reich heiratete. Ob ihn seine Biographie zur Führung eines der größten Betriebe am Ort – *Krage-Farben* – nun unbedingt prädestinierte, durfte bezweifelt werden. Und das wurde es, vorerst noch unter der Hand. Ungeschickte Einkaufspolitik und unsolide Kalkulation, hieß es. Außerdem ziehe Krage immer wieder größere Summen für den eigenen Bedarf aus dem Betrieb. Mehrere hochqualifizierte Mitarbeiter waren schon abgewandert. Die geplante Umstrukturierung war nichts anderes als ein Versuch, diese Entwicklung zu verschleiern.

Da war die Spraydose. Stahnke sprühte die rostige Mutter ein und wartete darauf, dass das Kriechöl seine Wirkung tat. Beim Verhör war ihm aufgefallen, dass er Krage persönlich kannte, überlegte er, während er die Spraydose in seinen glitschigen Händen drehte. Er musste ihm schon öfter begegnet sein. Aber wo? Wo überschnitten sich seine Kreise mit denen eines schwerreichen Industriellen?

Stahnkes Blick fiel auf das leuchtend orange Preisschild, das am unteren Dosenrand klebte. *Wassersport Haddinga* – genau. Da war er oft und streifte zwischen den Regalen umher, trotz der unverschämten Preise, weil der Laden so ein Flair hatte und so einen einmaligen Geruch nach Tauwerk, Segeltuch und Teer. Da kaufte er manchmal auch Dinge, die es anderswo billiger gab, zum Beispiel dieses Kriechöl, weil der Laden eben so günstig am Hafen lag. Und da hatte er auch Krage gesehen. Beiläufig, deshalb hatte er sich auch nicht gleich erinnert, aber eindeutig. Und mehrmals.

Magnus Krage war also Segler. Stahnke erinnerte sich an einen kräftigen, hornigen Händedruck. Hornhautinseln auf weichen Bürohänden, Schwielen, die Krage sich wohl kaum bei der Arbeit erworben hatte, ebensowenig wie er selbst. Und wo segelte er? Nicht hier auf dem Fluss, davon hätte Stahnke gewusst, schließlich kannte er sich in seinem Revier aus. Auf dem Mittelmeer? Möglich, aber von drei oder vier Trips im Jahr bekam man nicht solche Hände. Er musste ein Boot hier in der Nähe haben, und da kamen nur die Binnenseen in Frage.

Stahnke richtete sich auf und schlang den rechten Arm um den Großbaum, fühlte die harten Falten des Segeltuchs. Wenn Krage auf einem der Binnenseen ein Boot hatte, dann hatte er dort mit Sicherheit auch ein Wochenendhaus. So gut wie jeder, der zum hiesigen Geldadel zählte oder dazugezählt werden wollte, hatte dort eins, darum waren die Grundstückspreise in den letzten zehn Jahren auch so in die Höhe geschnellt. Und wenn Krage dort ein Häuschen hatte, dann musste die Holzenkämper das gewusst haben. Und wenn die Holzenkämper per Bus dorthin gegondelt war, mit einem nagelneuen Fotoapparat, und Fotos gemacht hatte, die nicht aufzufinden waren, dann konnte das nur eines bedeuten. Stahnke griff zum Handy, das im selben Augenblick zu trillern begann.

»Rosenfeld heult«, sagte Kramer. »Sagt, er hätte von der Affäre mit Willers nichts gewusst, er hätte seine Freundin über alles geliebt, und gestritten hätten sie sich nur, weil er endlich eine gemeinsame Wohnung haben wollte. Es sei aber kein heftiger Streit gewesen. Jetzt ist er völlig fertig.«

»Lassen Sie ihn«, sagte Stahnke. So knapp wie möglich erklärte er Kramer seine neueste These. Der schwieg, und das Schweigen klang skeptisch.

»Gehen Sie los«, sagte Stahnke. »Prüfen Sie nach, ob es dieses Haus gibt und dieses Boot. Und wenn ja, gehen Sie zu Krage und sagen ihm auf den Kopf zu, dass er der Mörder ist. Klar?«

»Na denn«, sagte Kramer. Für seine Verhältnisse klang das direkt aufsässig.

Stahnke legte das Handy weg und griff zum Schraubenschlüssel; die Mutter ließ sich jetzt leicht lösen. Der Filtereinsatz war sauber. Er schraubte das Gehäuse wieder zusammen, öffnete den Dieselhahn, glühte vor und startete. Der Motor sprang an und ging sofort wieder aus.

Es gab einfach keine andere Möglichkeit. Krage war ein Windhund, seine Frau in erster Linie reich und seine Ehe eine reine Geldbeschaffungsaktion. Der Mann musste einfach eine Geliebte haben, mindestens, und so ein Wochenendhaus war ein ideales Nest; unter der Woche war an den Seen wenig los. Die Holzenkämper war Prokuristin, die musste gemerkt haben, dass der Betrieb den Bach runterging. Da hatte sie schnell etwas tun wollen für sich und ihren Lover. Ganz klassisch, Schnappschuss in flagranti.

Stahnke merkte, dass sich das Bild, das er sich von

Angelika Holzenkämper gemacht hatte, mehr und mehr in nichts auflöste. Die langweilige Ordnung, die gut geregelte Monotonie – reine Fassade, eine Maske, mehr nicht. Ihre akribische Buchführung war eine ausgezeichnete Tarnung gewesen für ihre verdeckten Beziehungen und Geschäfte. Geschäftsbeziehungen.

Er hatte sich auf die Holzbank gesetzt, ein Kissen hinter dem Rücken; weitere Basteleien am Motor hatten keinen Zweck. So langsam wurde es Abend, und er kam wohl doch nicht umhin, die Wasserschutzpolizei um Schlepphilfe zu bitten.

Wieder ertönte das Handy-Signal. »Kramer hier. Also Haus und Boot gibt es, und ich bin jetzt bei Krage. Er streitet alles ab. Ist ziemlich wütend.«

»Sagen Sie ihm, dass wir wissen, dass er eine Geliebte hat und wie die heißt.« Darauf kam es jetzt auch nicht mehr an.

Er hörte Kramers Hand am Handy rascheln, dann seine gedämpfte Stimme, die von einer lauten unterbrochen wurde. Dann meldete sich Kramer wieder.

»Krage leugnet, schimpft und droht«, sagte er. »Nervös ist er eindeutig, aber das ist wohl normal, wenn man bedenkt, was wir ihm hier vor den Latz knallen.« Immerhin sagte Kramer »wir«, registrierte Stahnke.

Er musste Krage aus dem Gleichgewicht bringen, umschmeißen, und das ging nur mit etwas Konkretem. Was hatten sie denn Konkretes? Die Leine höchstens. Er ließ seinen Blick über *Olifants* Takelage schweifen. Was für ein Boot Krage wohl hatte? Auf den Binnenseen segelte alles bis hin zum kleinen Kajütkreuzer. Wie passte die dünne Leine dazu?

Da oben baumelte der Ankerball, zwei ineinandergeschobene runde Kunststoffscheiben, an der Flaggenleine. Das war es.

»Sagen Sie ihm, wir wissen, dass die Tatwaffe ein Stück von seiner alten Flaggenleine war«, sagte er. »Sagen Sie ihm, dass er sich bei Haddinga eine neue gekauft, die alte aber aufbewahrt hat. Und dass sie ihm für die Holzenkämper gerade recht gekommen ist.«

»Wissen wir das?«, fragte Kramer.

»Los jetzt«, sagte Stahnke.

Diesmal waren zwei gedämpfte Stimmen zu hören. Dann wieder Kramer, fast flüsternd: »Er wackelt, aber noch fällt er nicht. Es scheint etwas dran zu sein, aber ich müsste nachstoßen.«

Aber womit? Was hatte er noch? Stahnke starrte das Handy an. Und seine Hand. Die Hand mit den gelblichen Hornhautplacken auf der öligen Haut, in die kleine schwarze Faserpartikel eingebettet waren wie vorzeitliche Fliegen in Bernstein.

»Seine Hände«, sagte er. »Lassen Sie sich seine Hände zeigen. Sagen Sie ihm, er muss mit ins Labor, Hautproben nehmen.«

Wieder die gedämpften Stimmen. Dann Gebrüll, Gepolter. Da war die Stimme von Banter, seinem zweiten Assistenten; Kramer war also nicht allein, aber um Kramer brauchte man sowieso keine Angst zu haben, auch wenn Krage einen halben Kopf größer war. Jetzt klang Krages Stimme ganz nahe. Sie fistelte und schnappte über. Es krachte und knisterte im Lautsprecher, dann war Ruhe. »Das war's«, sagte Stahnke.

Langsam und mechanisch wischte er sich die Ölreste von den Händen. Er fühlte sich wohlig erschöpft, wie nach einem gelungenen Liebesakt oder nach einem Segeltörn. Der Krage wird wohl eine Weile auf beides verzichten müssen, dachte er. Recht so, was hat er die Frau auch erdrosselt.

Dann ließ er den Lappen fallen. Erdrosselt, das war

es doch. Wie stellte man denn einen Diesel ab? Nicht mit dem Zündschlüssel, denn ein Diesel hatte keine Zündung, sondern mit der Drossel. Die Drosselklappe nahm dem Motor die Luft, erstickte ihn. Sie wurde über einen Seilzug betätigt. Stahnke warf sich bäuchlings auf den Plichtboden und langte in den Motorraum hinein. Da war der Seilzug, auf Spannung. Da lag das ganze Gerümpel. Und da war der volle Kanister, der auf dem Seilzug stand.

Ordnung, dachte er, als der Motor bereits lief und er die Ankerkette mit der Winde einzuholen begann, Ordnung ist schon eine gute Sache. Aber Unordnung bringt auf Ideen.

# So viel steht fest

»Immer die dritte Hürde«, sagte Feiler, schüttelte den Kopf und senkte den Blick. Er sagte es bedauernd, aber in seiner Stimme schwang jene Art von Bedauern mit, die nach der Enttäuschung kommt und Versagern gilt. Der, auf dessen Körper Feilers gesenkter Blick ruhte, hatte ganz offenkundig versagt. Und darum lag er jetzt auch da und war tot.

»Was hatte er denn überhaupt so früh hier zu suchen?«, fragte Stahnke. Halb acht Uhr morgens war es, und der junge Sommertag ließ zwar schon die Wärme erahnen, die er bringen würde, aber noch wehte eine frische Brise und ließ den fülligen Hauptkommissar schaudern.

Trainer Hubert Feiler schaute auf und runzelte verständnislos die Stirn. »Jeden Morgen ab sechs Uhr wird trainiert, der Junge ist Schüler, anders geht das gar nicht.« Er korrigierte sich: »War Schüler.« Dann, mit etwas heiserer Stimme, setzte er hinzu: »Vielleicht das größte Talent, das wir hier jemals hatten. Und das will etwas heißen.«

Allerdings, dachte Stahnke. Er interessierte sich nicht die Bohne für Leichtathletik, aber diese Geschichte hatte selbst er mitbekommen. Die beiden stärksten Hürdensprinter der Republik, die einzigen, die auf der 110-Meter-Strecke international mithalten konnten – und beide stammten sie aus demselben kleinen ostfriesischen Dorf, beide gehörten sie zum selben Verein. Michael Werring, 28, inzwischen ein gesuchtes Werbe-Model für Rasierklingen und Duschgel. Und Karl-Hendrik Storm, 19 Jahre, tot.

Immer die dritte Hürde, hatte Feiler gesagt. Storms Körper lag vor der vierten, das Gesicht auf der linken Wange, Arme und Beine ausgestreckt, oder nein, doch leicht angewinkelt. Dort, wo Hürde Nummer drei hätte stehen sollen, klaffte ein Loch in der schwarzweißen Hindernisreihe, wie eine Zahnlücke. Hürde drei von Bahn drei war nach vorne gekippt oder vielmehr gerissen und offenbar im Fallen ein gutes Stück mitgeschleift worden. Jetzt lag sie mit der verschrammten Latte auf der rissigen Tartanbahn, das fleckige Metallgestell wie anklagend in die Höhe gestreckt. Und davor lag Karl-Hendrik Storm auf dem Bauch und war tot.

»Was war denn das eigentlich mit dieser dritten Hürde?«, fragte Stahnke.

Feiler warf die Hände hoch, mit einem plötzlichen Ruck. »Das war doch sein Schwachpunkt, immer nach der Beschleunigungsphase, jedesmal mit dem Sprungbein im Nachziehen die Hürde mitgenommen. Konzentration, nichts als Mangel an Konzentration! Wie oft hab ich's ihm eingetrichtert.«

Stahnke trat unwillkürlich einen halben Schritt zurück, denn Feiler hatte die Augen aufgerissen, die Zähne gebleckt und sämtliche Finger zu Krallen gekrümmt, so, als hätte er vergessen, wer sein Gegenüber war, als hätte er einen begriffsstutzigen Läufer vor sich. Storm vielleicht, dachte Stahnke. Und: Dieser Feiler ist ein Fanatiker. Aber er ist ein erfolgreicher Trainer. Vielleicht muss er ja so sein.

Der Sportplatz des SV Arminia hatte weder Wälle noch Zäune, nur eine ausgewachsene Birkenhecke als Windschutz, und war bis auf den flachen Backsteinbau mit den Dusch- und Geräteräumen vollständig eben und überschaubar. Umso überraschter war Stahnke, dass plötzlich eine fremde Gestalt zwischen Amtsarzt und Polizeifotograf auftauchte; dann machte er sich klar, dass er diesen Mann schon vor Minuten hatte auftauchen sehen, als winzig-stetige Bewegung am anderen Ende des Geländes, die sich seiner Wahrnehmung im Näherkommen durch Gewöhnung nach und nach entzogen hatte. Jetzt war er da, und er war mitnichten ein Fremder, sondern Michael Werring, amtierender deutscher Meister im Hürdensprint und bestgeduschter Body im Werbefernsehen.

Ein etwas fülliger Body, fand Stahnke. Natürlich war der kleine Wulst, der da Werrings T-Shirt an der Taille ein wenig ausbeulte, ein Nichts im Vergleich zu der eigenen Wampe, über die sich der Hauptkommissar immer wieder ärgerte und die er immer wieder mit wütenden Hungerkuren bekämpfte und die sich doch immer wieder als stärker erwies. Aber diesen kleinen Wulst gab es an dem goldbraun angebratenen Dusch-Body im Fernsehen eben nicht. War Werring nicht austrainiert? Kaum vorstellbar, dachte Stahnke. Der Athlet wird im Winter gemacht, und jetzt ist Sommer, kurz vor den Meisterschaften. Wer jetzt nicht fit ist, der schafft's auch nicht mehr. Obwohl, für die deutsche Meisterschaft müsste es eigentlich trotzdem noch reichen, denn die Konkurrenz war kaum der Rede wert, jetzt, da Storm tot war. Aber wer hatte das ahnen können?

Werring hatte sich neben Feiler gestellt und ebenso wie er die Fäuste in die Taille gestemmt. Wie Vater und Sohn standen sie da; die Vaterfigur einen halben Kopf kleiner, ergrauter, zerzauster, die Kleidung ein wenig schlampiger, die Haltung etwas gebeugter, trotzdem war die Ähnlichkeit frappierend. Feiler hatte Werring entdeckt, gefördert, geformt, hatte ihn zu dem gemacht, was er heute war. Und genauso war es mit Storm gewesen. Nur dass Storm jetzt tot war.

Stahnke ging zu Werring hinüber, stellte sich vor, gab ihm die Hand, verkniff sich gerade noch die Beileidsbekundung. Der Mann sah auch so schon verstört genug aus. Sein Blick irrte zwischen dem Hauptkommissar, dem Trainer, der umgefallenen Hürde und dem Toten umher. Mit beiden Händen knetete er den Griff seiner Sporttasche.

»Wollten Sie zusammen trainieren?«, fragte Stahnke.

Werring schüttelte den Kopf. »Nein, ich fange an, wenn er geht. So machen wir das – haben wir das schon länger gemacht.«

»Warum?«

»Na, weil er doch Schüler ist. War. Zeitprobleme eben.«

Kein Grund für Werring, nicht auch morgens um sechs anzutreten, fand Stahnke. Der Fettwulst stand eben doch für allgemeine Bequemlichkeit. Werring hatte sich lange für den Erfolg geschunden, und offenbar hatte er das Gefühl, dass es jetzt reichte.

Oder waren sich die Rivalen bewusst aus dem Weg gegangen?

Was Stahnke hier untersuchte, war ein Unfall mit Todesfolge, reine Routine, das wusste er ganz genau. Zu nichts anderem hatte man ihn hergerufen, und nichts anderes gab es hier zu sehen. Und trotzdem wurde ihm schlagartig bewusst, dass dieser Gedanke schon die ganze Zeit hinter seiner Stirn herumgelungert und nur auf seine Chance gewartet hatte. Dies hier war eine klassische Konfliktlage: Rivalität, und zwar um die materielle Existenz. Der eine hat, der andere will es haben. Der es haben will, meint es nicht bös und denkt vielleicht sogar, es sei genug für zwei da. Was der, der es hat, ganz anders sieht.

Aber änderte das irgendwas daran, dass dies hier eindeutig ein Unfall war?

Stahnke rief sich die Leichtathletik-Wettkämpfe ins Gedächtnis, die er gesehen hatte, allesamt im Fernsehen. Andauernd wurden da Hürden gerissen, und meistens passierte dabei überhaupt nichts, außer dass ein Läufer aus dem Rhythmus kam. Ganz selten schlug mal einer lang hin. Das gab dann ein paar Kratzer, Abschürfungen. Sicher nicht angenehm, aber doch alles andere als lebensgefährlich.

Karl-Hendrik Storm aber war tot.

Ein paar weitere Details fielen dem Hauptkommissar ein, Wissenskrümel, die noch aus dem eigenen Sportunterricht stammen mussten. Schwungbein und Sprungbein. Mit letzterem sprang man ab, klar, während ersteres möglichst gerade vorgestreckt und unmittelbar hinter der Hürde heruntergeklappt werden musste, um gleich wieder Bodenkontakt zu finden und beschleunigen zu können. Das Sprungbein wurde, kaum dass es seine Schuldigkeit getan hatte, angewinkelt und nachgezogen.

Das war es also, was Storm immer falsch gemacht hatte, wie Feiler sagte, immer an der dritten Hürde. Nur noch ans Vorwärtsstürmen gedacht und vergessen, dass das Sprungbein ja auch noch da war und hoch und sauber nachgezogen werden musste.

Und deswegen sollte er jetzt tot sein?

So eine Hürde war kein wirkliches Hindernis, sie war eigens so konstruiert, dass sie bei leichter Berührung kippte. Und das hatte die dritte Hürde ja auch getan. Außerdem waren die Latten, die oben in den Aussparungen der Metallrohre steckten, aus dünnem Holz und brachen leicht, was ein weiterer Sicherheits-Faktor war.

Diese hier war nicht gebrochen. Warum nicht, wenn doch ein Hürdensprinter, der zweitstärkste in Deutschland oder vielleicht sogar der stärkste, in vollem Lauf daran hängenblieb und so schwer stürzte, dass er jetzt tot war?

Stahnke versuchte sich die Sprungbewegung vorzustellen. Abdrücken, nachziehen, anwinkeln, abspreizen. Vielleicht war Storm mit dem Fuß am rechten Metallrohr hängengeblieben. Das würde die intakte Latte erklären. Aber nicht, warum Storm jetzt tot war.

Ob der Junge nun an seinen Kopfverletzungen oder durch sein gebrochenes Genick gestorben war, da wollte sich der Doc noch nicht festlegen. Auf jeden Fall musste sein Körper mit enormer Wucht auf den Boden geschlagen sein, ohne eine Chance zum Abstützen. Sein Körper und sein Kopf. Natürlich konnte das passiert sein, nachdem er die Hürde gerissen und sich mit den Füßen irgendwie darin verhakt hatte. Eher aber sah es danach aus, als hätte ihm etwas mit Macht die Beine unter dem Hintern weggerissen.

Wieder lauerte da ein Gedanke, ungerufen, aber hartnäckig. Onkel Happa? Was hatte denn der mit einem toten Hürdenläufer zu tun?

Stahnke stammte aus kleinbürgerlichen Verhältnissen, und in der Zeit nach dem Krieg waren seine Eltern richtig arm gewesen, so arm, dass sie von ihren drei Zimmern eins untervermieten mussten. Was sich als großes Glück erwiesen hatte, denn einen besseren Mitbewohner als Onkel Happa konnte es auf der ganzen Welt nicht geben. Wie war denn bloß sein richtiger Name? Stahnke konnte sich nur an Happa erinnern, den Kosenamen, den sich der Mann durch seine unermüdliche Geduld beim Babyfüttern erworben hatte. Der richtige Name würde wohl auf dem Grabstein stehen, dachte Stahnke und seufzte. Und dann wusste er plötzlich den Zusammenhang.

Onkel Happa hatte ihn und seine Geschwister nicht

nur gefüttert, er hatte ihnen auch Geschichten erzählt. Unendlich viele Geschichten. Einige davon hatten sich um seine Arbeit gedreht. Onkel Happa war nämlich Orgelbauer. Ein Meister. Und diese eine Geschichte handelte davon, wie seine Lehrjungen ihm einmal einen bösen Streich gespielt hatten.

Natürlich war es in Onkel Happas Geschichte kein böser Streich gewesen, in Wirklichkeit aber eben doch. Orgeln sind große Instrumente, und Orgelbauer klettern bei der Arbeit viel auf ihnen herum. Darum tragen sie Filzpantoffeln. Und Onkel Happa, der seine Arbeit liebte, pflegte schon in der Tür zur Werkstatt seine Straßenschuhe von den Füßen zu schleudern, in die Filzlatschen zu treten und sofort dorthin zu eilen, wo er am Abend zuvor aufgehört hatte. Ohne Zwischenstopp.

Und einmal hatte es ihm dabei die Füße weggerissen, und er war fürchterlich auf die Nase gefallen. Weil seine Lehrjungs ihm die Pantoffeln auf dem Boden festgenagelt hatten.

Wie in Trance ging Stahnke zu jener Lücke in der Hürdenreihe, die von Nummer drei geblieben war, mit weichen, leisen Schritten, so als fürchte er, die Erinnerung zu verscheuchen. Vorsichtig nahm er die benachbarte Hürde Nummer drei hoch und setzte sich auf den Platz der gerissenen Nummer drei. Der rechte untere Holm endete genau über einer der blauen Bahn-Markierungen, mit denen die Standorte der 400-Meter-Hürden gekennzeichnet waren. Vorsichtig ging Stahnke in die Knie. Da war ein schmaler Spalt rund um die blaue Markierung, nur aus der Nähe zu sehen und fast nicht zu fühlen. Mühsam zog der Hauptkommissar sein Taschenmesser aus der zusammengepressten Hosentasche heraus, klappte es auf und schob die kleine Klinge in den Spalt. Da war

Widerstand, vermutlich Klebstoff. Noch nicht ganz ausgehärtet, wie die Spuren auf dem Stahl bewiesen. Er zog die Klinge einmal ringsherum, hebelte dann. Das blau gefärbte Stückchen Tartanbahn sprang heraus. Darunter war eine kleine Höhlung. Und darin die blanke Öse eines Erdankers.

Wer konnte nur auf sowas kommen, dachte Stahnke. Skurril. Absurd. Und eine überflüssige Frage, nebenbei. Nur ein Hürdenläufer. Und nicht irgendeiner, sondern dieser eine. Der andere von den beiden. Der, der nicht tot war.

Werring hatte sich nicht gerührt, hatte dem Kriminalbeamten regungslos zugesehen, ebenso wie Feiler. Er hat ihn genau gekannt, dachte Stahnke, er wusste alles von ihm, auch den Tick mit der dritten Hürde. Und er wollte noch nicht abtreten. Jetzt, wo er endlich oben war, populär, in der Werbung, an den Fleischtöpfen, zählte jedes weitere Jahr zehnfach. Ein Jahr noch ganz oben stehen, dann wären die Weichen gestellt. Und darum ...

Gleich wird er sagen, er habe ihn doch gar nicht umbringen wollen, dachte Stahnke, während er langsam auf Werring zuging, immer in diesen starren Blick hinein. Frühmorgens vor dem Training die Hürde präpariert, das Tartan-Stück eingesteckt und den Holm mit dickem Draht am Erdanker festgemacht, anschließend selbst die Hürde umgeworfen und die Spuren verwischt, ja sicher, aber doch nur, um Storm zurückzuwerfen, um ihn auszuschalten für diese Saison. Aber doch nicht, um ihn umzubringen.

Oh doch, würde er dann sagen, dachte Stahnke. Umgebracht. Für so eine Tat darf es keinen Zeugen geben, schon gar nicht das Opfer. Storm hätte doch sofort gewusst, dass ihm da etwas passiert war, was eigentlich gar nicht passieren kann. Du wolltest ihn nicht ausschalten, du wolltest ihn töten. Und wenn es nicht gleich geklappt hätte, dann hättest du ihn erschlagen. Wer weiß, vielleicht hast du das sogar.

»Ich wollte ihn doch gar nicht umbringen«, sagte Feiler.

Stahnke blieb stehen, als sei er mit dickem Draht an einen Erdanker gefesselt.

Feiler hatte die struppigen Augenbrauen angehoben, so dass seine rötliche Stirn unter den grauen Zotteln in tiefen Falten lag. »Immer das Sprungbein, immer an der dritten Hürde«, sagte er, mehr anklagend als bedauernd. »Ich konnte reden, soviel ich wollte. Das perlte alles nur so ab wie unter der Dusche. Mit Worten war da nichts mehr auszurichten. Was sollte ich denn machen?«

Werring hatte sich seinem Trainer zugewandt, sein Mund stand offen. Stahnke kramte in seinen Taschen nach den Handschellen, obwohl er wusste, dass er sie im Büro gelassen hatte. Er fand nur sein Schlüsselbund. Und ein Stück Draht.

»Irgendwas musste ich ja machen«, sagte Feiler.

So viel steht fest, dachte Stahnke.

# DREI MÄNNER FÜR
# JEDE FRAU

»Was war das?« Die Serviererin hob fragend die Augenbrauen. Ihr Stift drehte über dem Block eine Warteschleife.

»Valpolicella«, sagte Stahnke. »Ein Viertel.« Eigentlich trank er lieber Bier, aber beim Italiener erschien ihm Rotwein passender. Kramer, sein schweigsamer Assistent, hatte ihm mal Valpolicella empfohlen. Seitdem nahm er den immer, wenn es ihn zu einem Italiener verschlug. So wie jetzt in Magdeburg.

»Tut mir leid, aber ich glaube nicht, dass das auf der Karte steht.« Die Serviererin war groß und schlank, mochte Ende zwanzig sein und hatte trotz ihrer uniformen Kluft mit Schürze und Pizzaketten-Logo am Revers so gar nichts Serviles an sich. Sie bediente, als wolle sie einfach nur hilfsbereit sein. Nett. Umso peinlicher, just diese Frau mit überzogenen Wünschen zu konfrontieren. Obwohl: ein Italiener, dessen deutsche Bedienung Valpolicella nicht kennt?

»Warum nehmen Sie nicht Chianti?«, schlug sein Gegenüber vor. »Der steht auf der Karte.«

Stahnke bestellte, die Frau notierte und ging. Ohne diesen genervt-überlegenen »Geht doch«-Ausdruck im Gesicht, eher mit dem ehrlicher Erleichterung über vermiedene Missstimmung.

Die beiden Männer schwiegen aneinander vorbei. Michaeler hielt seinen Blick gesenkt, was Hauptkommissar Stahnke dazu nutzte, seinen sachsen-anhaltinischen Kollegen etwas gründlicher in Augenschein zu nehmen. Ein mittelgroßer, breiter Mann mit eindrucksvollem Schädel und einem markant gefurchten Gesicht, umrahmt von nur leicht zurückgewichenem, schwarzgrauem Haar und einem ebenso melierten Fidel-Castro-Bart. Kräftige Arme und Hände mit erstaunlich schmalen Fingern, auf denen sich schwarze Haare ringelten. Michaeler war dicht an der Pensionsgrenze und entsprechend abgeklärt. Eine stimmige Erscheinung.

Stahnke, dem es in fünfzig Lebensjahren nicht gelungen war, seinen eigenen großen, stämmigen, etwas plumpen Körper zu akzeptieren, neigte dazu, andere Männer um ihr Äußeres zu beneiden. Jüngere gewöhnlich. Jetzt also auch schon ältere. Der Wein kam, und Stahnke musste sich zwingen, der Servierin nicht das für ihn bestimmte Glas aus der Hand zu reißen.

»Und den sie dann genommen haben, keine Ahnung hatte der.« Für einen Moment drang das Gespräch vom Nachbartisch durch das gedämpfte Gemurmel, das das mäßig besetzte Restaurant in sanften Wellen durchströmte. Stahnke schaute aus den Augenwinkel hinüber. Zwei Frauen, beide etwas jünger als er, die eine sportlich gekleidet, die andere im Kostüm, die eine brünett und geschoren, die andere dunkelblond gelockt, aber alle beide vom zupackenden Typ. Das sah man schon an der Art, wie sie Pizza und Lasagne zusprachen. Und das hörte man auch.

»Du hättest mal die Pläne sehen sollen, die der vorgelegt hat. Völlig falsch dimensioniert, so als ob der nie … «

»Aus dem Westen?«

»Natürlich aus dem Westen. Wie hätte der sonst … «

Zwei Blicke blitzten aus Augenwinkeln, zwei Köpfe, einer geschoren, einer lockig, senkten sich einander zu, zwei Stimmen wurden gleichzeitig gedämpft, einverständig, aufs Stichwort. Die Unterhaltung blieb erregt, war aber nun für Außensitzende nicht mehr zu verstehen.

Stahnke wandte seinen Blick eilig nach vorn. Ertappt. Und schaute direkt in Michaelers dunkelbraune, langwimprige Augen. Doppelt ertappt.

»Sie hatten gerade Ohren wie Rhabarberblätter.« Der Ältere lächelte milde, väterlich, deutlich ironisch. Stahnke musste zurücklächeln.

Das Essen kam, und er wandte seine Aufmerksamkeit wieder der Serviererin zu. Nett sah sie aus, mit kurzem dunklem Haar, das ihren ausgeprägten Hinterkopf fast wie ein Helm umschloss, und feinen, nahezu geraden Augenbrauen, die ihre braunen Augen wirkungsvoll betonten. Sie arbeitete nicht mit professioneller Selbstverständlichkeit, eher mit Konzentration und Überlegung. Als müsse sie sich jeden Handgriff genau vor Augen führen, um ihn korrekt umzusetzen. Kaum denkbar, dass diese Tätigkeit sie überforderte. Wahrscheinlicher war das Gegenteil. Dass sie sich weigerte, mit einem Job, der sie unterforderte, aber ernährte, zu verwachsen.

Das alles erinnerte stark an Peggy Weiß. 31 Jahre, alleinerziehend, Leiterin einer Wäscherei-Filiale. Ausgesprochen intelligent, vielseitig interessiert, vor allem kulturell. Mörderin. Ihr erledigter Fall, ihr gemeinsamer Erfolg. Resultat einer gelungenen ost-westlichen Kooperation, die Michaeler und er soeben mit einem gemeinsamen Abendessen beim Italiener ausklingen ließen.

Michaeler hatte keine Bedenken, mit vollem Mund zu sprechen, ebenso wenig wie Stahnke. Kantinen-Gewohnheit. »Ein Wort über unsere Frauen«, sagte er. »Die sind anders als drüben bei euch.« Das war Stahnke allerdings auch schon aufgefallen. Ohne Michaelers Hilfe hätte er nie so zielstrebig in Richtung Peggy Weiß ermittelt. Direkte Hinweise auf sie hatte es schließlich nicht gegeben, Tatzeugen auch nicht. Als man Broweleits Leiche vor zwei Tagen im Leeraner Julianenpark gefunden hatte, war sie längst kalt gewesen. Thomas Broweleit, 32 Jahre, Geschäftsmann, Musiker und Theatergänger, gut aussehend und sportlich noch dazu. Ein Bild von einem Mann, dessen bloße Existenz Stahnke gewöhnlich schon den Tag versauen konnte. Lebendig jedenfalls.

Michaeler hatte tatsächlich »drüben« gesagt. Aus Trotz? Zu DDR-Zeiten hatte Stahnke sich immer geweigert, von »Zone« oder »sogenannter DDR« zu sprechen. Keine Annäherung ohne Anerkennung. Seit sich die Neufünfländer aber so willig hatten annektieren lassen, seit sie dem Kohl so schamlos unter den Rock gekrochen waren, waren sie für Stahnke nur noch »die Zonis«. Er musste eben immer dagegen sein. Vielleicht war Michaeler ja auch so ein Quertreiber.

»Wie anders?« fragte Stahnke. »Mehr wie die Männer?«

Michaeler lächelte wieder. »Dass eine Frau, die die gleichen Rechte ausübt und genauso stark ist wie ein Mann, dadurch weniger weiblich wird, das versucht man unseren Frauen seit zehn Jahren wieder beizubringen. Aber sie glauben es nicht.«

»Es ist ja auch nicht so«, sagte Stahnke.

»Natürlich ist es nicht so, aber wissen und glauben ist ja doch zweierlei. Unsere Frauen wissen, dass sie genauso viel wert sind wie jeder Mann, und sie glauben es auch. Und darum« – jetzt hob Michaeler Stimme und Zeigefinger leicht an – »gerade darum können sie sich auch diesen Emanzipations-Krempel sparen und ganz Frau sein.«

Was hieß denn das nun wieder? Stahnke runzelte die Stirn. »Wie ist man denn ganz Frau?«, fragte er. »Stark sein, aber keinen Gebrauch davon machen, um die Männer nicht zu verschrecken?«

»Ganz falsch.« Michaelers Stimme hatte einen angenehm sonoren Klang, aber wenn er dozierte, schwang eine Menge Pathos mit. »Stark sein, auch Gebrauch davon machen, aber eben niemals die Männer kopieren, das ist es. Unsere Frauen nehmen sich all das heraus, was sich die Männer erlauben, vielleicht sogar mehr. Aber sie tun das nie auf die gleiche Weise.«

»Versteh ich nicht.«

»Ist auch schwer, wenn man's nicht kennt. Aber der gesellschaftliche Vorteil liegt klar auf der Hand. Die Ansprüche von Frauen und Männern äußern sich verschieden; so prallen sie nicht aufeinander, sondern zielen aneinander vorbei. Also keine Konfrontation, sondern Verzahnung.« Michaeler strahlte, als hätte er dieses Modell selbst erfunden.

»Das haben Sie doch selbst erfunden«, sagte Stahnke.

Michaelers Lächeln mutierte zum diebischen Schmunzeln. »Glauben Sie, was Sie wollen. Glauben ist nicht wissen.« Er trank einen Schluck Chianti, verzog leicht sein Gesicht, stellte das Glas weg. »Ich rede hier auch nicht vom reinen Paradies. Es gibt ja auch Nachteile.«

»Nämlich?«

»Wiederum die Ansprüche. Nicht die materiellen oder gesellschaftlichen, sondern die an uns Männer.«

»Sexuelle Ansprüche?«

»Auch. Aber nicht nur. Unsere Frauen wollen nicht nur einen guten Sexualpartner, sondern auch einen Partner für die Alltagsbeziehung, also Familie, Haus-

228

halt, Finanzen und so. Und außerdem einen Partner für den intellektuellen Bereich. Für Kultur, gebildete Gespräche, Sie wissen schon.«

Stahnke breitete die Arme aus. »Was wollen Sie? Das will doch jede Frau. Vielmehr, das will jeder Mensch. Einen Partner, mit dem es auf jedem dieser Gebiete funktioniert.« Thomas Broweleit musste so einer gewesen sein. Lebendig. »Was soll da bei Ihnen anders sein als bei uns?«

»Sie missverstehen mich.« Michaeler tupfte sich die Lippen ab und warf die zerknüllte Serviette auf seinen leergegessenen Teller. »Die Einlösung all dieser Ansprüche von einem einzigen Partner zu erwarten, das mag bei Ihnen die Regel sein. Bei uns ist das die Ausnahme.«

»Und was ist die Regel?«

»Nicht einen für alles, sondern für jedes einen.«

»Also drei Männer für jede Frau?«

Michaeler nickte bedächtig. »So etwa.«

Der alte Hit der Beach-Boys kam Stahnke in den Sinn: *Two Girls For Every Boy*. Er stellte fest, dass der einst real existierende Sozialismus auch auf diesem Sektor die Quote gesteigert hatte.

Sie zahlten, erhoben sich und halfen sich gegenseitig in den Mantel. Gemeinsam gingen sie ein Stück durch die Magdeburger Innenstadt, Richtung Bahnhof, zu Stahnkes Hotel. Die Straßen waren weitläufig und fast menschenleer, die Gebäude groß und klotzig. Großklotzig. An einer Ecke drängten sich ein paar nacktköpfige Fußballfans aneinander; sie wirkten verloren, Wärme suchend. Nirgendwo war eine Frau zu sehen. Nur wenige Autos waren unterwegs. Jedes zweite schien ein Streifenwagen zu sein.

»Drei Männer für jede Frau«, sagte Stahnke, als sie sich vor dem Hoteleingang verabschiedeten, »das heißt doch, eine normale Bevölkerungsstruktur vorausgesetzt, auch drei Frauen für jeden Mann. Ist es das, was Sie vorhin meinten mit ›Verzahnung statt Konfrontation‹?«

»Sie haben's erfasst«, sagte Michaeler.

Ein Gespräch unter Machos, überlegte Stahnke. Trotzdem begann er die Vorteile eines solchen Verzahnungs-Modells zu erwägen. Vielleicht gab es ja auch für Katharina einen Platz darin.

Für Broweleit hatte es offenbar keinen Platz darin gegeben. Sonst hätte er ja wohl noch gelebt. Er wollte alles sein für Peggy Weiß, Liebhaber, Geistespartner, Ernährer. Ein Traum eigentlich. Oder sah das nur ein Mann so? Ein Wessi-Mann? Thomas Broweleit hatte Peggy Weiß gedrängt. Bedrängt. Wollte vom Ein-Drittel-Mann zum Drei-Drittel-Mann aufsteigen. Hatte ihr Zögern nicht verstanden. Und sie hatte ihn erschossen.

So gab es einen Sinn, nur so. Darum also hatte Michaeler, von Stahnke zunächst nur routinemäßig wegen des Namens in Broweleits Notizbuch angerufen, sofort losgelegt. Und er hatte recht behalten. Peggy Weiß hatte die Tat schnell gestanden, kaum dass ihr laienhaft konstruiertes Alibi zusammengebrochen war. Nur über ihr Motiv hatte sie bisher nichts sagen wollen.

Nachdenklich betrachtete Stahnke sich in der Spiegeltür des Hotelfahrstuhls. Das mürrische Gesicht über dem plumpen Körper, den zerknitterten Mantel, die fleckigen Schuhe. Wie würde er wohl ins Verzahnungs-Modell passen?

Etwas hatte Peggy Weiß doch noch ausgesagt. Gerade schoss es Stahnke durch den Kopf: »Thomas sagte: Ich hol dich da raus. Du kannst hier leben wie eine von uns.« Eine Liebeserklärung, vermutlich. Seine. Von ihr wiederholt im Ton tiefster Verachtung.

Stahnke beobachtete, wie sich die Augenbrauen seines

Spiegelbildes erst aufeinander zu und dann nach oben bewegten, wobei sie die Stirnhaut in dicken Falten vor sich her schoben.

So passte es. So gab es einen Sinn. Hüben und drüben, verzahnt oder nicht – inkompatibel.

Trotzdem wurde er das Gefühl nicht los, von Michaeler grandios verarscht worden zu sein.

# LAUF, MACHO, LAUF

Liebe Katharina,

ich weiß, es ist unverzeihlich, dass ich mich so selten melde, aber ich bitte dich trotzdem um Entschuldigung. Danke für deine letzten Briefe und für deine Geduld mit mir. Es war eine richtige Entscheidung, nicht mehr zu telefonieren. Wer schreibt, denkt nach, ehe er etwas sagt – das hast du sehr gut ausgedrückt. Nur braucht es bei mir manchmal etwas Zeit mit dem Nachdenken. Aber das weißt du ja.

Was ich dir heute schreiben will, hat mich richtig aufgewühlt. Natürlich hat es mit meinem Job zu tun. Auch das kennst du, und du hast es mir oft vorgeworfen, dass ich immer die Arbeit im Kopf mit nach Hause bringe, mir immer über alles andere Gedanken mache, statt über uns. Nun hängt aber doch alles mit allem zusammen in dieser Welt, und manches Verbrechen, von dem ich dir erzählt habe, barg in sich vielleicht auch den Ansatz zur Lösung unseres eigenen Konflikts. Manchmal ist es eben schwer, die Dinge direkt beim Namen zu nennen. Ich bin sicher, du hättest das verstehen können, wenn du nur gewollt hättest.

Den letzten Satz streiche ich weg. Also nimm ihn bitte nicht zur Kenntnis.

Der Fall, der mich so mitgenommen hat und von dem ich dir erzählen möchte, hat sich zwischen Leer und Lauf abgespielt, Lauf in Bayern, und deshalb musste ich dort hin. Von Lauf habe ich nichts gesehen als den Bahnhof und ein paar Straßen, genau genommen kenne ich die Stadt überhaupt nicht, aber ich werde sie nie vergessen. Du wirst verstehen, warum.

Mein Verdächtiger sprang mich sofort an – verbal natürlich. »Da sind Sie ja endlich. Nun kommen Sie schon rein, worauf warten Sie noch. Wenn es schon sein muss, dann bringen wir es doch hinter uns.« Ich hatte mich gewappnet. Nickte knapp, schaute durch mein Gegenüber hindurch, trat bedächtig über seine Schwelle und blieb ganz ruhig. Auf der langen Bahnfahrt von Leer nach Lauf hatte ich mich genügend in den Fall hineingearbeitet, um gewarnt zu sein. Hatte mir mein Bild gemacht von Martin Müller, wohnhaft Sieglindenstraße 15 in 91207 Lauf an der Pegnitz. Dieses Bild schien mir passend, und so ließ ich mich durch die Fakten überhaupt nicht stören.

Ich folgte dem Hausherrn durch Flur und Wohnzimmer hindurch in eine Art Arbeitszimmer. Vollgestopfte Bücherregale in jedem einsehbaren Raum ließen an eine Privatbibliothek denken; zwischen den Regalen bedeckten Kunstdrucke, von ungewöhnlicher Begabung zeugende Kinderbilder und gerahmte Diplome alles, was an Wandfläche noch verfügbar war. Manche Häuser dünsten Reichtum aus, andere Geschmack, Geist oder auch nur das Bemühen um eckenfreie Normalität. Dieses Haus dampfte förmlich vor Bildung. So sehr, dass ich mir erst einmal die Krawatte lockern musste.

Müller deutete flüchtig auf einen lederbezogenen Stuhl vor dem ausladenden Schreibtisch, ließ sich selbst in den schwarzen Chefsessel zwischen Schreibplatte und Computer fallen, sprang aber sofort wieder auf, noch ehe ich richtig Platz genommen hatte. Ich habe inzwischen noch mehr zugenommen, weißt du, und irgendwie werden meine Bewegungen immer langsamer. Lange kann das nicht mehr so weitergehen. Aber ich kann mich einfach nicht dazu aufraffen, wieder ins Studio zu dackeln. Die Leute da – ach, egal.

»Eigentlich können Sie gleich wieder gehen«, sprudelte Müller hervor. »Sie hätten überhaupt nicht herkommen sollen. Ganz von Ostfriesland hier herunter, was für ein Unsinn! Für nichts und wieder nichts! Aber das sagte ich ja schon.« Erneut setzte er sich hin. Und sprang sofort wieder auf.

»Ganz recht«, sagte ich, »das sagten Sie schon.« Ich begann die Situation zu genießen. Natürlich hätte ich gar nicht erst dort hinzufahren brauchen. Diesem Menschen war nichts nachzuweisen, da hatten die Laufer Kollegen vermutlich völlig recht. Auch wenn alles darauf hindeutete, dass die Briefbombe, die Karin Janssen beide Hände zerfetzt hat, von keinem anderen als von ihm stammte.

Ich habe mir den Schriftwechsel der beiden genau angeschaut. E-Mails überwiegend. Beleidigung, Erwiderung, Unterstellung, Gegendarstellung, erneute Beleidigung. Karin Janssen aus Leer und Martin Müller aus Lauf gehören konkurrierenden Bildungs-Organisationen an. Zwei Regional-Vorständler, deren Wege sich eher zufällig gekreuzt haben. Kleiner Kompetenzstreit. Müller hatte sich bei dieser Gelegenheit in seine Kontrahentin verbissen wie ein Pitbull. Trotzdem war diese Eskalation nicht absehbar gewesen.

»Sind Sie denn wenigstens mit der Untersuchung des Mordversuchs an mir schon etwas weitergekommen?« Müllers Ton war ebenso unbeherrscht wie herablassend. »Genügend Zeit hatten Sie ja wohl. Oder sollte vielleicht mal einer von unseren Beamten nach Ostfriesland kommen? Ist vielleicht sinnvoller als so herum.«

Mir kam ein Spruch in den Sinn, den ich eigentlich auf unseren früheren Bundeskanzler gemünzt hatte:

»Hier ist Prahlhans Küchenmeister.« Auf Müller passt er mindestens genauso gut.

»Ich weiß nicht, was es da zu grinsen gibt«, maulte Müller.

»Ich grinse nicht«, sagte ich. Ohne mit dem Grinsen aufzuhören.

Diese konkurrierenden Bildungs-Organisationen waren beide zur Förderung überdurchschnittlich veranlagter Kinder gegründet worden. In dem Streit zwischen Müller und Janssen aber kamen Kinder praktisch nicht vor. Was nicht an Karin Janssen lag, die ich übrigens kenne und schätze. Du kannst dir denken, wie nahe mir ihre schwere Verletzung gegangen ist. Martin Müller hatte die Auseinandersetzung mit immer neuen Anwürfen angefacht und damit die Themen vorgegeben. Dabei hatte er mehr als einmal bewiesen, dass er wusste, wie man Menschen verletzt.

Bei der Lektüre seiner Schreiben hat sich in meinem Kopf ein fest umrissenes Müller-Bild geformt. Ein kleines Würstchen mit wässrigen Augen, ein Gernegroß in dauernder Beweisnot, einer, der sich extra einen Wagen mit Automatik kauft, damit er seine Hand länger auf dem Schenkel seiner Beifahrerin liegen lassen kann. Diesen Typ hatte ich die ganze Zeit vor Augen. Auch jetzt noch. Mag dieser Müller doch aussehen, wie er will. Für Hauptkommissar Stahnke aus Ostfriesland ist und bleibt er das wässrige Würstchen.

Eine hochgewachsene Frau betrat das Arbeitszimmer, ging grußlos an mir vorbei, stolzierend wie eine Hähnin. »Brauchst du noch lange?«, fragte sie.

»Bin gleich fertig«, sagte Müller. Sein Augenwinkel-Blick entging mir nicht: »Siehst du, wie ich über dich verfüge? Ich bin der Herr des Verfahrens, ichichich!«

Sie nickte befriedigt, drehte sich so um, dass sie mir

dabei den Hintern zuwandte, und ging hinaus. Femme égale. Aber so was verpflichtet natürlich.

Einmal, ein einziges Mal im Verlauf des Streits mit Karin Janssen hat Martin Müller doch über Kinder gesprochen. Vielmehr geschrieben. Das hat dann auch prompt das Fass zum Überlaufen gebracht. Müller hat Frau Janssen in großspurigster Manier Widersprüche nachzuweisen versucht – was ihm nur durch ausgiebige syntaktisch-semantische Vergewaltigung eines ihrer Schreiben gelungen war – und dann geschlossen: »Wenn ich das hier auf mich wirken lasse, dann würde ich mich nicht wundern, wenn Ihre Kinder Probleme in der Schule haben sollten. Sie benutzen Ihre geistigen Fähigkeiten, an denen ich übrigens größte Zweifel hege, ausschließlich zum Querulantentum. Ich befürchte beispielhafte Wirkung dieses Verhaltens auf Ihre Kinder, die dann, dies nachahmend, soziale Probleme bekommen.«

Diese E-Mail kam Karin Janssens Ehemann Paul unter die Augen. Der hat – in eigenem Namen – geantwortet: »Meine Frau kann sich natürlich streiten, mit wem sie will – ich mache ihr da auch geschmacklich keinerlei Vorschriften. Wenn Sie aber dazu übergehen, das Ansehen meiner Kinder zu beschädigen, werde ich mich einschalten.«

Das ist Müller mächtig in die Glieder gefahren. Er hat zwar noch eine motzige Antwort verfasst – »rolling on the floor with laughter« – ist dann aber schleunigst zur Polizei gelaufen. Die Laufer Kollegen haben mir diesen Auftritt ausgiebig geschildert: »Ich verlange Personenschutz! Diese Leute sind zu allem fähig!« Natürlich hat er keinen Personenschutz bekommen.

Zwei Tage später ist er dann überfahren worden.

»Wir haben die Alibis der Janssens überprüft«, sagte ich.

Müller sagte nichts, schaute nur lauernd aus zusammengekniffenen Augen. Ich fuhr fort: »Beide Alibis sind lückenlos und absolut wasserdicht. Keiner der Janssens kann hinter dem Steuer des roten Audis gesessen haben, der sie gerammt hat.«

Ein höhnisches Grinsen entblößte Müllers obere Schneidezähne. »War doch klar. Da oben stecken doch alle unter einer Decke.«

Mit so was hatte ich gerechnet, also wurde ich nicht wütend, sondern tat nur so. »Wollen Sie mir etwa vorwerfen, ich wäre in dieser Sache befangen?« Ich musste an Karin Janssen denken, die nie wieder ein Auto fahren wird. Das machte es mir leichter, richtig drohend zu gucken. Müllers rechter Zeigefinger schoss vor. »Das habe ich nicht behauptet. Hören Sie bitte genau hin, wenn ich etwas sage. Ich habe lediglich eine persönliche Meinung ausgedrückt. Und eine Meinung darf ich doch wohl haben, oder?« Seine Stimme wurde lauter und schriller. »Meiner Meinung nach bin ich das Opfer eines ganz gemeinen Attentats geworden. Um Haaresbreite wäre ich tot gewesen. Und darüber, wer die Täter sind, gibt es gar keinen Zweifel. Ob die betreffenden Personen selbst am Steuer gesessen haben oder nur die Auftraggeber waren, ist dabei völlig belanglos. Sie waren es. Weil sie mir intellektuell unterlegen waren, haben sie eben zu anderen Mitteln gegriffen.«

»Woraufhin Sie sich dann berechtigt sahen, mit einer Briefbombe zu antworten«, sagte ich.

Müller lehnte sich zurück. »Darauf antworte ich überhaupt nicht. Lassen Sie diesen plumpen Blödsinn.«

»Auch ich darf eine Meinung haben«, sagte ich.

Müller glotzte mich an, den Mund weit offen.

»Jetzt aber zurück zu den Fakten«, fuhr ich fort. »Meine Kollegen haben mir vorhin, gleich nach meiner Ankunft, einen Bericht der zuständigen Kollegen von der Verkehrspolizei gezeigt. Die haben da einen Crash-Piloten erwischt. Der hat gestanden, an dem fraglichen Abend einen roten Audi geklaut und damit einen Mountainbike-Fahrer umgefahren zu haben.« Ich lehnte mich demonstrativ zurück und strich mir die Haare glatt. Was eigentlich gar nicht nötig war, denn ich trage sie jetzt wieder stoppelkurz. Ist ja mal wieder Mode, und so sieht man vor allem die vielen grauen Haare nicht zwischen meinen weißblonden. Dann fuhr ich fort: »Das Mountainbike soll unbeleuchtet gewesen sein, was die Sache versicherungstechnisch noch etwas interessanter macht. Aber das ist ja nicht mein Thema.«

Dann erhob ich mich. »Für meine Kollegen und mich steht nunmehr fest, dass Ihre Attentats-Theorie erledigt ist. Also können wir uns ganz auf die Briefbombe konzentrieren. Ich denke, in dieser Angelegenheit werden wir noch voneinander hören.« Reines Wunschdenken, das war mir klar. Aber ich habe nun einmal gerne Freude am Beruf. Und der Anblick von Müllers offenem Mund machte mir Freude. »Danke, ich finde alleine hinaus.«

Mit offenem Mantel schlenderte ich die Straße entlang. Die Luft war lau, ein angenehmer Kontrast zum verregneten, kalten ostfriesischen Frühling. Ich hatte es nicht eilig, und so war ich noch keine hundert Meter weit gekommen, als Müllers Ruf mich erreichte.

»He, Sie!«

Ich drehte mich um. Martin Müller stand mitten auf der Straße vor seinem Haus, den Oberkörper leicht vorgebeugt, den rechten Zeigefinger vorgestreckt. Fast hätte ich im Reflex zur Walther gegriffen. Aber wir befanden uns ja im tiefen Süden, nicht im Wilden Westen. Und wenn, dann hätte ich Müllers Kugel längst im Rücken gehabt.

Offenbar wollte er mir noch etwas mit auf den Weg geben, von dem er sich eine ähnliche Wirkung wie von einer Kugel versprach. Aber dazu kam er nicht mehr.

Hinter Martin Müller heulte ein Automotor auf. Ich sah den Wagen, einen dunklen Kombi, vom oberen Ende der Straße her näher kommen, schnell größer und größer werden. Ich sah Müller herumwirbeln, den Finger auf das Auto richten, das unbeeindruckt weiter beschleuigte. Und ich sah das Nummernschild, sah die Buchstaben LER.

»Lauf«, sagte ich. »Lauf.«

Aber ich sagte es nicht besonders laut.

Heute habe ich Paul Janssen in der U-Haft besucht. Ein besonnener Mann, sehr gefasst. Er ist wohlhabend und hat sich einen guten Anwalt genommen. »Vielen Dank«, sagte er, »aber ich wüsste nicht, wie Sie mir helfen könnten.«

Aber genau das möchte ich doch so gern. Obwohl sich der Anblick von Martin Müller, wie er mit zappelnden Gliedmaßen durch die Luft fliegt und auf den Bordstein klatscht, in meinem Kopf wieder und wieder abspult wie eine endlose Filmschleife.

Aber irgendwie kann ich das nicht als Horror empfinden. Und was mich am meisten irritiert: Ein bisschen beneide ich Paul Janssen sogar.

Weißt du was, liebe Katharina? Vielleicht rufst du mich ja doch mal an. Und sei es auch nur, um festzustellen, ob ich immer noch derselbe Mann bin, den du verlassen hast.

Es grüßt dich herzlich
dein Stahnke

# DAS MORDSSCHIFF

»Sie kommen gleich.«

Tjark Voskamp drückte den roten Unterbrecher-Knopf, steckte das Handy in die ausgebeulte Tasche seiner schmutzig-blauen Arbeitshose und schaute in die Runde. Vom Niedergang mit den messingverbrämten Stufen zur Sitzecke aus poliertem Mahagoni, von den goldglänzenden Bulleyes zur chromblitzenden Pantry, vom Kajütschott zur Klotür. Von Hermine Voskamp zu Johanne Rolfes. Und dann, den Blicken der beiden Frauen folgend, zu Boden. Zu Ludwig Rolfes, der dort lag wie ein schlafender Säugling, seitlich zusammengekrümmt. Stabile Seitenlage, erinnerte sich Voskamp. So würde er vorerst wohl auch liegen bleiben, so lange jedenfalls, bis die Polizei eintraf. Dafür sorgte das Takelmesser, dessen Griff aus Ludwig Rolfes' Rücken ragte.

»Gut«, sagte Johanne Rolfes. Ein paar Strähnen ihres langen braunen Haares, das sie sich nachlässig im Nacken zusammengebändselt hatte, hingen ihr über Stirn und Wangen. Weitere Zeichen beginnender Auflösung waren nicht zu entdecken. Johanne Rolfes weinte nicht, und ihr strenger Gesichtsausdruck ließ den Gedanken an Tränen gar nicht erst aufkommen.

»Wessen Messer ist das?«, fragte sie.

Hermine Voskamp zuckte die Achseln. Wie Johanne Rolfes war auch sie mittelgroß, schlank und Ende dreißig, wie sie trug sie das lange Haar zu einem Pferdeschwanz gebunden. Ihr Haar war allerdings rotblond, und über ihre hellhäutigen, sommersprossigen Wangen rollten Tränen. »Weiß nicht«, sagte sie, schniefte laut und tastete nach dem Werkzeuggürtel, den sie um ihre Taille trug. Zwischen Zangenschlaufen und Schraubentaschen ragte da ein blanker Holzgriff hervor. »Meins jedenfalls nicht«, sagte Hermine Voskamp.

Die anderen beiden taten es ihr nach. Ein bisschen sahen sie aus wie kostümiert in ihren einheitlich blauen, abgetragenen und verschmutzten Overalls, den dunkelweißen Turnschuhen und den Leinengürteln mit den vielen Taschen und Anhängseln. Damals, vor vier Jahren, als sie den Kauf der alten Tjalk feierten, da hatten sie das noch witzig gefunden. Seither hatten sie ihre Arbeits-Uniformen schon unzählige Male verflucht.

Stumm wies Johanne Rolfes ihr Takelmesser vor, und Tjark Voskamp tat es ihr gleich. »War denn irgendwer an Bord heute Abend? Außer uns?«, fragte er.

Johanne schüttelte den Kopf. »Ich war die ganze Zeit oben. Hab’ an der Kajüte zwischen den Bulleyes geschmirgelt. Wenn einer an Bord gekommen wäre, hätte ich ihn auf jeden Fall gesehen.«

Sie beugte sich vor, so weit, dass ihre baumelnden Haarsträhnen fast die Schulter des Toten berührten. Prüfend und scheinbar unbeteiligt ruhte ihr Blick auf der tödlichen Wunde und dem Messer, der Mordwaffe darin. Da war etwas Grün, ein paar Tupfer zwischen dem Braun des Holzes, den Blau des Overalls und all dem Rot. Grüne Farbspritzer auf dem Griff. Johanne Rolfes richtete sich auf. »Das ist sein eigenes Messer«, verkündete sie.

»Was guckst du mich dabei so an«, sagte Hermine.

»Ich gucke dich überhaupt nicht an«, sagte Johanne.

»Tust du doch«, sagte Hermine.

»Ja, jetzt«, sagte Johanne.

*

*Hermine-Johanne* hatten sie das Schiff getauft, damals vor vier Jahren. Damals waren sie die besten Freunde gewesen. Nachbarn, Kollegen, Kumpel. Eine richtige Mannschaft.

Das Schiff aber hatte alles geändert. Alle hatten sie davon geschwärmt, was für »eine Lebensaufgabe« solch ein Schiff doch sei. Nur hatten sie nicht gewusst, wie recht sie damit hatten.

Ludwig Rolfes hatte als Erster angefangen, sich zu drücken. Vor der Arbeit vor allem, aber auch vor den Kosten. Zwar lag das Schiff hier im Leeraner Museumshafen vor der alten Waage günstig und sicher. Um es aber zu dem zu machen, was die vier sich erträumten, waren Unsummen nötig. Die waren in ihrem Traum nicht vorgekommen. Und wenn nicht alle mit anpackten, wurde es noch teurer.

Tjark Voskamp hatte Ludwig zur Rede gestellt. Entschuldigungen erst, dann Ausflüchte, schließlich Streit und Anschuldigungen: »Du führst dich auf wie ein Sklaventreiber! Nicht mit mir.«

Hermine hatte Ludwigs Partei ergriffen, und wenn der die Brocken wieder einmal hingeschmissen hatte, war wenig später meist auch Hermine verschwunden gewesen. Es dauerte eine Weile, bis Tjark begriff.

Genau genommen war das erst wenige Stunden her.

»Die ganze Zeit guckst du mich schon so an«, beharrte Hermine. Sie konnte so trotzig sein.

Johanne strich sich die Haare zurück. Ihr schmales, etwas herbes, aber sehr ausdrucksvolles Gesicht zeigte einen überlegenen Ausdruck. »Halt mich nicht für blöd«, sagte sie. »Ich weiß Bescheid.«

»Was weißt du?«, fragte Hermine. Ihre Stimme zitterte.

»Von euch«, sagte Johanne. »Dass ihr rumgemacht habt, die ganze Zeit. Halt mich doch nicht für blind.« Bei diesen Worten schaute sie Tjark deutlich herablassend an. »Ich hab's mir lange genug angesehen. Aber gestern habe ich Ludwig die Pistole auf die Brust gesetzt. Entweder er hört auf mit dem Mist, oder es ist aus mit uns.«

»Pistole?«, stammelte Tjark. »Brust?«

Johanne winkte ab. »Redensarten. Jedenfalls hat Ludwig gleich gewusst, dass ich keinen Spaß mache. Inzwischen wird er es dir ja gesagt haben.«

»Was?«, fragte Hermine.

»Dass er Schluss macht mit dir«, sagte Johanne.

»Gar nicht wahr«, schrie Hermine.

»Und ob«, sagte Johanne. »Ganz bestimmt hat er, ich kenne ihn doch. Kannte ihn vielmehr. Klar, dass dir das nicht gepasst hat.« Jetzt lächelte sie tatsächlich: »Armer Ludwig.«

»Du lügst«, sagte Hermine, jetzt auch tränenlos und gefährlich ruhig. »Ganz im Gegenteil. Er wollte bei mir bleiben, jetzt erst recht. Klare Verhältnisse schaffen. Schluss mit diesem Schiff und … und …«

»Und mit mir?«, fragte Tjark.

»Heute Abend hatte ich mit dir reden wollen«, sagte Hermine, den Blick wieder gesenkt.

»Nicht mehr nötig«, sagte Tjark.

»Was heißt das nun wieder?«, fragte Johanne.

Draußen auf dem Kai klappten Autotüren. »Das wird die Polizei sein«, sagte Tjark. Alle drei wandten sich der Kajüttür zu.

*

»Alle drei!« stöhnte Stahnke und ließ seinen massigen Körper schwer in die Polster plumpsen. Der Hauptkommissar atmete mehrmals tief durch, strich sich mit beiden Händen durch die weißblonden, stoppelkurzen Haare und streckte die Beine von sich, während sein Blick zum wiederholten Male durch die Kajüte streifte. Vom Niedergang zur Pantry, vom Schott zur Klotür, von den Bulleyes zu Kramer.

»Haben Sie so was schon erlebt?« fragte er seinen Assistenten. Kramer zuckte nur die schmalen Schultern. Nur kein unnützes Wort verlieren, keine Angriffsfläche bieten für den zuweilen beißenden Spott seines Vorgesetzten. Die beste Art, genau diesen Spott herauszufordern. Dabei schätzten sich die beiden Männer gegenseitig. Noch aber hatten sie keinen Weg gefunden, sich dessen zu versichern. Wohl weil sie Männer waren.

»Johanne Rolfes. Hermine Voskamp. Tjark Voskamp.« Stahnke fasste zusammen. »Jeder dieser drei hat zugegeben, ein Motiv gehabt zu haben, Ludwig Rolfes umzubringen. Erstens.« Der Hauptkommissar tippte mit dem Zeigefinger der rechten Hand an den Daumen seiner linken: »Johanne Rolfes: fortgesetzte Untreue des Ehemanns. Zweitens« – der linke Zeigefinger war an der Reihe – »Hermine Voskamp: Wut über den drohenden Abbruch der Beziehung, in die sie ihre ganze Hoffnung gesetzt hatte. Drittens« – der linke Mittelfinger – »Tjark Voskamp: Sorge um das Schiff. Von wegen Rache am Geliebten der Frau! Nur um das Schiff hatte der Angst. Dass er es nach einer Trennung nicht mehr hätte halten können. Ist das zu fassen.« Versonnen wiegte Stahnke den Kopf. Er war selbst Segler und Bootseigner. Und irgendwie machte er nicht den Eindruck, als hielte er Voskamps Motive für völlig unglaublich.

»Aber das Tollste.« Jetzt ballte Stahnke die linke Hand zur Faust: »Jeder der drei gibt zu, den festen Vorsatz gehabt zu haben, Ludwig Rolfes umzubringen! Nur wollen sie angeblich allesamt nicht mehr dazu gekommen sein.« Wieder schüttelte Stahnke den Kopf, diesmal etwas energischer. Kramer zuckte die Schultern. Ein eingespieltes Duett. Nachdenklich betrachtete der Hauptkommissar seinen Kollegen. 40 Jahre alt mochte der sein, also etwa zehn Jahre jünger als er selbst, aber mit seiner drahtigen Gestalt wirkte er doppelt so fit. Unwillkürlich betastete Stahnke seinen Bauch, der im Sitzen besonders stark über den Gürtel quoll. Wenn im Äußeren der beiden Kriminalbeamten eine Übereinstimmung gab, dann war es die Kleidung. Knitterige Trenchcoats, sackartige Hosen, abgeschabte Schuhe. Die beiden Columbos. Noch hatte sie keiner so genannt, jedenfalls nicht öffentlich, aber irgendwann würde es einer tun. Das lag einfach zu nahe.

Stahnke zog einen in der Mitte zusammengeknickten Notizblock aus der Manteltasche, faltete ihn auf und las: »17.10 Uhr: Johanne Rolfes verlässt heimlich ihren Arbeitsplatz an Deck, um ihren Gatten zu erstechen. Findet ihn bereits erstochen vor. Schleicht sich zurück an Deck. Will sich nicht verdächtig machen. Soll doch jemand anderes den Fund machen und melden.«

Stahnke blätterte um. »17.15 Uhr: Hermine Rolfes verlässt das Vorschiff. Auf Socken, wie sie betont. Um ihren Ex-Geliebten zu erstechen. Oder Noch-Geliebten? Na ja, jetzt ist er auf jeden Fall ex.« Stahnke schielte zu Kramer hoch: Keine Reaktion. Seufzend las er weiter. »Sie findet ihn bereits erstochen vor. Fürchtet, dass einer der beiden anderen der Täter war. Deshalb flieht sie nicht an Land, weil sie dann an ihnen vorbei müsste, sondern geht zurück ins Vorschiff.«

»Und warum ist sie wenig später dann doch herausgekommen?«, fragte Kramer. Seine Stimme klang rau. Wie eingerostet.

»Weil sie sich sicher fühlte, sobald die beiden anderen zusammen waren«, sagte Stahnke. »Egal, wer von beiden der Täter war – der jeweils andere war automatisch Zeuge. Hat sie sich gedacht. Sagt sie.« Stahnke klatschte den Block auf den Tisch: »Oder weil sie lügt.« Kramer zuckte die Schultern.

»17.20 Uhr«, fuhr Stahnke fort. »Tjark Voskamp unterbricht seine Arbeit an der Maschine ... und so weiter und so fort. Nur mit dem Unterschied, dass er sich nicht wieder wegschleicht, sondern die anderen zusammenruft. Dadurch erscheint er natürlich etwas glaubwürdiger.«

»Oder cleverer«, sagte Kramer.

»Oder das«, sagte Stahnke und seufzte. Dann beugte er sich vor und stemmte seinen Körper aus den Sitzpolstern. »Morgen weiter. Erst einmal haben wir sie wenigstens alle in Gewahrsam. Drei halbgeständige Hochverdächtige, das sollte ja für den Anfang reichen.« Kramer folgte ihm den Niedergang hoch in die offene Plicht. Stahnke schloss ab und schaute sich noch einmal um, weidete sich an dem schimmernden Holz. »Ein wunderschönes Schiff. Schade drum. Ich kenne es übrigens schon länger, jedenfalls dem Namen nach.«

»Ah ja?« Kramer signalisierte einen Ansatz von Interesse. Jeder Deut weniger wäre unhöflich gewesen.

»Ja«, sagte Stahnke. »Ein alter Bekannter von mir hat die *Hermine-Johanne* mal in Holland getroffen, genauer im niederländischen Friesland, in einem Yachthafen am Sneeker Meer. Da haben sich unsere vier Freunde übrigens mächtig danebenbenommen. So lange gesoffen, randaliert und rote Leuchtraketen abgeschossen, bis die Wasserschutzpolizei mit zwei Booten angerückt ist und dem Spuk ein Ende gesetzt hat.«

»Sowas«, sagte Kramer und schaute auf seine

Armbanduhr. Stahnke sah es nicht, schien durch ihn hindurchzuschauen. »Das hatte übrigens ganz tragische Folgen, aber davon haben wir erst später erfahren. An diesem Abend sind auf dem Sneeker Meer zwei junge Segler gekentert. Zwei Brüder. Der eine hat sich dabei schwer am Bein verletzt und konnte nicht mehr schwimmen. Der andere wollte ihn nicht allein lassen. Beide haben sich an ihr kieloben treibendes Boot geklammert und die beiden roten Notraketen abgeschossen, die sie bei sich hatten. Die hat aber keiner wahrgenommen, weil die vier Deppen ja unbedingt ihr Feuerwerk veranstalten mussten. Also sind auch keine Retter gekommen. Irgendwann ist der unverletzte Bruder dann doch losgeschwommen. Zum Ufer, Hilfe holen.«

Stahnke machte eine Pause und war total überrascht, als Kramer reagierte: »Und?«

»Tja, der verletzte Bruder wurde wenig später von einer vorbeifahrenden Yacht entdeckt, ein glücklicher Zufall, absolut. Den anderen hat man erst Tage später gefunden. Ertrunken.«

»Übel«, sagte Kramer.

»Tragisch«, sagte Stahnke. Dann gingen sie in verschiedene Richtungen davon.


In der Plicht der *Hermine-Johanne* blieb es still. Einige Minuten lang. Dann begann sich die Sitzfläche einer der Seitenbänke langsam zu heben. Darunter kam ein Stauraum zum Vorschein, lang und schmal wie ein Sarg. Ein langer, schmaler junger Mann streckte den Kopf heraus, schaute sich vorsichtig um, schälte sich aus den Resten eines alten Segels, stieg dann leise aus dem Stauraum heraus und schloss den Deckel wieder. Er machte ein paar Schritte, um seinen Blutkreislauf wieder in Gang zu bringen. Wenn ihn jemand dabei beobachtet hätte, wäre ihm ein leichtes Hinken aufgefallen. Aber es beobachtete ihn niemand.

»Gut«, sagte der junge Mann leise vor sich hin. »Das war also Nummer eins.«

Lautlos verschwand er in der Dunkelheit.

# TEE FÜR ZWEI

»Zahlen bitte!«

Die Worte kosteten ihn viel Überwindung. Natürlich hatte er wieder zu leise gesprochen, aber die Bedienung hatte ihn trotzdem gehört. Vermutlich, weil so gut wie nichts los war im Café um diese Zeit, mitten am Nachmittag im ansonsten so vorweihnachtlich-turbulenten Leer.

Eigentlich war es noch etwas zu früh, aber Marcel wollte kein Risiko eingehen. Was, wenn er bis zum letzten Augenblick wartete und die Kellnerin dann gerade keine Zeit hatte? Wenn er dann aus dem Lokal hinausstürmte und wegen Zechprellerei festgehalten würde? Peinlich, peinlich. Nein, lieber zu früh als zu spät.

Zu spät war es ja eh schon, andererseits. Aus, vorbei. Gelaufen.

Nein, war es nicht. Darum saß er ja hier. Auf dem Sprung. Gewartet hatte er lange genug. Jetzt war es an der Zeit, das Schicksal in die eigenen Hände zu nehmen. Sonst half ihm ja doch keiner.

An künstlichen Blumen und goldglänzenden Gestecken vorbei tastete sich sein Blick bis zur Fensterscheibe vor. Draußen dämmerte es bereits, und es hatte auch wieder zu schneien begonnen. Ein kräftiger Wind wirbelte die Flocken durch die Lichtkegel der Straßenlaternen und die diffus schimmernden Höfe der Leuchtreklamen. Ausgezeichnet. Bei diesem Wetter trugen alle Menschen hochgeschlossene Mäntel und Jacken, dicke Schals überm Kinn und Mützen in der Stirn. Da würde er nicht groß auffallen.

Das tat er ja ohnehin fast nie. Eigentlich hatte er sich längst damit abgefunden, als personifiziertes Mittelmaß vor sich hin zu existieren, unbeachtet, unbedeutend. Man konnte sich an alles gewöhnen, selbst daran. Schließlich hatte er für sich selbst auch nur Mitleid oder Verachtung übrig, je nach Stimmungslage, was also sollte er von seinen Mitmenschen erwarten?

Aber das galt doch nicht mehr. Nicht seit Barbara. Und natürlich Alexander. Nicht, seit er wusste, dass es auch anders ging. Sogar für ihn.

Halt, jetzt bekam er alles durcheinander. Es hatte gegolten, und es galt weiterhin. Eine kurze Phase, ein wunderschönes Jahr lang hatte er sich seinem persönlichen Lebensgesetz entziehen können. In dieser Zeit hatte er Erfahrungen gemacht, die ihn seine eigentliche, seine wahre Existenz noch schwerer ertragen ließen. Weil der Kontrast so schmerzhaft war.

»Sie möchten zahlen?«

Marcel schrak zusammen. »Ja«, murmelte er, ohne zu der Frau hochzublicken. Sie war schwarzlockig, groß und kräftig; Frauen wie sie machten ihm Angst. Na ja, eigentlich machten ihm alle Menschen Angst. Fast alle.

»Einmal Tee mit Zitrone, ein Stück Apfelkuchen mit Sahne, fünf Euro zwanzig«, sagte die Frau und klatschte einen Zettel vor ihn auf den Tisch.

Er fingerte sein Portemonnaie aus der Gesäßtasche, legte einen Fünf-Euro-Schein und ein Fünfzig-Cent-Stück neben die Rechnung. »Stimmt so«, hätte er jetzt eigentlich sagen wollen, aber natürlich traute er sich wieder nicht. Also wartete er stumm, bis die Kellnerin nach kurzem Zögern dreißig Cent aus ihrer Geldtasche gefischt und auf die Rechnung gelegt hatte und gegangen war, und stellte sich dabei ihre ungläubige Miene vor.

Er blickte zur Uhr, und sein Herz pochte stärker. Verdammt, gleich war es so weit. Dann würde es sich zeigen. Dann musste er etwas zeigen.

An der Garderobe, in Blickrichtung, hing sein schwarzer Mantel. Er war ihm ein wenig zu groß, aber nicht so sehr, dass es komisch wirkte. Gerade so viel, dass er seine Gestalt vollkommen verbarg, wenn er den Gürtel geöffnet ließ. In der Plastiktüte auf dem Stuhl neben ihm, die er mit schweißnasser Hand umkrampft hielt, waren die übrigen Utensilien: Pudelmütze, dunkelblauer Schal, schwarze Sturmhaube. Zwei weitere Plastiktüten, für alle Fälle. Und natürlich die …

Ein breiter Schatten fiel auf seinen Tisch. »Darf ich mich einen Moment zu Ihnen setzen?«

Nein! Natürlich nicht! Warum auch, waren denn etwa nicht genügend andere Tische frei? Außer ihm und diesem Neuankömmling war doch kein einziger Gast im Raum. Also bitte … Außerdem musste er jetzt los. Noch nicht jetzt sofort, aber doch bald. Langsam wurde es Zeit.

Aber wie immer waren seine Lippen paralysiert. Einzig ein Auf- und Niederschlagen der Augenlider brachte er zustande, und das konnte man zur Not sogar als »Ja« missdeuten.

»Danke«, sagte der Mann und nahm auf dem Stuhl ihm gegenüber Platz.

Mist, dachte Marcel, während der Mann der Kellnerin zunickte, die ohnehin schon auf dem Weg zu ihrem Tisch war. Mist. Gerade war es noch sein Tisch gewesen.

»Nehmen Sie auch noch Tee?«

Ach herrje, die Frage hatte ihm gegolten. Mit Verspätung klappte er den Mund auf, aber da hatte sich der Fremde schon wieder der Schwarzhaarigen zugewandt: »Tee ostfriesisch, für zwei Personen, bitte.«

»Kommt sofort.« Die Kellnerin lächelte. Ihn hatte sie vorhin nicht angelächelt, weder beim Bestellen noch beim Servieren. Na, er war's ja gewohnt.

Verstohlen blickte er hoch. Der füllige Mann auf der anderen Seite des Tischchens hatte imposante Schultern, die in einem nicht mehr ganz taufrischen grauen Sakko steckten, ein rundes Gesicht und stoppelkurze helle Haare. So um die fünfzig mochte der Typ sein, schlecht rasiert, und auch er lächelte freundlich. Schnell fixierte Marcel wieder das Tischtuch.

»Ich hoffe doch, ich störe Sie nicht«, sagte der Unbekannte.

Reflexartig schüttelte Marcel den Kopf, dann zuckte er mit den Schultern und deutete einen Griff zur Armbanduhr an. Herrgott, er musste los.

»Ach ja, der Stress«, sagte der Breitschultrige. »Kann ich gut nachvollziehen. Dabei sollte dies doch die Zeit der Ruhe und Besinnung sein, stimmt's? Stattdessen rennen alle noch mehr als sonst. Rennen hierhin, rennen dorthin. Rennen sich noch gegenseitig über den Haufen, nicht wahr? Manchmal ist es wirklich kurz davor.«

Sein Lachen klang rau, wie ungeübt.

»Weihnachten«, fuhr der Mann fort, »früher war das wirklich etwas Heiliges für mich. Wohlgemerkt, ich bin zwar christlich erzogen, aber tatsächlich gläubig war ich nie. Ich will immer Erklärungen, Beweise, Motive. Diese ewigen metaphysischen Hüpfer in der Argumentationskette, wenn da wieder einmal einer von den Vordenkern nicht weitergewusst hat – nee, das ist nicht mein Ding. Und dann diese kriminelle Vergangenheit!«

»Was?« Marcel zuckte zusammen. Und gleich noch einmal, weil er das Wort ungewohnt laut ausgesprochen hatte.

»Na, ist doch wahr. Was ist denn passiert mit der

menschlichen Entwicklung kurz nach Christi Geburt? Mit den Errungenschaften der Antike, mit all dem bereits vorhandenen Wissen, zum Beispiel in der Astronomie, der Biologie oder der Medizin? Verschüttet wurde es! Verleugnet, vergessen – verbrannt. Ja, verbrannt. Und die Menschen, die noch ein bisschen von diesem Wissen besaßen und es praktizierten, gleich mit. Wahrhaft finster, das Mittelalter! Mehr als ein Jahrtausend lang, das muss man sich einmal vorstellen. Und warum? Weil über allem ein stinkiger Pfaffenrock hing und alles verdüsterte.«

Der Stoppelhaarige unterbrach sich, weil der Tee kam. Mit zufriedenem Gesichtsausdruck musterte er die Kellnerin, die ein Messingstövchen, eine rot geblümte Teekanne, zwei dazu passende, hauchdünne Porzellantassen, Sahnekännchen, eine Schale mit Kluntjes und zwei Teller mit Anisgebäck auf dem Tisch verteilte, ebenfalls mit einem zufriedenen Ausdruck im Gesicht. Menschen mögen es, wenn sie beachtet werden, dachte Marcel, der den Blick ein wenig mehr als sonst gehoben hatte. Warum nur war das bei ihm anders? Warum musste er sich immer ärgern, weil alle ihn übersahen, oder aber er versank vor Scham im Erdboden, weil irgendwelche Leute ihn anstarrten?

Die Schwarzhaarige ging, und der Mann wandte sich wieder ihm zu. Marcel nahm ein Paar wasserblauer Augen wahr, ehe er seine Lider wieder senkte.

»Nun kann man natürlich sagen, jaha, das waren ja die Katholiken, aber wir sind evangelisch, was geht uns das an«, fuhr der Unbekannte fort. »Aber die Kriminalgeschichte des Christentums geht auch nach der Reformation weiter. Nehmen wir doch mal die deutschen Bauern. Unterdrückt wurden sie damals, gegen Ende des Mittelalters, ausgebeutet und gequält bis aufs Blut, buchstäblich. Klar, dass sie irgendwann rebellierten. Und was macht Luther? Fällt ihnen in den Rücken! Behauptet, man dürfe weltliche Vorstellungen von Freiheit nicht mit der Bibel begründen. Toll, was? Er selber soll ja nicht so schlecht gelebt haben. Und während er sich seine berühmten Sorgen um die eigene Verdauung machte, wurden die Bauern von den Landsknechten der Fürsten zu Tausenden abgeschlachtet. Ach, gehen Sie mir weg mit den Kirchen!«

Der Mann ließ einen dicken Kandis in seine Tasse plumpsen, schenkte erst Marcel, dann sich selbst Tee ein, lauschte einen Moment auf das typische Knistern des Kluntjes und genehmigte sich einen großzügigen Schuss Sahne. Marcel war nicht sicher, ob er seinen Tee noch trinken sollte. Nachher schlug ihm die ungewohnte Menge womöglich auf die Blase, und dann stand er da, Schal und Mütze im Gesicht, das Ding in der Hand, und musste plötzlich dringend zum Klo! Peinlich, peinlich. Aber einfach so stehen lassen konnte er den Tee auch schlecht, schließlich musste er in den nächsten Minuten los, sonst war es wirklich zu spät.

Kurz entschlossen nahm er noch mehr Sahne als der Fremde, rührte völlig ritualwidrig um und spitzte die Lippen. Runter mit dem Zeug, so heiß und so schnell es eben ging.

»Und das geht immer noch so weiter, bis heute.« Der Mann griff nach einem Anisplätzchen und schob es sich in den Mund. »Was war denn während der Nazizeit? Klar, einige Mutige gab es in den beiden christlichen Kirchen, aber das waren Ausnahmen. Der Rest – Duckmäuser, Anpasser, Mitläufer. Und Schlimmeres. Ich wette, viele waren froh, dass ihnen die Konkurrenz endlich vom Hals geschafft wurde.«

»Konkurrenz?« Marcel ärgerte sich über seinen Einwurf. Er hatte keinerlei Interesse daran, dieses Gespräch auch noch in die Länge zu ziehen, aber das eben hatte er einfach nicht verstanden. Ohne es eigentlich zu wollen, nahm er sich ebenfalls von dem Gebäck. Es schmeckte nach Anis. Genau wie früher.

»Na, die Juden!« Für den Breitschultrigen schien das vollkommen offensichtlich zu sein. »Diese Kirchenheinis waren doch schon immer dafür, ihre sogenannte Botschaft der christlichen Nächstenliebe mit Feuer und Schwert zu verbreiten. Und Gas ist ja auch nur eine Vorform von Feuer, was? Zumal das Feuer dann ja auch noch ins Spiel kam.«

»Sind Sie da nicht etwas zu hart in Ihrem Urteil? Und zu pauschal?« Schnell senkte Marcel seinen Blick wieder in die Tasse. »Schließlich haben unter den Nazis fast alle einfach nur die Klappe gehalten, sie haben eben mitgemacht. Zu viel Mut wäre ja doch lebensgefährlich gewesen.«

Der Fremde grinste. »Klar, ich bin hart und pauschal, aber dazu habe ich auch gutes Recht. Weil, wenn die wollten, diese Christen, dann konnten sie schon etwas unternehmen. Als zum Beispiel in Vechta, das ist in Südoldenburg, ganz schwarze Ecke, also als die Nazis da anordneten, in allen Klassenzimmern die Kruzifixe von den Wänden zu nehmen, da haben sich die Kirchenfuzzis gemuckt. Aber nicht zu knapp. Und was war? Sie haben sich sogar durchgesetzt! Da sind die heute noch stolz drauf. Von wegen, jeder Widerstand, jedes Zeichen von Mut sei lebensgefährlich gewesen seinerzeit. Aber als ihre jüdischen Nachbarn abgeholt und umgebracht wurden, da haben die Christen von Vechta natürlich nicht protestiert. War ja auch die andere Fakultät.« Der Mann schüttelte sich angeekelt.

Marcel hatte ein Anisplätzchen und seine erste Tasse

Tee geschafft. Der Fremde ignorierte seine zaghaft abwehrende Handbewegung und schenkte nach.

»Wie kamen wir denn eigentlich auf dieses Thema?«, fragte er. »Ach ja richtig: Weihnachten!« Jetzt lächelte er wieder. »Für mich war das immer – sagte ich ja schon. Obwohl meine Familie überhaupt nicht kirchlich war, bis auf die eine Oma, aber die hat es immer so übertrieben, dass sie als Vorbild ausfiel. Wir anderen gingen nur einmal im Jahr zur Kirche, oder vielmehr ins Gemeindehaus, so wie viele andere auch. Vielleicht war es ja auch das: Zu Weihnachten etwas tun, was man sonst nie tut. Die Besonderheit eben. So etwas beeindruckt einen als Kind. Das vergisst man nicht.«

Marcel wusste noch genau, was ihn immer zu Weihnachten beeindruckt hatte, als Kind. Dass seine Eltern sich jedes Jahr aufs Neue in die Haare gekriegt hatten. Zu wenig Geld, zu viel Arbeit, zu hohe Ansprüche an sich selbst. Dass es alle Jahre wieder am 24. Dezember spätestens um die Mittagszeit geknallt hatte, immer mit Geschrei, gelegentlich auch mit Schlägen, von denen auch für ihn etwas abfiel. Mutter pflegte dann zu heulen, Vater zu flüchten und zu saufen. Abends standen alle trotzdem frisch gewaschen und scheinheilig froh um den Baum herum, sangen schwülstige Lieder und aßen die frischen, knusprigen Anisplätzchen, bei deren Zubereitung sich seine Mutter regelmäßig die Finger verbrannte. Verfluchtes Fest.

»Ach ja, Kinder. Mit Kindern ist Weihnachten überhaupt erst Weihnachten.«

Marcel glaubte, einen Dolch in seiner Brust zu spüren.

»Haben Sie Kinder?«

Der Dolch wurde herumgedreht. Einmal, zweimal.

»Ich habe Kinder«, sagte der Fremde. »Zwei Töchter. Sind schon groß. Rufen zu Weihnachten höchstens noch an. Schätze, die haben demnächst eigene Kinder. Dann geht's mit Weihnachten wieder von vorne los.«

Einmal, ein einziges Mal, hatte Marcel mit Alexander und Barbara Weihnachten gefeiert. Der Christbaum hatte direkt neben ihrem Bett gestanden, anderswo war kein Platz gewesen in dieser schäbigen kleinen Dachwohnung. Barbara hatte nach traditioneller Art Anisplätzchen gebacken, Alexander war ein kleines, strampelndes Bündel gewesen, das noch nicht einmal krabbeln konnte, und sie hatte darüber gesprochen, wie sie im nächsten Jahr den Baum vor ihm in Sicherheit bringen konnten.

Wo er selbst ein Jahr später sein würde, darüber hatten sie sich keine Gedanken gemacht. Nur darüber, dass er als Lagerarbeiter auf Dauer keine Familie ernähren konnte, jedenfalls nicht anständig. Nicht, dass Barbara ihn unter Druck gesetzt hätte – das hatte er schon selber besorgt. Auto, Urlaub, mehr Platz, Herrgott, andere hatten das doch auch.

Dann hatte er erkannt, dass man als Lagerarbeiter durchaus seine Möglichkeiten hatte. Sollte er oder sollte er nicht? Etwas in ihm hatte sich dagegen gesträubt. Aber andere nutzten diese Möglichkeiten doch auch.

Mut, Kleiner, hatten sie zu ihm gesagt. Nur Mut! Das klappt schon. Hat doch immer geklappt.

Bei ihm klappte es natürlich nicht. Und als sie ihn dann am Haken hatten, da war er es natürlich schon immer gewesen, angeblich seit Jahren, Gesamtschaden in sechsstelliger Höhe. Die anderen sagten übereinstimmend aus, ihm glaubte natürlich keiner. Man stufte ihn als gewohnheitsmäßigen Serientäter ein. Also fuhr er ein in den Bau, obwohl er nicht einmal vorbestraft war.

Während der Monate im Knast hatte er Zeit genug zum Nachdenken gehabt. Zuerst hatte er sich nur über

Barbara und Alexander Gedanken gemacht, dann darüber, warum sie ihn nie besuchen kamen. Die Antwort fiel nicht schwer. Seine Frau hatte ihr Leben noch vor sich – was sollte sie mit einem Klotz am Bein wie ihm? Und der Kleine, er würde sich schnell an einen neuen Papa gewöhnen. Bestimmt brauchte er gar nicht mehr bei Barbara anzuklopfen.

Es sei denn …

Mut, hatte er sich gedacht. Zeig endlich mal Mut. Mach etwas, womit sie nicht rechnen bei dir. Was Großes. Zieh dich an den eigenen Haaren aus dem Sumpf, beweise, dass du Frau und Kind mehr bieten kannst als zwei zugige Zimmer unterm Dach mit Schimmel an den Wänden. Dann, dann kannst du es noch einmal versuchen. Dann kannst du noch einmal anklopfen.

Und darum saß er jetzt hier.

Himmel, fast halb! Jetzt war es wirklich kurz davor. Er knallte seine halbvolle Tasse auf die Untertasse, schnappte sich die Plastiktüte und sprang auf. »Ich muss los«, stieß er hervor, »vielen Dank, aber …«

»Wissen Sie, wo ich heute war?«, fragte der Fremde. »Bei Ihnen zu Hause.«

Marcel erstarrte. »Was?«, krächzte er.

»Bei Ihnen«, wiederholte der Mann. Sanft, aber nachdrücklich fasste er ihn bei den Unterarmen und dirigierte ihn zurück auf seinen Stuhl. »Im Treppenhaus. Da hat's übrigens gut gerochen, nach Anis, glaube ich. Ihre Frau kam gerade vom Einkaufen zurück. Der Kleine war mit. Kann schon sehr gut laufen.«

»Woher …«

Der Breitschultrige unterbrach ihn mit erhobener Hand: »Unwichtig. Wichtig ist, dass Ihre Frau auf Sie wartet, verstehen Sie? Da ist niemand sonst. Nur sie und Ihr Sohn.«

»Aber warum hat sie nie …« Wieder brach er ab, die Augen weit aufgerissen, seinen Blick in den des Fremden gehakt. »Nicht ein einziges Mal hat sie mich besucht«, stieß er hervor.

»Sie hat nicht den Mut gehabt«, sagte der stoppelhaarige Mann.

Eine Turmuhr schlug. Einmal, zweimal drang der Glockenton zu ihnen ins Café, gedämpft durch die Fensterscheiben, an denen schmelzende Flocken bizarre Tränenmuster bildeten. Das Schneetreiben hatte beträchtlich zugenommen.

»Halb«, murmelte Marcel. »Sie machen zu.«

Tatsächlich erlosch im selben Augenblick die Eingangsbeleuchtung der Filiale schräg gegenüber. Nur die Schaufensterauslagen blieben angestrahlt. »Wir sind immer für Sie da«, versprach ein großes Schild. Es zeigte die lachenden Gesichter hübscher jugendlicher Menschen, Vater, Mutter und Kind, umgeben von bunten Sparschweinen. »Ihre Verbraucherbank.«

»Zu spät«, sagte er.

»Nein«, sagte der Fremde, »ganz im Gegenteil. Jetzt ist genau der richtige Augenblick. Gehen Sie los, jetzt, auf der Stelle! Die beiden warten auf Sie. Haben Sie den Mut!«

Marcel starrte den breiten Typen fassungslos an. Wer zum Teufel war das – der Weihnachtsmann? Figürlich kam's ja hin, aber wo war der Bart? Einen Moment lang war er wie betäubt, dann erhob er sich, die Plastiktüte in der Hand.

Der Unbekannte nahm sie ihm weg, öffnete sie, schaute hinein, schüttelte den Kopf, nahm Mütze und Schal heraus und warf sie ihm zu: »Hier. Und vergessen Sie Ihren Mantel nicht. Draußen ist es kalt.« Die Tüte behielt er.

Draußen war es sogar bitter kalt, trotzdem schloss Marcel seinen Mantel erst, als sein Pullover bereits durchnässt war. Auch auf seinem Gesicht schmolzen die Flocken, eiskalte Tropfen perlten ihm in den Hemdkragen. Er spürte es kaum. Mut, dachte er und nickte. Ich muss den Mut haben, zu ihr zu gehen. Zu ihnen. Alles andere wird sich finden.

Er begann zu lächeln. Das hatte er schon lange nicht mehr getan.

»Wünschen Sie noch etwas?« Die Schwarzhaarige hatte jetzt mehr zu tun, denn das Wetter trieb ihr die Kundschaft in Scharen zu, trotzdem schenkte sie dem stoppelhaarigen Herrn noch einen freundlichen Blick extra. Der Mann war ihr sympathisch, irgendwie passte er zur Jahreszeit, so rein vom Typ her. Warum wohl?

»Ja«, sagte der Mann, »bringen Sie mir doch bitte ein Bier. Ich habe fürchterlichen Durst. Das kommt davon, wenn man sich den Mund fusselig redet. Wissen Sie, manchmal darf man einfach nicht damit aufhören.«

Sie nickte verständnisvoll: »Dann war das vorhin wohl ein Kunde von Ihnen?«

Er lachte. »Wie man's nimmt. Früher hatte er mehr mit Kollegen von mir zu tun. Vorhin war er wohl drauf und dran, mein Kunde zu werden. Aber ich schätze, daraus wird jetzt nichts mehr.«

»Ach, schade«, sagte die junge Frau. »Dann hat sich Ihre ganze Mühe ja gar nicht gelohnt.«

»Oh doch«, sagte der Mann. »Das hat sie. Da bin ich sicher.«

Sein Handy ertönte. »Entschuldigung.«

»Macht nichts«, sagte die Kellnerin, »ich habe sowieso zu tun. Ihr Bier kommt gleich.«

Der Breitschultrige schaltete das Mobiltelefon ein:

»Hauptkommissar Stahnke.«

»Kramer hier«, ertönte die Stimme seines Kollegen. »Passt es gerade?«

»Es passt«, sagte Stahnke aufgeräumt, »bin sowieso gerade fertig geworden.«

»Und? Hat sich Ihr Verdacht denn bestätigt?«

»Wie man's nimmt«, sagte Stahnke. »Sowohl ja als auch nein. Aber passiert ist nichts.«

»Na Gott sei Dank«, sagte Kramer. »Wie haben Sie das denn hinbekommen?«

»Ach«, sagte Stahnke, »das war nicht schwer. Ich habe nur ein bisschen Lieber Gott gespielt.«

# BLUTSTROPFEN
# IM SCHNEE

»Jedes Jahr der gleiche Mist!« Karen verdreht ihre Augen. »Geburtstag am 19. Dezember! Wie soll man denn da eine richtig geile Fete abziehen? Mann, Papa, was habt ihr euch bloß dabei gedacht! Hättet ihr mich nicht ein bisschen besser timen können?«

Klunderburg linst ungerührt über Brille, Becherrand und *Bildzeitung*. »Mama hätte auch gleich die Pille nehmen können. Oder ich einen Präser. Dann hätten wir uns eine Menge Stress erspart.«

Seine mittlere Tochter schnappt nach Luft; der Konter hat gesessen. Ihr empörungsgerundetes Mündchen wird aber gleich wieder von einem Lächeln in die Breite gezogen, denn eigentlich versteht sie sich gut mit ihrem Vater. Also streckt sie ihm die Zunge raus. »Ist doch wahr«, klagt sie. »Da wird man schon mal siebzehn, und was ist? Alles quatscht nur von Weihnachten. Hallo? Wo bleibe ich?«

Klunderburg lächelt. Als ob seine bildhübsche Tochter nicht ausreichend im Mittelpunkt stünde, wann und wo immer sie will! Manchmal wird ihm das direkt zu viel. Hätte ich einen Jungen, denkt er, dann müsste ich auf den aufpassen. Als Vater von Mädchen muss ich auf alle Jungen aufpassen. Aber natürlich meint er das nicht wirklich. Unheimlich stolz ist er auf seine drei Töchter, eine hübscher als die andere, alle drei klug und talentiert. Und ziemlich verschieden. Karen ist temperamentvoll und reizbar, ihre ältere Schwester

Thea nachdenklich und liebevoll. Kirsten, das 15-jährige Nesthäkchen, ist offensiv und kontaktstark. Sie wickelt ihren Vater jederzeit in kleinen Windungen um den Finger.

»Der Sohn vom Pastor hat sogar am 24. Dezember Geburtstag«, versucht Klunderburg Karen zu trösten.

»Echt? Ist ja wohl voll übertrieben.«

Klunderburg muss sich das Lachen verbeißen. »Mach doch so 'ne Motto-Fete«, schlägt er vor. »Wer kommt, muss sich verpflichten, das böse Wort Weihnachten nicht in den Mund zu nehmen. Sonst ein Euro ins Phrasenschwein. Oder so.«

Karen verzieht den Mund. »Was Kindischeres fällt dir wohl nicht ein?« Aber der Gedanke hat etwas ausgelöst. Es funkt, und eine Idee beginnt Formen anzunehmen. Ja, so könnte es gehen, denkt Karen. Natürlich nicht so brav, wie Papa sich das vorstellt. Aber das muss er ja nicht wissen.

»Wieso kindisch?« Klunderburg beginnt, seinen eigenen Faden zu spinnen. »Du machst was Nettes zu essen, natürlich völlig unweihnachtlich. Glühwein oder Punsch darf es auch nicht geben, logo, und natürlich auch keine weihnachtliche Musik.« Seine eigene Idee gefällt ihm sichtlich.

Karen grinst. Glühwein! Weihnachtslieder! Was sich der Alte bloß denkt. Neulich, als eine Freundin siebzehn geworden ist, hat sie dort vier Bier getrunken und sechs steife Cola-Korn und ist trotzdem ganz easy nach Hause geradelt. Mama ahnt längst, was ihre Mittlere so wegpichelt, aber die hält dicht. Papa hat überhaupt keinen Blassen. Der denkt echt, sie wäre so abstinent wie Thea, die Brave, die höchstens mal einen Amaretto-Apfelsaft trinkt, aber nur, wenn sie nachher nicht noch ans Steuer muss.

Kirsten kommt in die große Wohnküche geschlurft, barfuß und mit nichts am Leib als Minischlüpfer und Papas altem T-Shirt. Ernie und Bert als Blues Brothers, cool. Sie fläzt sich auf ihren Stammplatz, zieht die langen Beine an und mischt sich ein Müsli, dass die Flocken über den Esstisch stieben. Es ist Samstag, keine Schule, und auch Papa muss ausnahmsweise nicht arbeiten. Mama ist längst weg, einkaufen, und auch Thea ist schon auf Termin. Sie schreibt nebenbei für die Sonntagszeitung. Alle veräppeln sie damit, dass sie von der Tageszeitung zu diesem Käseblatt gewechselt ist, aber wenn ihr Name dann fünfmal in einer Ausgabe steht, sind sie doch irgendwie stolz. Sogar eine eigene Serie hat Thea schon, echt stark.

»Weißt du was, Papa«, sagt Karen unvermittelt. »Als Wiedergutmachung kannst du mir ja etwas schenken.« Sie zwinkert ihrer Schwester heimlich zu. Die hat ihre Antennen längst aufgestellt.

»Wieso? Wiedergutmachung?« Klunderburg ist einen Moment perplex. Das passiert ihm nicht oft; als Anlageberater muss er jeden Braten riechen, noch ehe er in die Röhre kommt. Das kann er, sonst könnte er seiner Familie nicht das riesige Haus und diesen Lebensstil finanzieren. Auch jetzt steht er nicht lange auf der Leitung. »Ach, du meinst deinen Zeugungstermin? Dafür willst du entschädigt werden? Das nenne ich dreist!« So, wie er lächelt, scheint das keine ernsthafte Kritik zu sein. »Und was willst du?« Die Geschenke sind längst besorgt, aber wenn seine Karen noch einen Wunsch hat …

»Einen Abend sturmfrei!« Sie beugt sich halb über den Tisch, ihre Augen leuchten. »Fahrt an meinem Geburtstag einfach weg, Mama und du. Bis nächsten Mittag, punkt zwölf. Bis dahin sind alle Spuren beseitigt.« Uups, das hätte sie jetzt nicht sagen sollen. Umso herzlicher strahlt sie ihren Vater an.

»Sturmfreie Bude, hm?« Klunderburg ist skeptisch. Er weiß, dass andere Kinder viel mehr Freiheiten genießen als seine, dass manche Eltern ihre Bratzen schon mit fünfzehn, sechzehn Jahren um die Häuser ziehen lassen, hackenstramm und ohne Zeitlimit, und gerade mal die Achseln zucken, wenn ihnen die Polizei ihre volltrunkenen Früchtchen frei Haus liefert. Gott sei Dank bin ich nicht so, denkt Klunderburg. Auch seine Kinder sind nicht so. Nicht übermäßig artig, keine langweiligen Außenseiter, aber er kann sich immer auf sie verlassen. Dafür haben die sich auch mal etwas verdient. Aber gleich das ganze Haus, ohne Aufsicht?

Sein Zögern ist wie eine offene Flanke. Sofort setzt Karen nach. »Da kann überhaupt nichts passieren, echt! Wir laden nur vernünftige Leute ein, keine Chaoten und Hartsäufer. Höchstens zehn insgesamt. Oder vielleicht zwölf, ohne uns. Wir sorgen dafür, dass alles klar geht, und räumen nachher auf.«

»Klar, verlass dich drauf!« Kirsten pflichtet ihrer Schwester bei, erstklassig getimt. »Ich helfe mit. Beim Vorbereiten und beim Saubermachen. Ihr könnt ja so lange eine Runde Golf spielen.« Sie tätschelt die haarige Hand ihres Vaters, dessen innerer Widerstand schmilzt und schwindet.

»Golf! Im Dezember! Was du wohl glaubst.« Klunderburg schüttelt den Kopf. »Und was ist, wenn einer aus der Rolle fällt? Ein Bier zu viel trinkt und so?« Ein letztes Aufbäumen seiner Bedenken.

Das von Kirsten lässig abgeblockt wird. »Dafür haben wir doch Manuel und Thorsten! Die kümmern sich schon darum. Falls es nötig wird, was ich nicht glaube.« Manuel ist Karens Freund, ein Sportler mit ehrfurchtgebietenden Oberarmen. Und Thorsten, der Freund von Thea, ist ein wahrer Kleiderschrank, dem man nicht ansieht, dass er keiner Spinne etwas zuleide tut.

Klunderburg seufzt und kapituliert. »Na gut, wenn ihr meint. Dann verbringen Mami und ich den Abend eben in Hamburg. Mal gucken, ob ich noch Theaterkarten und ein vernünftiges Hotel kriege.« Er breitet die Arme aus und lässt sich mit Knuddeln und Küssen belohnen. Dann verlässt er die Küche.

»Danke«, sagt Karen. »Gute Idee, die Jungs ins Spiel zu bringen. Dass Manuel an dem Abend gar nicht in Leer ist, sondern auf Seminar in München, geht ja keinen was an. Aber vielleicht kommt stattdessen dein Fabian, der hat ja auch Format.«

»Wer ist Fabian?« Kirsten verzieht den Mund. Sie wechselt zur Zeit ihre Freunde schneller als die Haarfarbe. »Mal gucken, sind ja noch ein paar Tage bis dahin. Auf jeden Fall kommt Lioba.«

»Gott! Diese Zicke?!« Auf Lioba ist Karen nicht gut zu sprechen. Aber ohne die beste Freundin ihrer kleinen Schwester wird es nicht gehen. Nicht, wenn sie weiter auf Kirstens Unterstützung hoffen will. »Hoffentlich stinkt die nicht wieder wie ein ganzes Chemiewerk.«

Die Haustür klappt; Thea ist vom Termin zurück und kommt in die Küche, einen Tee holen.

Schnell bringen ihre Schwestern sie auf den Stand der Dinge.

Sie freut sich. »Fein. Ich kümmere mich ums Essen, einverstanden? Vielleicht mal was anderes als Nudelsalat und Baguette. Wie wär's mit Milchreis? Den mögen wir doch alle. Ich kenne mindestens ein Dutzend Rezepte. Wir könnten ein ganzes Milchreis-Büffet aufbauen!« Sie streicht sich die langen brünetten Haare aus dem Gesicht; ihre Augen funkeln vor Begeisterung.

»Mach du nur«, sagt Kirsten; es klingt ein wenig abfällig. »Ich kümmere mich um die Getränke.« Hinter Theas Rücken macht sie Karen Zeichen. Ein Rechteck? Ach, der Perso! Ohne den Ausweis der älteren Schwester wird sie keinen harten Alk bekommen, höchstens an der Tanke von dem liberalen Gierschlund, nur führt der vor allem Penner- und Schülerbedarf, nicht die guten Sachen. Aber der Perso ist kein Problem, den wird Karen schon beschaffen. Ähnlich genug sehen die Schwestern sich.

»Sorg auch dafür, dass Thorsten sich den Abend freihält«, trägt sie Thea noch auf.

»Thorsten? Der hat Nachtdienst«, sagt die. »Leider. Aber nett, dass du an ihn gedacht hast.«

Karen runzelt die Stirn und wirft Kirsten einen fragenden Blick zu. Aber die winkt leichthin ab. Egal, das klappt schon, soll das wohl heißen.


Liobas Laptop steht auf einer alten Frisierkommode. So kann sie sich in dem dreiteiligen Spiegel betrachten, ohne den Chat mit ihren Freundinnen zu unterbrechen. Sie räkelt sich lasziv, fährt sich mit allen Fingern durch die gesträhnten Haare und lässt die Armreifen klimpern. Seit der Kunststunde letzte Woche weiß sie, dass ein Triptychon keine Geschlechtskrankheit ist. Im Spiegel ist *sie* das schärfste Triptychon aller Zeiten, findet sie. Schade, dass das Ding keine Fotos macht.

Ihre Finger fliegen über die Tastatur; wie immer hat sie mehrere Programme gleichzeitig geöffnet, führt vier Unterhaltungen parallel und aktualisiert zwischendurch ihre Einträge in diversen Netzwerken. Zwei Handys liegen griffbereit, eins davon verkündet piepsend den Eingang einer SMS. Lioba ruft sie mit routiniertem Daumen ab, tippt dabei mit der anderen Hand weiter.

Aha, von Kirsten. Party Freitagabend? Cool. Schwester hat Geburtstag, soso. Welches Outfit ist da angesagt? Im Kopf geht sie den Inhalt ihrer Schränke durch. Das neue Top vielleicht, darin sieht sie verboten sexy aus.

Noch eine SMS, wieder Kirsten. Wie, kleiner Kreis, vor allem Mädchen? Wessen Idee war das denn? Das wollen wir doch mal sehen, denkt Lioba und lässt das Fenster der IRC-Galerie aufpoppen. »Houseparty bei den drei Grazien, Freitagabend heavy action!« Und das Ganze gleich nochmal auf Facebook. Das wird den kleinen Kreis schon vergrößern. Damit sich das sexy Top auch lohnt.

Thea wischt sich die Hände an Mamas geblümter Schürze ab. Ihr Pferdeschwanz wippt, ihre Wangen glühen. Dieses Milchreis-Büffet ist eine großartige Idee gewesen, findet sie, während sie die verschiedenen Kreationen auf dem Sideboard anrichtet. Milchreis klassisch mit Äpfeln, Birnen und Nektarinen, natürlich auch mit Kirschen, Duft-Milchreis mit Rohrzucker, Kardamom, einer Vanilleschote und etwas Rosenwasser, Milchreis portugiesisch mit Salz und Zitronenschale, gebackener Milchreis, Milchreis mit Couscous und Banane, Milchreis mit Vanillepudding. Was für eine Auswahl! Sogar Milchreis-Muffins hat sie gebacken, ein ganz besonderer Clou. Für Traditionalisten gibt es natürlich auch Milchreis mit Zimt, Zucker und zerlassener Butter. Zum Warmhalten der Butter hat sie eigens das alte Messingstövchen rausgesucht und gewienert. Alles andere schmeckt auch kalt, davon hat sie sich in selbstlosen Selbstversuchen persönlich überzeugt. Sie lacht hell auf – jetzt denkt sie sogar schon in zeitungsfähigen Formulierungen!

Hoffentlich hat sie die Selbstversuche nicht übertrieben. Prüfend fährt sie sich mit gesäuberten Handflächen über Taille und Hüften. Nein, ihre Figur ist tadellos. Aber sie ist ja auch sehr aktiv in letzter Zeit. Vor allem für ihre Serie. Auch darin geht es darum, Neues auszuprobieren. Je exotischer, desto besser. Selbsterfahrung betreiben und die Leser daran teilhaben lassen. Darin ist sie richtig gut, sagt ihre Chefin. Theas Serie ist inzwischen Kult in Leer. Ihre Wangen glühen noch stärker.

Die Schüssel mit dem klassischen Milchreis sieht ein wenig langweilig aus, da fehlt ein Farbkontrast. Thea platziert ein paar pralle Kirschen, träufelt Saft darüber. Schon besser, findet sie, rot auf weiß, richtig dramatisch, wie Blutstopfen im Schnee. Na, jetzt aber nicht übertreiben mit der Schlagzeilendenke!

Karen und Kirsten kommen herein, schon für die Party gestylt. Was, schon so spät? Thea hastet die Treppe hinauf, um sich auch fertigzumachen.

Kirsten mustert das Milchreisbüffet, verzieht den Mund, raschelt mit großen Chips- und Nachotüten: »Wenigstens wird keiner verhungern.«

Karen grinst: »Und verdursten auch nicht. Dafür hast du ja gesorgt.« Sie streckt eine Hand aus, Fläche nach oben: »Rück mal Theas Perso wieder raus, sonst vergisst du den noch.«

»Als ob die den bräuchte, hat doch den Führerschein. Und ihren tollen Presseausweis.« Kirsten leidet unter dem Altersvorsprung ihrer Schwestern, den sie seit Jahren aufzuholen versucht. Nur ungern trennt sie sich von dem hilfreichen Dokument. Bei *Multi* an der Kasse ist es heute Nachmittag Gold wert gewesen. Verdursten wird sicher keiner, da hat Karen ganz recht. Sie weiß gar nicht, wie recht.

»Lioba? Was für 'n affiger Name ist das denn? Is' die 'n Ölauge oder was?« Lars schaut Leon über die Schulter, während der am PC seine IRC-Kontakte abcheckt. Als er die Fotos sieht, bleibt ihm fast die Luft weg. »Boa, Alter! Die hat aber 'n Paar echt geile Ohren.« Er krümmt beide Hände in Brusthöhe, als müsste er Melonen schleppen.

Leon rülpst anhaltend. »Is' nicht übel«, sagt er dann herablassend. »War mal meine Ficke. Hat's wohl drauf, nervt aber nach 'ner Weile. Versuch's doch mal. Die is' 'n richtiger Wanderpokal.«

»Na super. Und du meinst, da häng' ich mein gutes Stück auch noch mit rein?« Lars beugt sich vor, liest angestrengt. »Was heißt das denn, die drei Grazien? Noch mehr Schlampen?«

»Schön wär's.« Mit einem Seitenblick in den Spiegel prüft er den Sitz seines schräg gefönten und mit viel Haarspray angeklatschten Fransenponys. Seine Nase ist spitz, sein Teint unrein, sein Kinn fliehend, seine Lippen sind stets leicht geöffnet und lassen die Schneidezähne sehen. Manche nennen ihn Ratte. Aber nur die, die kein Dope bei ihm kaufen.

»Wieso?« Lars richtet sich auf. Fast einen Kopf größer als Leon ist er, ebenfalls schlank, aber kräftig. Er betrachtet sich als Leons Partner. Der nennt ihn Muskel, aber nur, wenn er nicht zuhört.

»Weil das drei scharfe Schnecken sind, echte geile Teile. Aber an die kommst du nicht ran. Die Klunderburg-Schwestern, sagt dir das was? Is 'ne andere Flughöhe, Junge.«

Klunderburg! Natürlich sagt Lars das etwas. Aber er tut ganz cool und zuckt die Schultern. »Alle Weiber wollen ficken. Warum die nicht?« Der deutet auf den Bildschirm: »Da steht doch, dass die heute Abend 'ne

Houseparty geben. Gehen wir doch mal hin, dann werden wir ja sehen, was geht.«

Leon tippt sich an den klebrigen Pony. »Glaub' doch nicht, dass die uns da reinlassen! Da musst du eingeladen sein, und bist du das etwa? Hat keinen Zweck, wir blitzen bloß ab.«

Lars bleibt stur. »Von Einladung steht da nichts. Ich sag', wir sind dabei.«

Jetzt dreht sich Leon doch um. »Mann, kapierst du nicht? Da brauchst du schon fünfzig Mann, um ohne Einladung reinzukommen. Oder hundert. Eh, Alter …« Er verstummt, weil er Lars grinsen sieht. Ein aasiges Grinsen. »Was is'? Hast du 'ne Idee?«

»Klar, Alter.« Lars zückt sein Handy. »Hundert Mann, ja? Null Problemo. Ich mach' ein paar Postings. *Heute Abend Party, Open House, frei Saufen.* Twittere das mal. Die werden sich wundern.«

»Alter!« Leon bleibt der Mund noch weiter offen stehen als sonst. Er ist echt beeindruckt.


»Na, das war doch mal was!« Klunderburg ist wirklich angetan, als er das Thalia-Theater verlässt, Arm in Arm mit seiner Frau, und noch ein paar Schritte in Richtung Binnenalster schlendert. *Große Freiheit Nummer sieben,* Nostalgie pur, das Stück hat ihm gefallen. Draußen ist es nicht allzu kalt, vielleicht zwei Grad unter null, gerade richtig, damit der kräftig fallende Schnee auch liegen bleibt. Ihre Schritte knarren in der weißen Pracht. Weihnachtsstimmung kommt auf.

»Wie es wohl zu Hause aussieht?« Frau Klunderburg lässt die Stimmungsblase platzen. »Ob die Kinder alles im Griff behalten? Vielleicht rufen wir doch lieber mal an.« Sie kramt in ihrer sündhaft teuren Handtasche nach ihrem Handy, das sie vor der Aufführung abgeschaltet hat.

Klunderburg legt seiner Frau die Hand auf den Arm. »Lass doch. Was soll das bringen? Wir stören die Mädels nur. Und zeigen ihnen zugleich, dass wir ihnen nicht vertrauen. Tun könnten wir von hier aus sowieso nichts. Man muss auch mal loslassen können! Also komm, lassen wir die Handys aus. Suchen wir uns lieber ein hübsches Lokal, wo wir den Abend schön ausklingen lassen können.«

Seine Frau seufzt, zögert, dann gibt sie nach und nickt. Die Mobiltelefone bleiben ausgeschaltet.

Die Party hat Fahrt aufgenommen. Die hochwertige Anlage im Wohnzimmer gibt ihr Bestes, Musik von Muse und Placebo hallt durch das Klunderburg'sche Haus. Dass ein paar mehr Gäste da sind als eingeladen, stört Karen und Kirsten nicht sehr. Nur Thea zieht die Augenbrauen zusammen. Ein paar dieser Typen hätte sie gar nicht hereingelassen. Aber das hat Lioba besorgt, ohne zu fragen.

Wieder läutet es an der Tür, wieder flitzt Kirstens Freundin durch den Flur, als hätte sie nur darauf gewartet. Stimmen übertönen die laute Musik, durchdringende Stimmen, die Thea Schauer über den Rücken jagen. Lars mustert sie im Vorbeigehen von oben herab aus tiefliegenden, dunkel umrandeten Augen. Leon glotzt sie noch schamloser an, grinst rattig. »Na, Schätzchen? Darfst du denn noch aufbleiben?«, nölt er mit hängender Unterlippe. »Und was ist das? Schonkost für Magenkranke?«

Sie lassen Thea, die gerade das geplünderte Milchreisbüffet aufstockt und als Mitternachtsimbiss herrichtet, stehen und schlurfen ins Wohnzimmer, Leon träge vorneweg – grenzdebil, denkt Thea –, Lars mit gehässigem Ausdruck in seinem Kielwasser. Thea zittert, spürt aufsteigende Tränen und flüchtet die Treppe hoch.

Das Wohnzimmer der Klunderburgs ist weitläufig, wirkt durch den angeschlossenen Wintergarten geradezu riesig. Von dort zieht es kühl herein; Rauchen ist nur auf der überdachten Terrasse erlaubt, die Schiebetür steht halb offen, weil ständig jemand draußen steht, obwohl es kalt ist und schneit.

Lars und Leon werden mit Hallo begrüßt, zurückhaltend von den meisten, umso lauter von anderen. Leon schnappt sich eine halbvolle Wodkaflasche und schlurft weiter zur Anlage. Kommentarlos unterbricht er den Song, der gerade läuft, wirft die CD auf den Boden und schiebt eine mitgebrachte in den Player. »*Hey, was geht ab? Wir feiern die ganze Nacht!*«, dröhnt es jetzt. Lars hat sein Handy gezückt, ist in den Wintergarten gestiefelt und steht in der offenen Schiebetür. Das Telefonat ist kurz. Lars' Grinsen ist noch gehässiger geworden.

Karen zieht Kirsten am Arm beiseite. »Was wollen die denn hier?«, schreit sie ihrer Schwester ins Ohr. »Und was fällt diesem Blödmann ein! Lassen wir uns das etwa gefallen?«

Kirsten zuckt die Achseln. Bisher hat sie es amüsant gefunden, dass die Party etwas anders verläuft als geplant. Wilder, chaotischer, ist doch cool. Aber mit den beiden Neuankömmlingen hat auch sie nicht gerechnet. Sie weiß, womit Leon sein Geld verdient. Und mit Lars hatte sie gestern einen kleinen Zusammenstoß. Auf eine Fortsetzung ist sie nicht scharf. »Aber was willst du machen ohne die Jungs?«, schreit sie zurück. »Rausschmeißen können wir sie schlecht. Lass doch, irgendwann gehen die schon wieder.«

Hinter ihnen klirrt es. Leons Wodkaflasche liegt in Scherben auf dem Parkett. Ein Missgeschick? Sein Lachen klingt nicht danach.

Draußen auf der Terrasse ist plötzlich Bewegung. Die

Tür wird ganz aufgeschoben, Leute drängen herein, mehr als dort zum Rauchen waren. Viel mehr. Ein Dutzend, zwei, drei, und der Strom reißt nicht ab. Jungs überwiegend, die nicht einmal Kirsten kennt. Und solche, die sie nur allzu gut kennt. Dazu ein paar grelle Vollschlampen, solche, die sie auf keinen Fall im Haus haben möchte.

Kirsten drängt sich durch die immer noch anschwellende Menge, rempelt Leute beiseite, schlägt Hände weg, die nach ihr grapschen. Endlich hat sie die Terrassentür erreicht, drückt sie zu wie ein Sieltor bei Sturmflut. Von draußen wird gegen das Glas getrommelt. Da rücken ja immer noch mehr an! Wenigstens kommen die nicht auch noch rein, denkt Kirsten.

Schläge, Tritte, ein lautes Splittern. Die Glastür geht in Scherben. Johlend drängen die Ausgesperrten in den Wintergarten und weiter ins Wohnzimmer. Einer hat sich geschnitten, präsentiert lachend seine triefende Hand, schlenzt Blut über die helle Tapete und das Regal mit Klunderburgs teuren Erstausgaben. »*HEY, WAS GEHT AB?*« Jemand hat die Anlage bis zum Anschlag aufgedreht. Eine Bierflasche zerplatzt schäumend an der Wand, Aschenbecher sausen durch den Raum wie abstürzende Ufos. Jemand benutzt Nachos als Konfetti. Auch Theas Milchreiskreationen werden als Wurfgeschosse missbraucht. Kirsten muss sich ducken, um nichts von dem klebrigen Zeug abzubekommen.

Die Vordertür steht jetzt offen, auch von dort drängen immer neue Jugendliche herein. Über hundert müssen es jetzt schon sein, und der Lärm und das Chaos nehmen immer weiter zu. Karen flüchtet sich mit dem Haustelefon auf die Treppe, drückt mit zitternden Händen Kurzwahlnummern. »*... nicht verfügbar*«, vermeldet die Automatenstimme. Die Eltern haben ihre Handys abgeschaltet. Verdammt, was soll sie jetzt nur tun?

274

»Wir müssen die Polizei rufen.« Thea ist vom oberen Stock her aufgetaucht, greift nach dem Telefon.

Karen ist unsicher. »Das können wir doch nicht machen. Was denken die Leute dann von uns?« Die Schülersolidarität, die jedem auf dem Schulhof eingebläut wird, ist machtvoll präsent. »Niemals petzen!« Dass diese Haltung nur den Mobbern nützt, sieht Karen nicht. Der Reflex funktioniert einfach. Karen zieht Thea das Telefon weg.

»Na toll.« Thea tippt sich an die Stirn. »Siehst du nicht, was diese *Leute* anrichten? Ein paar Minuten noch, dann ist das hier ein einziger Trümmerhaufen! Willst du das etwa unseren Eltern erklären?« Wie zur Bestätigung ihrer Worte hören sie unten etwas krachen und klirren. Klingt nach dem hohen Gläserschrank, denkt Thea und will hastig zurück nach oben, ihr Handy holen.

Ein gellender Schrei stoppt sie, ein Schrei, der durch das Gebrüll der Fetenmucke schneidet wie ein Skalpell durch Sehnen und Fett. Es ist Kirsten, die da schreit. Vom Treppenabsatz können Thea und Karen sehen, dass ein großer Junge ihre jüngste Schwester umklammert hält und mit sich zerrt. Es ist Lars. Kirsten sträubt sich und tritt, Lars schlägt sie brutal ins Gesicht. Die Umstehenden johlen, niemand macht Anstalten, ihr zu Hilfe zu kommen. Lars schleift Kirsten hinter sich her, Richtung Wintergarten, wo die große Couch steht. Der Mob beginnt rhythmisch zu klatschen, zu stampfen. Einige springen, machen Pogo. Thea und Karen schauen einander an, werfen sich ins Getümmel.

Möbel fallen krachend um, weitere Flaschen zerplatzen an den Wänden, leere wie volle. Eier fliegen durch die Luft; jemand muss den Kühlschrank geplündert haben. Dies ist keine Fete mehr, sondern Bambule, verabredet und geplant, wie es aussieht. Die Leute rennen durcheinander, ballen sich zu Headbanger-Rudeln, einzelne stürzen, kreischen, werden gnadenlos niedergetrampelt. Einer reißt ein großes Bild von der Wand, andere tun es ihm nach. Glas knirscht unter Schuhsohlen. Ein Volltrunkener wirft sich gegen das Sideboard mit der Musikanlage, stößt es um, reißt alles zu Boden und fällt mitten hinein, in Kabel verstrickt. Schlagartig bricht das Musikgedröhne ab. Nur das Geheul der betrunkenen Schülermeute ist noch zu hören, untermalt von einem anderen Geräusch, das sich erst jetzt durchsetzen kann. Es kommt von draußen, schwillt auf und ab und wird langsam lauter.

»Die Bullen!«

Eine Massenflucht setzt ein, ebenso brutal und rücksichtslos wie das Zerstörungswerk, das sie beendet. Nur die Volltrunkenen bleiben zurück. Und die, die bewegungslos am Boden liegen.

Das Gäste-WC wird von innen geöffnet. »Wo sind denn alle?« Lioba ist auch nicht mehr sicher auf den Beinen, taumelt durch das verwüstete Wohnzimmer und den Wintergarten. Alles voller Trümmer und Scherben, an den Wänden kleben Bierschaum und Essensreste. Lioba quiekt angeekelt. Dann sieht sie Lars, der auch noch nicht gegangen ist. Er liegt im Wintergarten neben der großen Couch. Jemand hat ihm Milchreis über den Kopf gekippt, Milchreis mit Kirschen anscheinend. Durch die kaputte Terrassentür schneit es herein. An Lars' rechtem Arm hat sich schon eine kleine Schneewehe gebildet, in der ein Golfschläger liegt. Auch er ist vorne mit Reis und Kirschen bekleckert.

»Lars?!«

Lioba erkennt, dass der Milchreis kein Milchreis ist und der Kirschsaft kein Kirschsaft. Sie erinnert sich, dass Leon mal behauptet hat, Lars hätte kein Hirn im Kopf. Das ist offenkundig falsch gewesen. Jetzt stimmt es teilweise.

Als Lioba sich zu übergeben beginnt, verstummen die Sirenen.

»Die Kleine hat einen Schock«, sagt Kramer.

Hauptkommissar Stahnke lässt die Mundwinkel hängen: »Behauptet sie.«

Kramer zuckt die Achseln. »Der Typ hat versucht, sie zu vergewaltigen. Ihre Schwestern bezeugen das. Sowas kann einen schon schocken.«

»Klar«, sagt Stahnke. »Kann es. Vor allem, wenn man den Typen dann eigenhändig erschlägt.«

Die beiden Kriminalbeamten blicken sich um. Ihre Kollegen von der Spurensicherung haben emsig zu tun. Die Leiche ist schon weg, das Chaos noch da. Überall an den Wänden klebt es weiß und rot. Milchreis mit Kirschen, aber nicht nur.

»Falls ja, wäre es Notwehr«, referiert Kramer. »Im Affekt. Aber sie streitet die Tat ab. Ebenso wie ihre beiden Schwestern, die ihr zu Hilfe kommen wollten. In dem Gewühl kamen sie kaum voran, und als sie den Tatort erreicht hatten, war alles schon gelaufen.«

»Behaupten sie«, sagt Stahnke.

»Tja«, sagt Kramer. »Und keiner behauptet etwas anderes. Alle, die sich beim Eintreffen unserer Kollegen hier im Haus aufhielten, waren entweder volltrunken oder bewusstlos oder beides. Bis auf das Mädel, das zur Tatzeit auf dem Klo war.« Er hebt die Hand, als sein Vorgesetzter Luft holt: »Behauptet sie, klar. Aber niemand bestreitet das. Und sie hätte auch überhaupt kein Motiv.«

»Im Gegensatz zu den drei Klunderburg-Mädels«, sagt Stahnke. »Die Tatwaffe wurde abgewischt, Griff und Schaft sind blitzblank. Ein Affekttäter tut sowas nicht.«

»Könntest du es ihnen verdenken?«, fragt Kramer leise. »Nach allem, was hier passiert ist?«

»Nein«, knurrt Stahnke. »Das ist es ja gerade.«

Die SpuSi ist voll beschäftigt, die beiden Ermittler sind überall im Weg und verfügen sich ins obere Stockwerk. Dort ist niemand; das Ehepaar Klunderburg, inzwischen ausfindig gemacht und zurück in Leer, hat sich mit seinen Töchtern in ein Hotel zurückgezogen. Ungeniert, aber ziellos inspizieren die beiden Kriminalbeamten Zimmer für Zimmer.

»Dieser Golfschläger«, sagt Stahnke. »Ein Driver, wenn ich mich nicht irre, aus dem Set des Vaters, das im Korridor steht. Es braucht doch Kraft, um so ein Ding richtig zu schwingen. Und das wurde es, sagt Doktor Mergner. Nur ein einziger Schlag, von unten hoch, fachkundig und präzise.« Er reibt sich das stoppelige Kinn. »Die jüngste Tochter ist auch die größte. Der traue ich am ehesten zu, dass sie so einem baumlangen Kerl mit einem Schlag den Hinterkopf zerlegt und ihn in die ewigen Jagdgründe befördert.«

»War technisch aber nicht möglich.« Kramer schüttelt energisch den Kopf. »Dieser Lars hielt Kirsten doch umklammert. Sie konnte den Schläger gar nicht ausschwingen.«

»Sagt sie.«

Kramer stöhnt leise.

»Die beiden anderen Mädchen sind eher klein. Ich glaube nicht, dass die mit solch einem Prügel klarkämen«, sagt Stahnke. »Es sei denn, ihr Vater hätte sie öfter zum Golfen mitgenommen.«

»Hat er nicht«, sagt Kramer. »Hab’ ich ihn doch gleich gefragt, als er hier eintraf und die Bescherung sah. Er sagt nein. Und ehe du mit deinem Spruch kommst: Das lässt sich nachprüfen.«

Stahnke öffnet die letzte Tür im Gang. Ein eher sachliches Jungmädchenzimmer, findet er. Groß, dominiert von Bücherregalen und allerhand Elektronik, ohne den Schnickschnack, den man bei Mädels sonst erwartet. Am Fenster ein großer Schreibplatz mit modernem PC, daneben ein Bord mit altmodischen Aktenordnern. Der Hauptkommissar zieht einen heraus und klappt ihn auf. »Ach, Thea Klunderburg, klar! Den Namen kenne ich doch aus der Sonntagszeitung. Schreibt eine Menge, und auch gar nicht schlecht. Hat sogar schon eine eigene Serie.«

»Richtig.« Kramer schaut mit auf die abgehefteten Artikel, die sein Chef durchblättert. »Die hat schon allerhand exotische Freizeitbeschäftigungen ausprobiert. Guck mal, sogar Bumerangwerfen! Und Jugger. Hast du das schon mal gesehen?«

Stahnke schüttelt den Kopf, lässt den Ordner auf den Schreibtisch fallen, ohne die Blätter wieder umzuschlagen und festzuklemmen. »Dafür habe ich jetzt keinen Kopf. Was wir brauchen, ist ein klares Indiz, irgendwas Handfestes. Sonst kommen wir nie dahinter, was hier wirklich abgelaufen ist.« Er wendet sich ab.

Der Ordner ist auf den Rücken gefallen, klappt wieder auseinander. Unfixierte Seiten fächern auf wie von Geisterhand. Alles Artikel der Serie »Ausprobiert«. Der, der am Ende offen liegen bleibt, trägt den Titel: »*Mit Schwung und Präzision*«. Ein großes Foto zeigt Thea Klunderburg nach dem Abschlag, ein Bein angewinkelt, den Körper eingedreht, den Driver noch erhoben. Sehr gekonnt sieht das aus.

»Musst du eigentlich immer alles herumliegen lassen?« Kopfschüttelnd kehrt Kramer zum Schreibtisch zurück und greift nach dem Ordner.

Stahnke hält ihn am Ärmel fest, schnippt mit den

Fingern. »Dieser Leon! Der soll doch auch hier auf der Fete gewesen sein. Stadtbekannter Unruhestifter. Kleiner Dealer. Wurde noch letzte Nacht mit Drogen aufgegriffen. Sitzt im Arrest. Ob wir uns den mal vornehmen? Dem traue ich manches zu.«

»Keine schlechte Idee«, sagt Kramer. »Dann man los.« Die beiden rauschen aus dem Zimmer. Kramer zieht die Tür hinter sich zu.

Die Blätter im Ordner flattern raschelnd im Luftstrom. Der Golf-Artikel klappt weg. Obenauf liegt jetzt ein anderer Text. Schlagzeile: »*Kriminalstatistik: Irgendwas rutscht immer mal durch*«.

*Der folgende Text ist eindeutig kein Stahnke-Krimi. Genau genommen ist er nicht einmal ein Krimi. Ohne ihn aber wäre die anschließende Story »Galaktischer Ginseng« kaum zu verstehen. Deshalb – und zum allgemeinen Vergnügen – drucken wir die Geschichte hier ab.*

# STERN SCHNUPPE

»Ein Stern?« Etwas Mühe hatte ich schon, meine Enttäuschung als freudige Überraschung zu tarnen. Eine neue Uhr hatte ich mir zum fünfundzwanzigsten Geburtstag von Ulrike gewünscht, und das lange, schmale, leichte Päckchen schien auch tatsächlich auf eine Armbanduhr hinzudeuten. Stattdessen aber befand sich unter dem Geschenkpapier nur weiteres Papier, nämlich ein gerolltes, etwas krampfhaft auf antik gestyltes Stück Computerausdruck, das sich mit Hilfe eines roten Plastik-Siegels als Dokument ausgab.

»Ja, ein Stern.« Ulrike strahlte. »Der gehört jetzt dir, ab heute. Stern Nummer NGC 1452 / 24 393, ein roter Riese am Rande eines Nebels im Sternbild Orion. Hier, ein Foto ist auch dabei. Ist doch toll, nicht?«

»Klar, das ist toll.« Ich küsste sie so dankbar, wie sie es von einer noch nicht allzu abgenutzten Liebe erwarten konnte, drückte sie an mich, dachte dabei unwillkürlich an die letzte Nacht und konnte ihr, als wir uns wieder voneinander lösten, ein grundehrliches Strahlen präsentieren.

Das Foto hingegen fand ich nicht allzu eindrucksvoll. Eine Handvoll weißer Flecken auf schwarzem Grund, ein Bild, wie ich es beim Anstreichen schon oft selbst erzeugt hatte; ein kurzes Abrutschen des Weißlack-Pinsels an einer Kante reicht völlig, um solch eine Anhäufung verschieden dicht beieinander stehender Tupfen zu produzieren.

Irgendwo am rechten Rand – sofern man im Falle des Universums überhaupt von rechten und linken Rändern reden kann – war ein dicker Pfeil eingezeichnet. Der Fleck, auf den seine Spitze wies, war jetzt also mein Stern. Der Punkt war genauso farblos wie alle anderen und von höchst durchschnittlicher Größe. Wieso also »roter Riese«? Für 150 Mark konnte man doch eigentlich etwas mehr verlangen. So viel hatte mein Stern nämlich gekostet. Der Preis stand mit auf der Urkunde, und Ulrike hatte ihn nicht übermalt. 150 Mark – dafür hätte man sicher eine sehr hübsche Uhr bekommen.

»Jetzt musst du ihm einen Namen geben«, sagte Ulrike, zog die Beine unter sich auf das Sofa, schmiegte sich an mich und schaute mich erwartungsvoll an.

Ich spürte ihre Wärme, roch ihren Duft und fand Armbanduhren auf einmal völlig nebensächlich. Dem Glücklichen schlägt keine Stunde, dachte ich, schlang meine Arme um ihren Körper, senkte mein Gesicht in ihre blonden Locken und flüsterte ihr ins Ohr: »Mein Stern heißt Ulrike.«

Sie kicherte zufrieden, ließ sich hintenüber sinken und zog mich mit. Das Dokument entglitt meinen Fingern, die nun anderweitig gebraucht wurden, und verschwand hinter der Sofakante.

*

Das Wummern kam von der Tür her, eindeutig. Zunächst hatte ich meinen Kopf in Verdacht gehabt, und der wummerte schließlich auch, mindestens ebenso laut wie die Schläge an der Haustür, nur machten die hin und wieder eine Pause, woran das schmerzende Wummern in meinem Kopf überhaupt nicht dachte.

Ächzend schwang ich die Beine aus dem Bett. Mit fünfundfünfzig Jahren war man eben kein Jüngling mehr, und seit der Papst die Pille zur automatischen Blutentgiftung nach alkoholischen Exzessen auf den Index gesetzt hatte und die Krankenkassen daraufhin prompt das ebenso segensreiche wie sündhaft teure Medikament nicht mehr bezahlten, waren reifere Nicht-Billionäre wie ich gut beraten, den häuslichen Drogenkonsum in Grenzen zu halten. Andererseits hatte man auch im dritten Jahrtausend nur einmal im Jahr Geburtstag, und schließlich war die Phantasielosigkeit meiner Kumpels nicht meine Schuld. Auf den Gedanken, mir etwas anderes als Schnaps zu schenken, war von denen keiner gekommen.

Ich öffnete die Augen einen Spalt weit. Draußen herrschte stockdunkle Nacht. An der Tür wummerte es unverdrossen weiter. Wenn das irgendwelche Zecher sind, die ihre Senso-Stöcke für die Gleitsteige an meiner Garderobe haben hängen lassen, dann können die was erleben, dachte ich, wankte zur Treppe, fand den Gravi-Schalter nicht und stolperte gezwungenermaßen zu Fuß die Stufen hinunter, denn die Akustik-Spule war schon seit Wochen kaputt. »Den Hals kann man sich brechen, verfluchte Steinzeit«, knurrte ich und riss die Tür auf.

Draußen standen drei, die ich nicht kannte. Und ich hatte auch nicht das Gefühl, dass ich sie hätte kennen müssen oder auch nur können. Die mittlere der drei Gestalten reichte mir etwa bis zum Bauchnabel, der zwischen Schlafanzughose und Unterhemd hervorlugte. Soviel ich von oben sehen konnte, war der nächtliche Besucher annähernd tropfenförmig und stand auf einem umgestülpten Trichter, der am unteren Rand von einer Art Adventskranz gesäumt war. Passenderweise war der Besucher dunkelgrün und wies im oberen Körperdrittel zahlreiche dunkelrote Auswüchse auf, deren Ähnlichkeit mit Adventskranzkerzen aber insoweit begrenzt war, als sie permanent ihre Form veränderten.

Ebenso wie die beiden Begleiter des Mittleren. Schockierenderweise waren sie etwa doppelt so groß wie ich und bestanden überwiegend aus deformierten Kugeln, die entlang einer mehr gedachten als wahrnehmbaren Senkrechten auf und ab waberten wie die Innereien jener Matmos-Lampen, die gerade zum elften oder zwölften Mal groß in Mode waren. Warum die beiden trotzdem etwas unmittelbar körperlich Bedrohliches ausstrahlten, vermochte ich nicht gleich zu bestimmen. Vielleicht lag es daran, dass sie mit ihrer tiefroten Grundfärbung und den dünnen weißen Streifen an zwei Muskel-Modelle aus dem Biologiebuch erinnerten.

»Ja bitte?«, krächzte ich. Nicht sehr intelligent, gewiss, aber was hätte ich sonst krächzen sollen.

Der grüne Tropfen schmolz eine seiner Kerzen zu einer kleinen Trompete um, die er auf meinen Bauchnabel richtete. Es kitzelte, und in meinem Kopf formten sich die Worte: »Herr Paul Weller?«

»Ja«, stammelte ich. In meinem Gedärm begann es zu gluckern, und die kleine Trompete zuckte indigniert zurück. Aber nur kurz, dann kribbelte es wieder am Nabel:

»Sie sind der Besitzer von Ulrike?«

Ein origineller Ausdruck, und vielleicht hätte ich gelacht, wenn mein Schädel nicht so grässlich geschmerzt hätte. Wenn man der Besitzer von etwas ist, das man bezahlt, dann war ich in der Tat der Besitzer von Ulrike Gerber, geschiedene Weller. Zweiundzwanzig Jahre

Ehe mit mir hätten ihren Preis, hatte sie gesagt. Und seither kassiert.

»Nein«, antwortete ich dennoch. »Was heißt besitzen. Wo leben wir denn?« Eine etwas sinnlose Frage, denn mein Lebens-Ort war ganz offensichtlich nicht seiner.

»Sagen Sie die Wahrheit«, kribbelte mein Gegenüber. »Wir haben es schriftlich.« Der grüne Advents-Tropfen ließ aus einer seiner Kerzen eine weiße Stange wachsen, die sich ohne erkennbares äußeres Zutun entrollte. Ich erkannte sie sofort, obwohl ich sie seit Jahren nicht mehr angeschaut hatte. »NGC 1452 / 24 393« stand da, und weiter unten, oberhalb des roten Plastik-Siegels, »Ulrike«. In meiner Handschrift.

»Woher haben Sie das?«, stieß ich hervor.

Mein Gegenüber vibrierte befriedigt. »Also doch«, bedeuteten die wulstigen Buchstaben in meinem Kopf, deren Erscheinungsform mich in ärgerlicher Weise an meine Bauchfalten erinnerte. »Dann können wir ja zur Sache kommen.«

Ich schüttelte den Kopf, so stark, dass die Schmerzen rechts und links an die Innenseiten meiner Schläfen krachten und für einen Augenblick noch benommener waren als ich. Mein Blick klärte sich etwas, am Vorhandensein der drei Gestalten aber änderte sich nichts. Dafür erkannte ich weiter hinter auf meinem Rasen eine blassgelb leuchtende, langsam pulsierende Kugel, die mit einem zottigen Lichtstrahl an einer meiner absterbenden Tannen verankert zu sein schien. Schnell richtete ich meinen Blick wieder auf den Tropfen vor meinem Nabel.

»Einen Moment mal«, sagte ich so fest, wie es mir möglich war. »Wer sind Sie überhaupt, und was wollen sie von mir?«

Statt einer Antwort erschien in meinem Kopf das Wort

»Schulz«. Eine Ahnung aufkommenden Wahnsinns ließ mich schaudern.

«Was?«, schrie ich, der Panik nahe.

»Hauptmulator Schulz«, vibrierte er. Natürlich nicht wirklich »Hauptmulator«, klar; das Gebilde, das da hinter meiner Stirn entstand, hatte mit keinem Wort irgendeiner menschlichen Sprache Ähnlichkeit, und wenn es mit einem irdischen Gegenstand zu vergleichen war, dann mit einer Polizeimarke. Die wiederum warf eine Art Bedeutungsschatten auf meine Großhirnrinde, der noch am ehesten an »Hauptmulator« erinnerte. Wenn Sie verstehen, was ich meine.

»Das sind meine beiden Kollegen«, sagte der Tropfen, »Mulator Strabbelkaaks und Tronik Sszrraan.« Dabei wandte er sich ansatzweise nach beiden Seiten, was sich als formal-höfliche Vorstellung deuten ließ. Strabbelkaaks und Sszrraan ihrerseits sanken in atemberaubendem Tempo auf die Hälfte ihrer Größe zusammen, blähten sich zu prallen Ovalen und leuchteten tiefschwarz auf. Dann nahmen sie wieder die Gestalt an, die ich nach diesem Anblick problemlos als normal akzeptieren konnte.

»Guten Morgen«, erwiderte ich. Dann holte ich mehrmals tief Luft, um mein rasend pochendes Herz ein wenig zu beruhigen. Schulz nutzte die Pause zu einem kurzen Vortrag, der alle meine Bemühungen, mein Herz betreffend, wieder zunichte machte.

»Ich komme im Auftrag des Hohen Orbitalrates des Planetensystems Ulrike, insbesondere seiner bewohnten Planeten Ulrike IV und Ulrike V sowie des besiedelten Mondes Ulrike IV Strich klein b. Sie, Herr Paul Weller, wohnhaft Sol III, Hauptplanet Terra, werden beschuldigt, sich als alleinverantwortlicher Besitzer des genannten Systems Ulrike seit nunmehr dreißig Terra-Jahren weder um die Instandhaltung des phunären Plasma-Kanalnetzes noch um die Wartung der zentralen Wolken-Trapuzieranlage gekümmert zu haben. Sodann wird Ihnen zur Last gelegt, in keiner Weise auf das Austrocknen der Bartopfühle und das Verscheinen der Schnadogloben reagiert zu haben. Außerdem sind Sie während besagter dreißig Terra-Jahre sowohl die Grund- als auch die Thermal-Steuer schuldig geblieben. Dabei sind Sie mehrfach auf dem üblichen Weg per Teilchen-Transmitter via Hyperbox gemahnt worden!« Bei den letzten Worten schien Schulz ein wenig ins Hellgrüne zu verblassen, und das fast schon vertraute Nabelkitzeln wechselte für einen Moment ins Stichelige, als er fortfuhr: »Der Große Zerstäuber ist ganz schön sauer, das können Sie mir glauben.«

»Ja, aber«, stammelte ich, «das kann doch nicht, ich meine, gibt's doch nicht, äh, es war doch nur ein Scherz, also ein Geschenk, aber nicht richtig, verstehen Sie doch! Wie kann ich denn einen Stern besitzen! Oder gar ein Planetensystem. Das geht doch gar nicht.«

»Ach«, kribbelte Schulz: »Und seit wann geht das nicht?«

Ich war wie vor den Kopf geschlagen, der Unterkiefer sackte mir weg, die Arme hingen herab wie gelähmt, und meine Knie wurden weich. Dreißig Jahre Steuerrückstand für einen Stern, zwei Planeten und einen besiedelten Mond, dazu Unterhaltskosten für Dinge, von denen ich nur begriff, das sie ziemlich teuer sein mussten – wie sollte ich das alles jemals bezahlen? Wo doch mein eigenes kleines Haus noch nicht einmal völlig schuldenfrei war.

Die drei vor mir begannen nun sanft zu blinken, unterschiedlich schnell, aber seltsam abgestimmt, sich gegenseitig ergänzend zu einem eigenartigen, irgendwie tröstenden Rhythmus. Hatten sie Mitleid mit mir? Aber vielleicht lachten sie auch nur.

»Ich habe hier noch eine Liste mit weiteren 365 weniger umfassenden Anklagepunkten«, meldete sich Schulz wieder zu Wulst, »die zu verlesen ich Ihnen und mir ersparen kann. Sie finden die komplette Schrift in Ihrer Hyperbox. Stellungnahme bitte innerhalb von siebenundzwanzig Tranoolen. Und vergessen Sie nicht« – jetzt berührte seine erstaunlich kühle Trompete die Haut rund um meinen Bauchnabel, ein Akt unerwarteter Vertraulichkeit – »der Große Zerstäuber ist wirklich stocksauer.«

Hauptmulator Schulz fuhr seine Kerzen ein, seine beiden Begleiter ballten sich zum nun schon bekannten schwarzleuchtenden Gruß, dann kippten alle drei nach hinten und schwebten waagerecht und mit zunehmender Geschwindigkeit auf die pulsierende Kugel zu, die immer noch an meiner braunen Tanne verankert war, schossen in sie hinein und schienen mit ihr zu verschmelzen. Die Kugel änderte ihre Farbe in ein grelles Scharlachrot und startete. Was allerdings erst im zweiten Anlauf gelang, da die drei Orbitalratsbeauftragten beim ersten Versuch vergessen hatten, den zottigen Halte-Strahl zu lösen.

Immer noch war ich zu keiner vernünftigen Handlung fähig, stand einfach nur da in meiner offenen Haustür, starrte in die Dunkelheit und troff vor Selbstmitleid. Ulrike! Ich hätte es wissen müssen, schon damals vor dreißig Jahren. Dann wäre mir einiges erspart geblieben. »Eine Uhr«, flüsterte ich. »Ich hatte mir doch nur eine Uhr gewünscht.« In all den Jahren hatte Ulrike mir nie eine Uhr geschenkt. Siebzehn Stück besaß ich inzwischen, jede einzelne selbst erworben. Dafür hatte sie mir jede Menge nutzlosen Trödel geschenkt. Und gleich als Erstes die Krönung. Diesen Stern.

»Ulrike!!!« Meine Verzweiflung entlud sich in einem unmenschlich klingenden Schrei. Aber sie war ja längst weg. Und Schulz auch.

Mein Schrei war noch nicht verklungen, da wurde es hell, ganz plötzlich, von einem Moment auf den anderen. Die Straßenbeleuchtung, die Gartenlampen, sämtliche Lichter in meinem Haus und in denen meiner Nachbar begannen gleichzeitig zu brennen, und in der Luft lag ein eigentümlich bläulicher Schimmer, in dem alles kalt und irgendwie kränklich zu leuchten begann.

»Schulz?«, rief ich fragend. »Sind Sie das?« Aber so sehr ich mich auch am Bauch rund um den Nabel kratzte, da kribbelte nichts.

Stattdessen sprangen plötzlich Radio, Fernseher, Visiphon und Tollmitter an, ohne dass ich auch nur einen einzigen Sensor bephont hätte. Eine grollende, kratzige, nicht sehr menschliche, aber verständliche Stimme war zu hören.

»Erdlinge«, tönte es aus allen Richtungen zugleich, »ich habe soeben eure Sonne gekauft, mit allem drum und dran. Für 150 Robatz. Dabei bin ich schwer bemakelt worden, denn wie ich jetzt orte, hat dieses kümmerliche System nur einen einzigen bewohnten Klumpen. Aber das ist euer Pech, nicht meins, denn ihr werdet mir einfach doppelte Miete zahlen. Wem das nicht passt, der kann ja auswandern. Die Hyperweisungsaufträge sind schon in euren Boxen. Außerdem erhebe ich ab sofort eine Steuer auf Uhren jeder Art und mache folgende Nebenkosten geltend ...«

Die Stimme tönte weiter, aber sie schien sich zu entfernen, und die einzelnen Worte zerdehnten sich zu bunten Fäden und fügten sich zu einer Decke aus

Klängen zusammen, die mich gnädig umhüllte. Die Erde näherte sich mir, meine geliebte heimatliche Erde, die ich mir nun wohl nicht mehr leisten konnte.

»Schulz«, murmelte ich. Dann wurde es dunkel um mich.

# GALAKTISCHER GINSENG

Der Griff nach der Karaffe ging ins Leere und brachte das Rotweinglas gefährlich ins Schwanken. Schnell fasste er zu, um den langstieligen Kelch vor dem Umstürzen zu bewahren, und fegte dabei mit dem Ellbogen die Ouzogläschen vom Tisch. Zum Glück war der Teppichboden weich genug, so dass nichts zu Bruch ging. Und leer waren die dickwandigen Stamper sowieso schon gewesen.

So unauffällig wie möglich bückte er sich und klaubte die Gläschen auf. Eins, zwei und drei. Und vier. Nanu, so viele? Kein Wunder, dass das Muster auf seinem Gyrosteller so verschwommen aussah. Von Rotwein alleine konnte man schließlich nicht so blau werden.

»Na, so fröhlich heute?« Georgios war neben ihm aufgetaucht wie aus dem Boden gewachsen und begann abzuräumen.

Verwundert stellte Stahnke fest, dass er über sein eigenes Witzchen buchstäblich Tränen gelacht hatte. Er griff nach seiner Serviette, um sich die Augen zu trocknen, ängstlich darauf bedacht, die frisch gefüllte Karaffe, die Georgios neben die halbleere gestellt hatte, nicht zu gefährden. Die dritte Karaffe des Abends, wenn er sich nicht irrte. Oder etwa auch schon die vierte?

»Wünschen Sie noch ein Dessert, Herr Hauptkommissar? Oder vielleicht einen Kaffee?«, fragte der Wirt, während er Stahnkes Glas nachfüllte. Hinter ihm huschte seine Nichte Elenni vorbei, zierlich, klein und wohlproportioniert, den puppenhaften Kopf umweht von einer dichten Wolke kohlschwarzer Haare. Fast ebenso schwarz waren ihre Augen, deren Blick Stahnke streifte und ihn lustvoll erschauern ließ.

»Nein danke«, antwortete er. »Ich trinke nur noch den Wein aus, dann ist Schluss für heute. Bringen Sie ruhig gleich die Rechnung.«

Georgios musterte ihn mit besorgter Miene. »Geht es Ihnen nicht gut? Sie haben ja Schweiß auf der Stirn. Fieber vielleicht?«

»Ach wo.« Stahnke war froh, die Serviette in der Hand behalten zu haben, und tupfte sich die Schweißperlen ab. »Einfach wieder mal zu viel gegessen. Ihr Essen ist eben zu lecker und die Portionen sind viel zu groß. Deshalb komme ich ja so oft hierher.« Lachend klopfte er sich auf den stattlich, tatsächlich prall gefüllten Bauch.

Der Wirt des *Athen* erwiderte das Lachen mit professioneller Zufriedenheit und entfernte sich, wie immer im Geschwindschritt.

Stahnkes Lachen verschwand ebenso schnell. Wenn der wüsste, dachte er. Wenn der das eines Tages rauskriegt, dann gnade mir Gott. Egal welcher. Die Griechen haben ja eine Menge davon. Aber die werde ich dann auch wohl allesamt nötig haben.

Georgios mochte etwa so alt sein wie er selbst, so um die fünfzig, nur war der Grieche körperlich deutlich besser erhalten als der Ostfriese. Mit seiner schmalen, drahtigen Figur, seinem dunklen Teint, den markanten Gesichtszügen und der wallenden Haarpracht stellte er den zwar größeren und breitschultrigeren, aber eben auch fülligeren, rundgesichtigen und stoppelhaarigen Stahnke locker in den Schatten. Wie der Chef des Esenser Speiselokals reagieren würde, wenn er erfuhr, dass sich ausgerechnet dieser Brocken von einem sporadischen Stammgast, der immer mal wieder aus Leer in die Bärenstadt abgestellt wurde, an seine kaum halb so alte Nichte herangemacht hatte, mochte er sich gar nicht vorstellen.

Natürlich war es ja nur eine Spielerei gewesen. Eigentlich. Die dienstlichen Gastspiele in Esens nutzen, ein bisschen probieren, mühsam erworbenes Selbstbewusstsein ausspielen, Marktwert testen. Konnte ja keiner ahnen, dass die feurige kleine Elenni so sehr auf väterliche Teddytypen mit Waschbärbauch stand! Völlig überrascht hatte er registriert, wie die junge Frau auf seine tapsigen Flirtversuche ansprang. Na ja, und so stark, dass er der unverhofften Chance hätte widerstehen können, war er nun wieder nicht.

Und da hockte er nun, mitten im Zentrum des selbst angerichteten Kuddelmuddels, Aug' in Aug' mit süßer Verlockung und drohendem Verhängnis. Natürlich war es Wahnsinn, unter diesen Umständen weiter hierher zu kommen, aber das entsprach nun einmal seiner Gewohnheit, und jede abrupte Veränderung wäre noch auffälliger gewesen. Außerdem schmeckte das Essen hier wirklich verdammt gut. Vom Wein ganz zu schweigen.

Apropos, sein Weinglas war schon wieder leer, merkwürdig. Er schenkte sich aus der neuen Karaffe ein, nicht ohne das Glas sorgfältig am Fuß zu sichern. Vorsicht war besser als noch mehr Chaos.

Chaos nämlich hatte er derzeit mehr als genug um sich herum, auch ohne Elenni und ihren treusorgenden Onkel. Allein schon die Sache mit Backe reichte aus, um ihn zur Verzweiflung zu treiben.

Backe, eigentlich Beene Pottebakker, begleitete Stahnkes Polizeikarriere schon seit vielen Jahren. Allerdings nicht als Kollege, sondern als Kunde. »Er lässt bei uns arbeiten«, so hieß es im Jargon der zuständigen Fachkommissariate, früher in Leer, jetzt in Esens. Vor allem bei den Spezialisten für Körperverletzung und Drogenhandel tauchte Backe ebenso zuverlässig und ähnlich häufig auf wie Stahnke im *Athen*. Die Liste von Backes Vorstrafen näherte sich dem Format einer Tapetenrolle.

Das aber war nur die eine Seite der Medaille. Oder der Dienstmarke, um im Bild zu bleiben.

Die andere war Backes unglaubliche Menschlichkeit. Jeder, der mehr als nur flüchtig mit dem gutmütigen Riesen zu tun gehabt hatte, lobte seine Aufrichtigkeit, seine Nachsicht und Hilfsbereitschaft. Im Grunde seines Wesens war Backe eine ehrliche Haut – ein Widerspruch, der nicht aufzulösen war. Einer wie Backe, der seine Seele so offen und verletzlich mit sich herumtrug, kam wohl nicht darum herum, sich einen massiven Drogenpanzer zuzulegen. Eine elefantenartige Konstitution half ihm, die körperlichen Folgen zahlloser Abstürze, Entzüge und Rückfälle zu ertragen. Die polizeilichen Folgen seiner Aktivitäten nahm er achselzuckend in Kauf. In der Drogenszene musste man sich nun einmal regelmäßig Geld beschaffen und hin und wieder auch jemandem eins auf die Mütze geben. Und dafür wurde man eben hin und wieder in den Bau gesteckt. Für Backe ein vollkommen normaler Kreislauf. Nichts Persönliches und kein Grund, sich mit den Beamten nicht bestens zu verstehen.

Seit gut einem Jahr stand der Hauptkommissar sogar tief in Backes Schuld. Ein durchgeknallter Messerstecher hatte Stahnkes damalige Freundin als Geisel genommen, und Backe hatte ihn außer Gefecht gesetzt. Mit Stahnkes eigener Dienstwaffe übrigens, die dieser zuvor verloren hatte. Darüber witzelten die Kollegen heute noch. Nicht auszudenken, wie die Sache hätte ausgehen können, wenn der Riese nicht zur Stelle gewesen wäre.

Diesmal aber war alles anders. Backe hatte es übertrieben, hatte seine enormen Körperkräfte unterschätzt und einen Dealer erschlagen, vor zwei Nächten, beim Kreisverkehr am Nordring. Zwar leugnete er die Tat, die Sachlage aber war eindeutig. Keine große Herausforderung für den Ermittlungsleiter. Und der hieß natürlich ausgerechnet Stahnke, vertretungsweise, weil Ferienzeit war.

Hastig stürzte der Hauptkommissar ein weiteres Glas Wein hinunter und füllte ebenso hastig nach. Ein paar blutrote Tropfen landeten auf dem weißen Tischtuch, drangen langsam in das gestärkte Gewebe ein und begannen sich auszubreiten.

Der Ermordete, ein Kerl namens Gerald Koch, war in der Szene nur als »die Kanalratte« bekannt gewesen. Ein treffender Spitzname, denn dieser Koch pflegte den letzten Dreck zu verkaufen, billig gestreckten, mit Milchzucker oder Schuhcreme versetzten Stoff, was seinen Profit ins Maßlose steigerte. Besonders gerne dealte er vor Schulen, aber auch an den einschlägigen Treffs im Innenstadtbereich war er regelmäßig anzutreffen. Und dort war er schon öfter mit Backe aneinander geraten.

So auch vorletzte Nacht. Es gab Zeugen. »Er hat die Kanalratte im Nacken gepackt und so geschüttelt, dass ich dachte, dem springen gleich sämtliche Knorpel raus«, hatte ein Obdachloser ausgesagt. Lachend, denn Freunde hatte die Kanalratte nicht. Backe habe Gerald Koch dann vor sich hergetrieben, hieß es weiter, raus aus der Innenstadt, Richtung Herdetor und Kreisverkehr. Dann habe man die beiden aus den Augen verloren. Zurückgekommen sei Backe allein.

Die Kanalratte wurde wenig später von einer zufällig vorbeikommenden Funkstreife gefunden, am Rand des Kreisels, mit eingeschlagener Stirn. Der tödliche Schlag war seitlich von oben und mit großer Kraft geführt worden – eindeutige Indizien. Wo Backe die Waffe gelassen hatte und was für ein Gegenstand es gewesen war, wussten sie noch nicht, da der Riese nicht kooperierte. Er stritt alles rundheraus ab. Eigentlich untypisch für ihn, aber schließlich war auch die Tat selbst nicht normal.

Und jetzt wurde Backe die Rechnung präsentiert. Ausgerechnet von ihm.

»Die Rechnung, Herr Hauptkommissar.«

Stahnke schreckte aus seinen Gedanken auf. Georgios stellte das kleine Tablett mit der Rechnung und dem Abschieds-Ouzo vor ihn hin. Er zahlte, gab ein Trinkgeld, dessen Höhe von seinem schlechten Gewissen diktiert wurde, und griff nach dem Ouzo wie nach einem Rettungsring.

Der Wirt dankte strahlend, doch dann nahm sein Gesicht wieder einen besorgten Ausdruck an. »Also ich weiß nicht, irgendwie sehen Sie mir doch etwas unpässlich aus. Werden Sie bloß nicht krank!«

»Kein Grund zur Sorge.« Wieder führte Stahnke die Serviette zur Stirn: »Ich nehme einfach ein paar von meinen Kapseln, dann geht's gleich wieder.«

Interessiert beugte sich Georgios vor, als Stahnke ein Päckchen aus seiner Tasche zog, zwei Kapseln entnahm, sie sich in den Mund warf und mit etwas Wein nachspülte. Dann begann er diebisch zu grinsen. »Aah, Ginseng! Das ist gut. Gut für ältere Herren wie uns, nicht wahr? Macht uns fit für die jungen Damen!« Anzüglich ließ er die Augenbrauen nach oben schnellen. Dann verabschiedete er sich eilig, denn das Lokal war immer noch rappelvoll und die Gäste klangen ungeduldig.

Wieder tupfte sich Stahnke die Stirn, die schweißnasser schien denn je. Erneut fuhr es ihm durch den Kopf: Wenn der wüsste!

Seine Serviette begann sich bereits aufzulösen. Die Schrift unter der aufgedruckten griechischen Landkarte war eben noch zu erkennen. Ein Zitat des Philosophen Perikles: »Mit sichtbaren Zeichen üben wir wahrlich keine unbezeugte Macht den Heutigen und Künftigen zur Bewunderung, und brauchen keinen Homeros mehr als Sänger unseres Lobes noch wer sonst mit schönen Worten für den Augenblick entzückt – in der Wirklichkeit hält dann aber der Schein nicht der Wahrheit stand.«

Wie bitte?

»Ich verstehe meine Serviette nicht«, murmelte Stahnke vor sich hin. »Sie ist mir über. So weit ist es schon gekommen.«

Es wurde Zeit, eindeutig. Mühsam stemmte er sich von der Polsterbank hoch und zwängte seinen massigen Leib aus der engen Nische. Es war zwar noch etwas Wein übrig, aber den ließ er doch lieber stehen. Oder? Ach was. Schnell griff er zu und leerte das Glas im Stehen.

Elenni huschte vorbei, dampfende Grillteller in beiden Händen, und schickte ihm ein Abschiedslächeln herüber. Verschwörerisch ließ sie ihre Augenbrauen nach oben schnellen, genauso wie kurz zuvor ihr Onkel. Stahnke glaubte zu spüren, wie ihm der soeben getrunkene Wein umgehend und heiß aus allen Poren brach.

Raus hier, dachte er, nichts wie raus und ab nach Hause. Zur Ruhe kommen, ausschlafen und dann mal ein paar Dinge ins Reine bringen. Gleich morgen. Ja, morgen.

Erfrischende Kühle umfing ihn, als er hinaus auf die Jücherstraße trat. Licht und Lärm, die hinter ihm her aus dem Restaurant drangen, wurden von der zufallenden Tür gekappt. Erleichtert atmete er tief durch und schritt kräftig aus, Richtung Hotel. Ab ins Bett, und zwar alleine.

Es war ihm gar nicht aufgefallen, wie verbraucht die Luft im Lokal gewesen war. So etwas ging auf den Kreislauf. Vermutlich hatte er deshalb dieses Flimmern vor den Augen. Er schloss kurz die Lider, rubbelte sie mit den Fingerknöcheln, öffnete sie wieder. So.

Das Flimmern aber blieb. Es verstärkte sich sogar. Offenbar ging es von der blassgelb leuchtenden, langsam pulsierenden Kugel aus, die sich dort auf dem Parkstreifen befand. Normalerweise standen da abends die Autos dicht an dicht, aber heute …

Heute auch. Stahnke sah sie ganz deutlich; jedes einzelne Feld war besetzt. Trotzdem stand diese pulsierende Kugel ebenfalls dort. Das heißt, sie stand eigentlich nicht, sie hing vielmehr ein paar Handbreit über dem Boden, genau da, wo auch die Autos standen. Aber nicht etwa auf ihnen drauf oder in ihnen drin, sondern … auch. Obwohl das physikalisch eigentlich gar nicht möglich war. Wirklichkeit? Oder Schein?

»Herr Stahnke?«

Gott sei Dank, wenigstens war er nicht alleine hier draußen mit diesem seltsamen Ding. Die leuchtende Kugel zerrte doch stärker an seinen Nerven als er zugeben wollte, hatte ihm sogar schon ein kribbeliges Gefühl rund um seinen Bauchnabel verursacht. Da war er richtig froh, die Stimme eines anderen Menschen zu hören.

Obwohl – wirklich gehört hatte er die Stimme eigentlich nicht. Und eine richtige Stimme war es auch nicht gewesen, vielmehr schienen sich die Worte direkt in seinem Kopf gebildet zu haben, so als seien sie ihm auf die Großhirnrinde projiziert worden. Und ein anderer Mensch war weit und breit auch nicht zu sehen. Lediglich dieses merkwürdige Gebilde, das ihm gerade bis zum Nabel reichte und aussah, als sei es von der letzten Weihnachtsdekoration übrig geblieben.

»Hauptkommissar Stahnke?«

Im Bruchteil einer Sekunde erstarrte sein massiger Körper zu Eis. Die Weihnachtsdeko hatte gesprochen! Oder vielmehr nicht gesprochen, sondern – na ja, eben Worte gemacht. In seinem Kopf! Fleischige Worte, die innen an seinen Schädelknochen leuchteten wie flammende Souflakispieße. Und von Sekunde zu Sekunde leuchteten sie drängender.

»Ja doch«, knurrte Stahnke.

Das Ding da vor ihm war so dunkelgrün wie ein Adventskranz kurz vor Nikolaus und hatte die Form eines großen, auf der Spitze stehenden Tropfens. Das obere Drittel des Tropfens wies zahlreiche dunkelrote Auswüchse auf, die permanent ihre Form veränderten. Bis auf einen allerdings; der sah aus wie eine kleine rote Trompete und blieb konstant auf Stahnkes Nabel gerichtet.

Alles in allem ein erschreckender Anblick, aber wiederum gar nichts im Vergleich zu den beiden Gestalten, die den monströsen Tropfens rechts und links flankierten. War der Tropfen nur etwa halb so groß wie Stahnke, so überragten ihn die beiden Begleiter glatt um das Doppelte. Und ihre Form – nun, eine Form gab es eigentlich überhaupt nicht. Tiefrote Blasen mit dünnen weißen Streifen waberten dort um mehr gedachte als wahrnehmbare Senkrechten, ein Anblick, der teils an gehäutete Muskelpartien, teils an die quellenden Innereien von Lava-Lampen erinnerte.

Jetzt kribbelte es wieder in Stahnkes Nabelregion. »Es tut mir leid, wenn ich Ihnen Ungelegenheiten bereite, aber ich muss Sie bitten, die Substanz herauszugeben«, verkündeten die flammenden Spieße in seinem Kopf.

»Welche Substanz?«, stammelte der Hauptkommissar. »Und wer sind Sie überhaupt? Oder was?«

»Verzeihung, ich vergaß«, kribbelte der Tropfen. »Mein Name ist Schulz. Hauptmulator Schulz, Ulriker. Und dies hier sind meine matmetischen Kollegen, Mulator Strabbelkaaks und Tronik Sszrraan.« Der Tropfen drehte sich ansatzweise nach beiden Seiten, woraufhin die wabernden Gestaltlosigkeiten recht und links von ihm blitzartig auf die Hälfte ihrer Größe zusammenschrumpften und sich zu schwarzleuchtenden Ovalen ballten. Danach blubberten sie in gewohnter Höhe und Farbe weiter.

Nun ja, was hieß schon gewohnt?

»'n Abend«, grüßte Stahnke zurück.

»Alsdann, Herr Kollege«, fuhr der Tropfen fort. »Die Substanz bitte. Es eilt ein wenig.«

Merkwürdig, überlegte Stahnke. Verrückt geworden bin ich offenbar nicht, weder vorher noch jetzt, da ich doch allen Grund dazu hätte. Liegt vielleicht am Alkohol, der mich gerade genügend benebelt hat, um all dies hier zu ertragen, ohne tot umzufallen. Wie ein Dämpfungsfeld oder so etwas. Aber die Wirkung verfliegt offenbar rasch, sonst würde ich das jetzt ja nicht denken …

»Die Substanz!« Das flammte nicht mehr drängend, sondern drohend. Aber kribbelte da nicht unterschwellig noch etwas anderes mit? So ein gewisser Unterton, einer, der Stahnke wohlvertraut war? Genau: Schuldbewusstsein! Was immer dieser Hauptmulator hier trieb, es war nicht ganz astrein.

»Bitte Substanz definieren«, gab Stahnke zurück.

Die Antwort kribbelte prompt: »Getrocknete Pflanzenwurzel in pulverisierter Form, mikrokristalline Cellulose, Montanglycolwachs, Gelatine, Eisenoxidhydrat, Eisen-III-oxid, Titandioxid, Natriumdodecylsulfat. 54 Einheiten.«

»Igitt! Das muss ein Irrtum sein. So etwas besitze ich nicht.« Vorsichtig bewegte Stahnke sich einen halben Schritt zurück.

Weiter kam er nicht. Das rechte Blubbermonster, dasjenige, das dieser Schulz mit »Tronik Sszrraan« vorgestellt hatte, löste sich plötzlich in nichts auf. Dafür spürte Stahnke im selben Augenblick eine gigantische, unverrückbare Masse in seinem Rücken. Keine Frage, wer oder was das war. Zu solch einem effizienten Assistenten konnte man den Hauptmulator nur beglückwünschen. Sein eigener Kollege Kramer war ja weiß Gott auch nicht schlecht, aber teleportieren konnte der nicht.

Schulz hatte sich nicht bewegt, seine Trompete aber war um einen halben Schritt länger geworden. »Lüge!«, kribbelte er empört. »Die Substanz befindet sich in Ihrer rechten Hosentasche. Geben Sie sie augenblicklich heraus. Widerstand ist zwecklos.«

Da Stahnke keinerlei Lust verspürte, entweder assimiliert oder aber püriert zu werden, gehorchte er und schob seine rechte Pranke in die Hosentasche. Nur, was sollte da schon sein außer Schlüsselbund und Taschenmesser ... aber halt!

»Aha!«, kribbelte Schulz zufrieden. »Also doch.«

Langsam zog der Hauptkommissar die Schachtel heraus und hielt sie hoch. »Ginsengwurzelpulver in Kapselform«, las er vor. »Zur Stärkung und Kräftigung. Aktiviert und vitalisiert Körper und Geist.« Stahnke kniff die Augen zusammen: »Was wollen Sie denn damit?«

Wenn er jemals einen sich windenden Tropfen gesehen hatte, dann jetzt. »Wissen Sie, das ist so«, kribbelte der Dunkelgrüne. »Ich bin als ulrikischer Hauptmulator mitverantwortlich für den galaktischen Liniendienst, das heißt, ich … wie soll ich das phanten … also ich bin eine Art Kollege von Ihnen, ja? Im weitesten Sinne. Und nun habe ich in einiger Zeit … Sie würden natürlich sagen ›vor einiger Zeit‹, aber in Wirklichkeit … aber was ist schon wirklich … egal, jedenfalls hat es geklappt, man schlug mich für eine Ehrung vor, und jetzt bin ich zur Schmelzung eingeteilt. Schon zur zweiten innerhalb eines einzigen Lebens! Tja, und nun … weiß ich nicht, ob ich dazu auch in der Lage bin, verstehen Sie? Daher … also bitte!«

Stahnkes Hand krampfte sich noch ein bisschen fester um die Ginsengschachtel. »Schmelzung?«, stieß er hervor. »Erklären Sie das!« Vor seinem geistigen Auge sah er ganze Planeten samt kompletten fremden Zivilisationen in atomarem Höllenfeuer vergehen. Vielleicht auch eine gar nicht so fremde Zivilisation? Mitsamt der Erde? War das eine »Schmelzung«? Daran wollte er auf keinen Fall mitschuldig werden, ganz gleich, was ihn das kostete.

»Sie irren sich«, flammte es in seinem Kopf. Das Kribbeln rund um seinen Bauchnabel fühlte sich jetzt ganz anders an; irgendwie verständnisvoller, ja versöhnlicher. Der Bursche hat gelauscht, durchzuckte es ihn. Verdammt.

Als Antwort stiebten kitzelige Kicherfunken auf. »Ja, ich gestehe«, phantete der Hauptmulator. »Wir Ulriker sind nun einmal nicht sehr diskret, wissen Sie. Was einer von uns weiß, das wissen alle. Nur vergessen wir manchmal, dass andere Wesen in diesem Punkt ... anders sind.«

Bestimmt wollte er »altmodisch« sagen, dachte Stahnke. Wofür hält der uns? Für Provinzler? Rückständige galaktische Hinterwäldler?

»In der Tat«, gab Schulz unumwunden zu. »Daher wissen Sie auch nicht, was eine Schmelzung ist. Ich werde es Ihnen erklären.«

Stahnke fühlte sich von den Füßen gerissen und in einen rasend rotierenden Strudel gesogen. Die Straße, der Parkstreifen, die Autos und das Restaurant waren plötzlich verschwunden, ebenso das Städtchen Esens und der ganze Planet Erde – und das war erst der Anfang. Als der Hauptkommissar endlich wieder Materie unter seinen Sohlen spürte, war ihm jedes Gefühl für Raum und Zeit abhanden gekommen.

Das Ding, auf dem er stand, erinnerte entfernt an die Tribüne eines Fußballstadions. Der Platz allerdings, den die Tribünen umstanden, war weder eckig noch graswachsen. Genau genommen war er überhaupt kein Platz, eher vielleicht ein Bündel von Linien, die ... ja was? »Viel zu viele Dimensionen«, murmelte Stahnke und konzentrierte sich lieber auf die Tribünen. Sie standen alle im rechten Winkel zueinander, also mussten es eigentlich vier sein. Er begann zu zählen, ausgehend von der Tribüne, auf der er stand. Bei dreiundsiebzig gab er es auf. Wirklichkeit, Wahrheit, Schein? Was würde seine Serviette dazu sagen?

Quatsch. So hatte das keinen Zweck.

Dann fiel ihm auf, dass der größte Unterschied zu einem irdischen Stadion weniger die Anzahl der Dimensionen als vielmehr die Stimmung auf den Rängen war. Die dicht gedrängt stehenden tropfenförmigen, verschiedenfarbigen Besucher nämlich zeigten keinerlei

Aggressivität, sondern strahlten etwas Feierliches aus, etwas ungeheuer Schönes. Ob das der Schlüssel zum Verstehen war?

»Ja«, sagte der grüne Tropfen direkt neben ihm, und Stahnke wusste, dass das Schulz war. »Es ist Liebe.«

Dort unten auf der riesigen multidimensionalen Fläche, die natürlich nicht unten war, sondern – ach hol's der Teufel, dort jedenfalls tauchte jetzt eine kleine tropfenförmige Gestalt auf. Sie bewegte sich langsam, und irgendwo dort, wohin sie sich bewegte (wo immer das auch war), erschien eine zweite Gestalt. Ein leises Summen ertönte von den Tribünen. Je mehr sich die beiden Tropfen einander näherten, desto stärker wurde dieses körperlose, dieses unglaublich geräuschlose Geräusch, bis es zu einem Brausen anschwoll, schöner als jede Musik, die Stahnke jemals gehört hatte.

»Wir Ulriker sind eigentlich unsterblich«, erläuterte Schulz derweil. »Relativ jedenfalls. Das heißt, hin und wieder stirbt schon einer von uns. Durch einen Unfall, beim Erstkontakt mit gewalttätigen Zivilisationen, durch bislang unbekannte Krankheiten. Nicht oft, aber es kommt vor. Und natürlich wollen wir unsere Gesamtzahl konstant halten, nicht wahr? Das will doch jede vernunftbegabte Art.«

Stahnke räusperte sich und versuchte, an nichts zu denken. Vor allem nicht an die irdischen Überbevölkerungsprobleme.

»Daher wird von Zeit zu Zeit solch eine Schmelzung angeordnet«, fuhr der Hauptmulator fort. »Zwei besonders verdiente Angehörige unserer Rasse werden dazu auserkoren, sich zunächst miteinander zu verbinden, also zu verschmelzen, um sich alsdann zu dreiteilen. Aus zwei Individuen werden drei. Einer mehr. Sie verstehen?«

»Verstehe«, murmelte Stahnke. Natürlich verstand er überhaupt nichts. Was sollte das hier sein – etwa Sex? Alle Jubeljahre nur, dafür vor aller Augen? Wo blieb denn da der …

»Spaß?«, phantete Schulz. »Wie kommen Sie in diesem Zusammenhang auf Spaß? Eine Schmelzung ist alles anderes als das. Sie ist ein Opfer, ein Opfer für die Allgemeinheit, ein ziemlich schmerzhaftes obendrein. Nur die Liebe all unserer Mitgeschöpfe macht diesen Vorgang erträglich.«

Schulz schwieg einen Moment, und Stahnke hätte schwören können, ihn schlucken zu hören. Vielleicht aber bildete er sich das nur ein, ebenso wie das Schmelzungsstadion, das sich gerade wieder in eine dämmerige Esenser Straße verwandelt hatte.

»Manchmal aber reicht die Liebe alleine nicht aus«, fuhr Schulz fort. »Dann fehlt es einfach an der Kraft, die man braucht, um … verstehen Sie mich? Dann hat man ganz furchtbare Angst zu versagen. Und sucht nach Unterstützung.«

Jetzt war es Stahnke, der schluckte. »Ich verstehe Sie gut«, sagte er. Und er dachte: Nur zu gut. »Da, nehmen Sie.« Er reichte dem Ulriker das Päckchen mit den Ginsengkapseln. Fasziniert beobachtete er, wie es seiner Hand entschwebte und sich vor einem der dunkelroten Auswüchse des Hauptmulators in Luft aufzulösen schien.

»Danke!«, phantete Schulz. »Ich danke Ihnen herzlich! Obwohl ich so etwas wie ein Herz natürlich nicht habe. Aber das ist ja sowieso nur eine Metapher, nicht? Jedenfalls, wenn ich Ihnen im Gegenzug mal einen Gefallen tun kann – jederzeit!«

Einen Gefallen? Stahnke grinste bitter. Tja, den konnte er jetzt wirklich gut gebrauchen. Aber wie hätte ihm dieser Adventstropfen helfen sollen? Sicher, er konnte und wusste offenbar eine Menge. Aber konnte er Backes Schuld tilgen? Oder seine Dummheit mit Elenni ungeschehen machen?

In seinem Kopf erklang so etwas wie ein Räuspern. Richtig, Schulz war ja noch hier. Und seine Kribbeltrompete auch.

»Ebenfalls Schmelzungsprobleme, wie?«, phantete der Hauptmulator. »Wenigstens können Sie ja morgen in die nächste Drogenhandlung gehen und neue Wurzelstaubkapseln kaufen, im Gegensatz zu mir. Aber in der anderen Sache kann ich Ihnen vielleicht helfen.«

Wieder saugte es ihn an und wirbelte ihn herum. Stahnke staunte, wie schnell er sich an die unglaublichsten Vorgänge gewöhnen konnte. Diesmal aber ging es nicht quer durchs halbe Universum, nicht einmal aus der Stadt heraus. Stattdessen ging es zurück.

Zurück?

Er fand sich am Kreisverkehr wieder, an der innenstadtnahen Seite, dort, wo die Straße Herdetor einmündete. Zwei Männer stritten sich in der Dunkelheit, ein kleiner und ein riesengroßer. Der Große packte den Kleinen im Genick und schüttelte ihn. Dann stieß er ihn vor sich her in Richtung Straße – und drehte sich um. Seelenruhig ging Backe zurück Richtung Zentrum, lauthals beschimpft von einem quicklebendigen Kerl, den man Kanalratte nannte.

»Was ist das hier?«, fragte Stahnke leise. Er wagte nicht, sich zu rühren, denn er schwebte etliche Meter über dem Straßenpflaster. »Ein Paralleluniversum? Eins, in dem Backe nicht zum Mörder wird?«

»Keineswegs«, antwortete Schulz, der neben ihm schwebte, als sei dieser Zustand das Normalste auf der Welt (welcher Welt auch immer). »Ein naheliegender

Gedanke, aber nein, dies ist Ihr ganz gewohntes Kontinuum. Passen Sie auf.«

Die Kanalratte hatte sich müde geschimpft, wandte sich zum Gehen, schritt aus, schickte dabei eine letzte Beleidigung über die Schulter zurück in Richtung Backe. So lief er beinahe in den Lieferwagen hinein, der ungewöhnlich spät und wohl deshalb sehr eilig um den Bahnhofskreisel herumpreschte. Im letzten Moment reagierte der Mann, blieb Zentimeter vor dem durchrauschenden Wagen stehen. Und wäre gewiss unverletzt geblieben, wenn der obere Teil der Ladung nicht um gut einen Meter übergestanden hätte. Eisenrohre. Eins davon traf Ratte aus der Drehbewegung heraus wuchtig an der Stirn.

»Paff!« Stahnke war zum Jubeln zumute, was er angesichts der toten Ratte zwar pietätlos, aber absolut verzeihlich fand. »Backe ist unschuldig! Hören Sie, Schulz?«

Aber Schulz war fort. Futsch, verschwunden. Und Stahnke hing mutterseelenallein meterhoch über dem Pflaster des Bahnhofskreisels.

In Panik schrie er auf, fuchtelte mit den Armen, verlor das Gleichgewicht, taumelte, fiel. Und schlug auf. Allerdings nicht auf dem Kreisel, sondern auf dem Pflaster der Jücherstraße, direkt vor dem *Athen*.

»Liebster!« Das war Elenni. »Was ist mir dir? Bist du verletzt?« Sie warf sich über ihn, schloss ihn in ihre Arme, küsste ihn heiß und süß und voller Inbrunst. Schlagartig fühlte sich Stahnke aller Probleme ledig. Und absolut schmelzungsbereit, notfalls auch vor Publikum. Was für ein kurioser Gedanke!

Dann bemerkte er, dass es tatsächlich einen Zuschauer gab: Georgios. Nie zuvor war Stahnke so bewusst geworden, was es hieß, sich zu früh gefreut zu haben.

# AUF DEM PARKPLATZ
# AM PARK

Auf dem Parkplatz am Park bei der Buche
zwischen Arbeit und Kneipe und Bett
machte ich mich nach ihr auf die Suche
und ich fand sie und fand sie recht nett.

Auf dem Parkplatz am Park bei der Linde
zwischen Kiosk und Gitter und Strauch
fragte ich sie, wie sie mich denn finde
und sie sagte, sie möge mich auch.

Auf dem Parkplatz am Park bei der Esche
zwischen Kaufhaus, Kaserne und Klo
gab ihr Mann mir gewaltige Dresche
und sie kreischte und lachte und floh.

Auf dem Parkplatz am Park bei der Eiche
zwischen Himmel und Erde und Strick
fiel der Morgentau auf ihre Leiche
später fiel mir das Beil ins Genick.

Auf dem Parkplatz am Park bei der Fichte
zwischen Morgen und Grauen und Licht
sucht mein Geist die Moral der Geschichte
und er sucht sie und findet sie nicht.

# TATORT T-MODELL

Trimmel träumt:
tödlicher Terror, traumatische Tortur!
Treibender Torso
trauernde Tochter taumelt
Tomatensaft trieft
tierisch.
Tatwaffe: Tante Traudels Tortenheber.
Tödlich!

Tatzeuge Tappert
tippt tatternd:
Telefon.
Tartarenmeldung: Tödliche Tat!
Tatsächlich?
Todsicher Tatsache!
Tja.

Tatütata.
Tapfere Todesschwadron
trippelt trommelt trampelt trillert
torkelt
Tohuwabohu
Tatort:
Tugendwächter trödeln
Thermoskanne
Tee tropft
typisch.
Tiefpunkt: Täter türmt
triumphierend.

Türklopfen: Trimmel.
Trägt Trenchcoat.
Tänzelt.
Tröstet trauriges Team
trocknet Tränen
trinkt Tequila
tippt treffsicher:
Taucher! Täter: Taucher.

Trommelwirbel.
Täter taucht
Trimmel taucht tiefer
todesmutig
torpediert Taucher
Todestauchers Todeshauch
theatralisch
toll.

Tanke schön.

# STAHNKES STEILVORLAGE

Stahnke stöbert:
steinalte Strafakten, staubige Strafregister
studiert still
stereotype Streitfälle.
Stotternder Streber stiehlt Streitaxt!
Strammer Stricher stückelt studierten Stepptänzer!
Stellungnahme
Strafantrag
Strafanstalt.

Stahnke stöhnt:
Stupide Stümper!
Strapaziös.
Sterbenselend. Strudel …

Stopp! Stahnke stutzt.
Störendes Stakkato!
Starke Stichflamme!
Stechender Steakgeruch!
Stahnke stürmt stantepede
stemmt störrische Stahltür
strampelt, strauchelt
stolpert: Stacheldraht!
Stahnke stürzt …

Strenge Stimme: Staatsanwalt Stock.
Streitbarer Stiernacken.
Stänkert: Stress, Stahnke?

Strapazen?
Stallwache sturzbetrunken!

Stahnke stylt stachliges Strubbelhaar
Stöhnt: Strohkopf! Stoffel!
Steht steif
stoisch.
Staatsanwalt streng:
Streifendienst!
Stadion, Stehtribüne!

Stahnke strahlt: Steilvorlage.
Stimmgewaltige Stellungnahme:
Steinreicher Stahlmagnat stahl Strychnin
stippte Stilett, stach Stürmerstar.
Steigerung: Stürmer starb!
Staatsanwalt staunt.
Stichhaltig, Stahnke!
Starke Statistik, stolzer Staatsdiener!
Streit storniert!

Stahnkes Stimmung steigt
stolziert stilvoll strotzend.
Stumm: Stoffel.

# PETER GERDES

geboren 1955 in Emden; Studium der Germanistik und Anglistik, anschließend als Redakteur und Lehrer tätig. Literarische Anfänge Ende der 70er Jahre; schreibt seit 1995 vor allem Kriminalliteratur. Mitglied im *Verband deutscher Schriftsteller (VS)* und im *Syndikat*, seit 1999 Leiter der *Ost-Friesischen Krimitage*. Zahlreiche Anthologieherausgaben und Kurzgeschichten. Im Leda-Verlag erschienen unter anderem *Ebbe und Blut, Der Tod läuft mit, Fürchte die Dunkelheit, Solo für Sopran, Sand und Asche, Wut und Wellen* sowie *Der siebte Schlüssel*, dem die Jury des Literaturpreises *Das neue Buch* das Prädikat »Bemerkenswertes Buch« zuerkannte.

Peter Gerdes
**Solo für Sopran**
Hörbuch
978--934927-81-0
Hörbuch 3 CD
9,90 Euro

Peter Gerdes
**Ein anderes Blatt**
**Thors Hammer**
2 Oldenburgkrimis
978-3-939689-11-9
352 S.; 9,90 Euro

Peter Gerdes
**Ebbe und Blut**
Ostfrieslandkrimi
978-3-934927-56-8
224 Seiten
8,90 Euro

Peter Gerdes
**Der Tod**
**läuft mit**
Ostfrieslandkrimi
978-3-934927-86-5
192 Seiten; 8,90 Euro

Peter Gerdes
**Fürchte die**
**Dunkelheit**
Kriminalroman
978-3-934927-60-5
272 S.; 11,90 Euro

Peter Gerdes
**Wut und Wellen**
Inselkrimi
978-3-939689-34-8
ca 256 S.
9,90 Euro

Peter Gerdes
**Sand und Asche**
Inselkrimi
Langeoog
978-3-939689-15-7
320 S.; 9,90 Euro

Peter Gerdes
**Solo für Sopran**
Inselkrimi
Langeoog
978-3-939689-63-8
256 S.; 9,90 Euro

Peter Gerdes
**Der siebte**
**Schlüssel**
Ostfrieslandkrimi
978-3-934927-99-5
320 S.; 9,90 Euro

Regula Venske
**Bankraub mit**
**Möwenschiss**
**Inselkrimi**
978-939689-18-8
8,90 Euro

Ulrike Barow
**Baltrumer**
**Dünengrab**
Inselkrimi
978-3-939689-62-1
9,90 Euro

Lars Winter
**Blonder**
**Mond**
Ostfrieslandkrimi
978-3-939689-59-1
10,90 Euro

Regine Kölpin
**Muschelgrab**
Inselkrimi
Wangerooge
978-3-939689-66-9
9,90 Euro

Böker/Vollbrecht
**Berits**
**Bild**
Schleswig-Holstein
978-3-939689-70-6
9,90 Euro

Ab.&B. Sieberichs
Mord am Fjord
Die Perle der Schlei
Schleswig-Holstein
978-3-939689-69-0
9,90 Euro

Andreas Schmidt
**Tod mit**
**Meerblick**
Schleswig-Holstein
978-3-939689-67-6
9,90 Euro

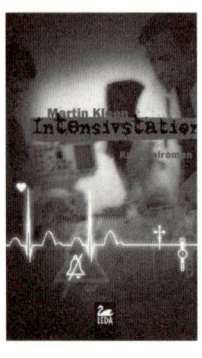

Martin Kleen:
**Intensivstation**
Kriminalroman
978-3-939689-57-7
9,90 Euro

Kerstin Körte
**Dass ich dich besser**
**fressen kann**
978-3-939689-37-9
8,90 Euro

Wolke de Witt
**Sturm im Zollhaus**
Ostfrieslandkrimi
978-3-934927-77-3
8,90 Euro